사라진 사람들

부크크오리지널은 부크크의 기획출판 브랜드입니다.
여러분의 투고를 기다립니다.

사라진 사람들

초판 1쇄 인쇄 2022년 9월 19일
초판 1쇄 발행 2022년 9월 26일

지은이 보루
펴낸이 한건희

책임편집 유관의
디자인 조은주
마케팅 유인철

주식회사 부크크

출판사등록 2014. 07. 15(제2014-16호)
주소 서울특별시 금천구 가산디지털1로 119 A동 305호
전화 1670-8316
홈페이지 www.bookk.co.kr **이메일** editor@bookk.co.kr
블로그 blog.naver.com/bookkcokr **인스타그램** @bookkcokr
ISBN 979-11-372-9154-6 (03810)

사라진 사람들

보루 장편소설

일러두기

본문에 등장한 인물과 지명은 허구임을 알립니다.

차례

프롤로그

긴급 채널 공지

중범죄, 흉악범. 과연 어디까지가 그들의 인권인가?

SKC 방송사의 〈진실을 말하다〉는 오늘 저녁 아홉 시, 인권위원회와 함께 '중범죄자, 처벌은 어디까지인가?'에 대한 탁상공론을 펼칠 예정이다. 강간, 살인, 교사 등 중범죄자들의 솜방망이 처벌에 누리꾼들의 의견도 다분하다. 시민 김 씨(30)는 남의 인권을 해친 자가 무슨 인권이냐며 울분을 토하는 반면, 인권운동가인 노 씨(43)는 법원의 판결로 죗값을 치른 범죄자는 더는 범죄자가 아니라는 의견으로 반박하고 있다. 본 방송에서는 '인간'이라는 정의를 다시 한번 되짚어 볼 예정이다. 단순히 생물학적으로만 구분되어야 하는지 또는 윤리적으로 정의해야 하는지 의견이 분분하다.

-민성일보, 김애진 기자-

멍하니 허공을 바라본 눈을 끔뻑였다. 무언가 특정한 것을 바라보는 것도 아닌데, 이상하게 시야는 또렷하다.

테이블 위에 놓인 액자를 집어 들었다. 무광의 검은색 액자 속에는 30대 초반으로 보이는 남자가 따뜻한 미소로 옆을 바라보고 있었다.

오늘도 그대로다. 여전히 사진 속에서 웃고 있는 사람은 나 하나뿐이었다. 분명 한 쌍이었던 그 티셔츠를 혼자 입고서, 혼자 덩그러니 사진 속에 남아 있었다. 사진 속의 나는 누군가의 손을 잡은 것처럼 어색하게 손을 오므리고 있었다.

모든 사진에서 아내의 모습이 사라졌다.

가슴 깊은 곳에서부터 넝쿨진 응어리가 왈칵하고 올라왔다. 이내 그 응어리는 슬픔으로 변했고, 얼마 안 가서는 분노로 바뀌었다가 곧 목을 넘어 눈가로 흘러내렸다.

'여보, 나랑 결혼해 줘서 고마워. 난 지금이 제일 행복해.'

머릿속에 익숙한 목소리가 울렸다. 금방이라도 귓가로 들려올 것 같은 그 소리는 차마 머리에서 벗어나지 못하고 그 속만 뱅뱅 맴돌았다.

"면도를 좀 해야겠군."

턱밑으로 올라온 수염이 까슬까슬하게 만져졌다. 얼굴에서 도저히 산 사람의 생기라고는 1퍼센트도 느껴지지 않았다. 커다란 두 눈은 며칠을 굶은 사람처럼 퀭했고, 얼굴에는 하얗게 일어난 거스러미가 잔뜩 보였다. 어느새 희끗희끗 세어 버린 머리카락은 마치 나이 든 노인처럼 보이게 만들었다.

찬물을 얼굴에 몇 번 끼얹었다. 그제야 희미했던 정신이 점점 돌아오는 것 같았다.

"이수란."

거울 속의 나에게 말했다. 마치 그 이름을 잊어버리지 않기 위해서 되뇌는 것처럼.

턱 끝에서 흐르는 방울이 물인지 눈물인지 헷갈렸다.

아내가 어디로 갔을까. 아니, 아내의 흔적이 왜 사라졌을까.

<진실을 말하다>

1부

'큐' 사인이 떨어지자 카메라에 붉은빛이 들어왔다. 화려한 조명과 커다란 전광판 아래로 모두가 쥐죽은 듯 숨을 삼켰다. 전광판에는 '처벌, 그 기준은 무엇인가?'라는 문구가 적혀 있었다.

단정한 정장 차림의 남자 아나운서가 큼 하고 작게 목을 가다듬었다. 그는 앞에 놓인 대본을 만지작거리며 잠시 혀로 입술을 적셨다. 그는 눈에 들어온 주제를 보며 작은 숨을 내쉬었다.

올 것이 왔군.

다소 자극적인 주제에 남자의 얼굴에 긴장감이 스치고 지나갔다. 이런 그의 모습에 앞의 감독이 고개를 작게 끄덕여 주었다. 그러자 아나운서는 다시 한번 목을 가다듬고 방송용 미소를 지었다.

"안녕하십니까. SKC <진실을 말하다>의 전찬용입니다. 오늘은 중범죄 즉, 흉악범에 대해 이야기를 나눠볼 건데요. 최근 가게 아르바이트생을 잔혹하게 살해한 이정용이 무기징역을 선고받았었죠? 이 처분에 대해 누리꾼들의 의견이 분분합니다."

찬용의 말에 앞에 놓인 테스트 모니터가 전광판을 크게 비췄다. 찬용은 먼저 왼쪽에 앉아 있는 중년의 남자에게 시선을 돌렸다. 그의 시선에 짙은 남색 재킷을 입은 남자의 얼굴이 살짝 얼어붙었다.

"그럼 먼저 여기 오신 분들을 소개해 드리도록 하겠습니다."

찬용은 왼쪽편의 남자를 두 손으로 공손히 가리켰다.

"어서 오십시오. 나국진 의원님. 의원님은 현재 인권 보호를 위해 활동하시는 변호사라고 들었습니다."

"네, 맞습니다."

국진이 고개를 끄덕이자, 그의 얼굴 밑에 '나국진 / 인권 변호가'라는 자막이 붙었다. 그의 옷깃에 붙은 협회 배지가 반짝하고 빛났다.

찬용은 이번에는 오른쪽에 앉은 남자에게 고개를 돌렸다. 다소 날카로운 인상을 풍기는 그는 찬용의 시선에도 담담한 표정이었다.

"그리고 여기는 우리민당 김성수 의원님이 오셨습니다."

"반갑습니다."

성수는 꽤 여유로운 미소를 지으며 인사를 건넸다. 그의 얼굴에는 이런 자리쯤은 얼마든지 잘할 수 있다는 듯한 자신감이 느껴졌다. 찬용이 그의 얼굴을 보며 소탈한 웃음을 지어 보였다.

"김 의원님께서는 평소 거침없는 발설로 유명하신데, 오늘 담화

상당히 기대됩니다.”

찬용의 말에 한 감독이 손을 흔들며 웃음을 유도해 냈다. 몇 차례의 박수가 오고가자, 이들은 본격적으로 방송에 임하기 시작했다.

찬용은 깍지 낀 두 손을 테이블 위로 내려놓았다. 그는 턱을 아래로 내리는 듯한 특유의 제스처를 취하며 카메라를 응시했다.

“자, 그럼 이야기를 나눠 보도록 하겠습니다. 앞서 말씀드린 사건이 요즘 뜨겁게 이슈되고 있는데요. 그 이유가 바로 무기징역이라는 처벌 때문입니다. 나국진 의원님, 인권 변호사로서 이 처벌이 왜 이슈가 된다고 생각하십니까?”

“음. 아무래도 사건이 아주 잔혹하고, 또 보복성이 짙은 사건이라 모든 사람이 사형을 생각했기 때문이겠지요.”

“사형과 무기징역, 정확히 어떻게 다르죠? 현재 대한민국에서는 사형을 집행하고 있지 않으니, 사실상 서로 같다고 봐야 하는 게 맞습니까?”

찬용의 질문에 국진이 잠시 입을 다물었다. 그는 이를 어떻게 설명하면 좋을지 고민하는 것 같았다. 그러자 반대편에 있던 성수가 대신 입을 열었다.

“가석방이 되냐, 안 되냐의 차이죠.”

“가석방이요? 그 말씀은 무기징역을 받은 죄수도 조건이 되면 가석방이 가능하다는 말씀이십니까?”

찬용이 두 눈을 동그랗게 뜨고 말했다. 그는 이미 이 모든 내용을 알고 있었지만, 마치 처음 듣는 것처럼 행동했다. 국진은 고개를 작게 끄덕이며 설명을 덧붙였다.

"무기징역은 가석방 심사가 가능합니다. 하지만 무기징역을 선고받았다는 것은 그만큼 중범죄를 저질렀다는 뜻이므로 사실, 불가능에 가깝죠."

"그래도 놀랍네요. 만약 조건이 갖춰져서 가석방이 된다고 하면……. 저는 좀 무서울 것 같은데요."

찬용이 어깨를 으쓱 올리며 웃음을 터트렸다. 그의 모습에 국진과 성수도 작게 웃음을 터트렸다. 찬용은 조금 풀어진 분위기에 이번에는 다소 직설적으로 국진에게 질문을 던졌다.

"그럼 국진 의원님은 어떻게 생각하십니까? 이정용의 무기징역, 합당하다고 보십니까?"

"흐음."

찬용의 질문에 국진이 잠시 입을 다물었다. 그는 미리 준비해 놓은 답변을 바라보았다. 그러고는 고개를 작게 저으며 그의 생각을 말하기 시작했다.

"피의자는 피해자의 얼굴을 알아볼 수 없을 정도로 참혹하게 훼손시켰습니다. 그것도 다른 사람들이 있는 가게 안에서 말이죠. 하지만 초범인 점과 정신적인 질병 이력이 있는 환자라는 점에서 과연 무기징역까지 받을 필요가 있었나 싶습니다. 실제로 맨정신으로 돌아온 후에는 자신의 범죄에 심한 죄책감을 느꼈고, 자살까지 하려고 했었으니까요."

"흥."

국진의 장황한 말에 성수가 픽 하고 코웃음을 치는 것이 오디오에 잡혔다. 찬용은 그 적나라한 반응에 다소 어색한 웃음을 흘리며 성수를 바라보았다.

"하하. 성수 의원님께서는 약간의 실소를 보이셨는데요. 의원님은 어떻게 생각하십니까?"

찬용의 질문하자, 카메라에 성수의 얼굴이 가득 잡혔다. 성수는 아주 적나라하게 불쾌하고, 화가 난 듯한 표정을 짓고 있었다. 반대편의 국진도 마찬가지였지만, 카메라는 오직 성수의 얼굴만 비췄다.

"초범인 점과 정신적인 환자요? 심신 미약?"

성수는 기가 찬다는 듯한 얼굴로 몸을 기대어 앉았다. 그의 길게 찢어진 두 눈이 국진을 날카롭게 바라보았다.

"생각을 달리해야 합니다. 초범이고 심신 미약이니, 무기징역을 구형해야 한다고 생각해야죠."

"……왜 그렇게 생각하시죠?"

"생각해 보세요. 현장에 출동한 경찰마저도 선뜻 다가가기 어려웠던 현장입니다. 얼마나 잔혹하고 참담했으면, 유가족에게도 차마 얼굴을 보여줄 수 없었단 말입니다. 범행이 찍힌 CCTV에는 피의자가 피해자의 얼굴, 목, 어깨를 향해 총 32번의 칼을 휘둘렀고, 필사적으로 도망치는 피해자를 다시 잡아 12번이나 더 찔렀습니다."

"……."

"왜 죽였느냐고요? 부족한 돈 300원을 더 내라고 해서 죽였답니다. 고작 300원을 깎아주지 않는다고요. 그런데 초범이요? 환자요?"

성수의 말에 국진이 무어라 반박하려고 했으나, 찬용이 손으로 그를 저지했다. 성수는 국진을 향해 눈을 부릅뜨고 다시 입을 열었다.

"초범이지만 이렇게도 잔혹하게 범죄를 저지른 점. 그리고 이렇게 사소한 이유만으로 사람을 쉽게 죽일 정도로 심신 미약인 점."

성수는 마치 이정용을 바라보는 것처럼 눈을 번뜩였다.

"사형도 아깝습니다."

1

침대 옆 탁상에서 요란스러운 알람이 울렸다. 익숙한 알람 소리에 이불 속에서 손만 뻗어 그 위를 더듬었다. 손끝에서 진동이 느껴지자 얼른 휴대전화를 집어 알람을 껐다.

“아, 오늘 휴일이지.”

순간 형용할 수 없는 기쁨이 몰려왔다. 5분씩 더 늦게 맞춰 놓은 알람을 끄고 나서야 휴일이라는 사실이 실감났다. 나는 옆에서 곤히 자고 있을 아내를 향해 손을 뻗었다.

“여보?”

옆자리는 비운 지 오래된 것처럼 차갑게 식어 있었다. 나는 이불을 들치고 자리에서 일어났다. 아직 차가운 공기에 온몸이 부르르 떨렸다. 어깨에서부터 소름 끼치는 오한이 스멀스멀 올라왔다.

몸살이라도 났나.

풀어진 상의 잠옷을 여미고서 자리에서 일어났다. 발바닥을 땅에 딛자 대리석의 냉기가 그대로 느껴졌다. 그 시린 냉기에 일단 약부터 먹어야겠다는 생각이 들었다.

모처럼의 휴일을 아픈 채로 보낼 수는 없지.

방문 너머로 거실 텔레비전 소리가 작게 들려왔다. 아내가 먼저 일어나 그것을 보고 있을 거란 생각에 나는 고민도 없이 방문을 열어젖혔다.

"여보, 벌써 일어났……."

분명 소파에 아내가 있을 거라고 생각했지만, 그곳에는 아무도 없었다. 거실에는 텔레비전만 덩그러니 켜져 있을 뿐 인기척 하나 느껴지지 않았다. 잠시 아내를 찾으려 집 안을 돌아다녔지만, 아내의 모습은 어디에서도 보이지 않았다.

"시장 갔나?"

리모컨을 들고 소파에 앉았다. 부드러운 가죽이 등 뒤로 느껴지자 다시 한번 오싹한 오한이 느껴졌다. 몸을 한차례 부르르 떨자 순간 머리가 띵 하고 울렸다. 나는 서둘러 거실 서랍장을 뒤져 감기약 하나를 꺼내 먹었다.

"아오, 머리야."

소파에 앉아 텔레비전을 끄자 귀가 아플 만큼 집이 고요해졌다.

휴대전화를 들어 아주 익숙한 번호에 전화를 걸었다. 화면에는 붉은 하트와 함께 '수란'이라는 이름이 떴다.

- 지금 거신 번호는 없는 번호이오니, 다시 한번 확인하시기 바랍니다.

"뭐야?"

무심한 응답기 소리에 눈살이 찌푸려졌다. 순간 상대가 잘못되었나 싶어 휴대전화 화면을 들여다보았다. 분명 아내가 맞다. 나는 혹시나 하는 마음에 다시 한번 더 통화 버튼을 눌렀다.

- 지금 거신 번호는 없는 번호이오니…….

"번호를 바꿨나? 말도 없이?"

황당한 기분에 허 하고 실소가 나왔다.

가만 보자. 휴대전화를 바꾸러 간다고 했던 것 같기도 하고.

언제인가 스치듯 말했던 아내의 말이 떠올랐다. 그러나 흐릿한 그 기억은 약 기운 때문인지 좀처럼 또렷해지지 않았다.

"곧 오겠지."

나는 휴대전화를 테이블 위로 올려둔 후 그대로 소파에 몸을 뉘였다. 온몸이 두들겨 맞은 것처럼 욱신거렸다.

요즘 너무 무리했어. 아무래도 이번 휴일은 그냥 쉬어야 할 것 같아.

머리 위로 하얀 아침 햇살이 그대로 얼굴에 쏟아졌다. 눈을 감아도 그 햇살 때문인지 눈두덩이 속은 여전히 밝았다. 나는 오른쪽 팔을 들어 두 눈을 지그시 눌렀다. 그제야 어둑해진 시야에 다시 졸음이 몰려왔다.

졸음 사이로 휴일에 놀러 가자고 계획하던 아내의 얼굴이 떠올랐다. 동그랗고 뽀얀 그 얼굴은 곧 내 몸 상태로 인해 실망한 얼굴로 바뀌었다.

오늘 저녁은 근사한 곳에서 외식이나 해야겠어.

*

내가 잠이 깬 것은 한참이나 시간이 지나고 나서였다. 밖은 어느새 어스름하게 어두워져 있었고, 집 안은 전등 하나 없이 컴컴했다.

아내는 아직도 돌아오지 않았다.

"도대체 어디를 간 거야?"

나는 인상을 쓴 채 휴대전화를 집어 들었다. 분명 아내의 전화나 메시지가 와 있을 거라고 생각했지만 단 한 통도 없었다. 순간 가슴이 쿵 하고 떨어지는 느낌이 났다.

이렇게 말없이 늦을 사람이 아닌데.

"수란아."

나는 이제야 무슨 일이 생긴 것임을 깨달았다.

부랴부랴 일어나서 먼저 어머니에게 전화를 걸었다. 긴 신호음이 두어 번 울린 후에야 어머니의 목소리가 들렸다.

- 여보세요? 아들?

"어머니, 저예요."

- 그래. 오랜만이네. 목소리가 왜 그러니? 무슨 일 있어?

휴대전화 속 어머니의 목소리에서 아들을 걱정하는 마음이 잔뜩 느껴졌다. 나는 대충 괜찮다고 대답한 후 아내의 행방을 물었다. 그러나 대답은 내가 생각했던 것과 아주 달랐다.

- 뭐? 누구?

"수란이요."

- 수란이?

어머니는 마치 처음 듣는 이름인 것처럼 되물었다. 나는 몰래 한숨을 내쉬고서 다시 물었다.

"네, 어머니 며느리요. 오늘 아침에 나가서 여태 연락도 없이 안 들어와요. 혹시 연락받으신 것 있어요?"

나의 다급한 물음에 어머니가 잠시 입을 합 하고 다물었다. 휴대전화 너머로 들리는 단 몇 초의 정적이 참을 수 없을 만큼 길게 느껴졌다.

- ……도대체 무슨 말인지 모르겠구나. 수란이? 너 지금 며느리

라고 했어?

"네?"

– 얘, 나한테 며느리가 어디 있어?

어머니는 아내를 전혀 모르는 사람처럼 굴었다. 가끔 고부간의 갈등이 있는 날에는 언제나 이런 식이었다. 이러면 안 되는 걸 알면서도 짜증이 솟구쳤다.

"어머니, 또 싸운 거면 그건 나중에 이야기해요. 지금 수란이가 없어졌다니까요?"

– 아니, 글쎄. 수란이가 누구…….

"어머니!"

기어코 어머니에게 버럭 소리를 질렀다. 그 후 아차 싶었지만 다른 말을 하기에는 이미 화를 낸 뒤였다. 어머니는 잠자코 내 이야기를 듣다 조용히 말했다.

– 주혁아, 너 무슨 일 있는 거지? 아픈 거야?

어머니의 목소리에는 조금의 장난기도 느껴지지 않았다. 머릿속이 혼란스럽다. 나는 생각을 정리하려 어머니와의 통화를 대충 마무리 짓고 소파에 기댔다.

어머니가 아내를 모른다고 한다. 왜?

다시 아내에게 전화를 걸었지만, 여전히 먹통이었다. 마치 애초에 존재하지도 않았던 것처럼 흔적도 없었다. 마음속에 불안함이 물밀듯 밀려들어왔다.

혹시 무슨 일이 생긴 것은 아닐까? 누군가 아내를 납치했나? 아! 혹시 친정에 갔나?

나는 재빨리 장모님께 전화를 걸었다. 결혼하고 단 한 번도 걸어본 적 없는 번호였지만 다행히 등록은 되어 있었다. 신호가 울리자 나도 모르게 손톱을 잘근잘근 씹었다.

- 여보세요?

휴대전화 너머로 중년의 여성 목소리가 들렸다. 장모님이 전화를 받자 기댔던 몸을 곧바로 세워 공손히 휴대전화를 잡았다.

"장모님, 안녕하세요. 최 서방입니다. 갑자기 전화해서 죄송하지만, 혹시 수란이 거기 있나요?"

- 네? 누구요?

장모님이 잘못 들은 듯 되물었다. 나는 다시 한번 더 예의를 갖추어 상황을 설명했다.

"장모님, 저 최주혁입니다. 수란이 남편이요. 수란이가 아침부터 나가서……."

말하면서 거실 벽면에 달린 시계를 힐끗 바라보았다. 오후 여섯 시. 수란이가 없어진 지 반나절이 다 되어간다.

- 뭐야, 이 사람. 전화 잘못 거신 것 같은데요.

"예? 장모님 아니세요?"

– 장모는 무슨. 아니라니까요.

장모님이라 생각했던 여자는 차갑게 쏘아붙이며 전화를 끊었다. 뒤통수를 세게 맞은 것처럼 머리가 얼얼하다.

이상하다. 장모님의 전화번호가 맞는데.

나는 다시 휴대전화를 들어 이번에는 처남에게 전화를 걸었다. 어느새 휴대전화를 잡은 두 손이 하얗게 질려 덜덜 떨리기 시작했다. 상황이 이상하게 돌아가고 있다. 몇 번의 신호음 끝에 굵직한 남자의 목소리가 들렸다.

– 누군교?

"네? 처남, 나예요. 최주혁."

– 예에?

사투리 억양이 심한 남자가 이상하다는 듯 되물었다. 목소리만 들어도 처남이 아니었다. 나는 힘없이 휴대전화를 내렸다. 휴대전화 너머로 남자 목소리가 들렸지만 아무런 말도 할 수 없었다.

아무도 아내를 모른다.

이마에서 식은땀 한 줄이 흘러내렸다. 아까 느끼던 감기 기운은 온데간데없이 사라지고, 손끝이 차갑게 식어갔다.

"경찰서. 경찰서를 가자."

대충 옷을 걸쳐 입고서 밖으로 나왔다. 쌀쌀한 초겨울의 바람이 온몸을 휘감자 절로 덜덜 떨렸다. 나는 멀리서 대기하고 있는 택시를 서둘러 잡아탔다.

"가장 가까운 경찰서로 가주세요."

"경찰서는 꽤 먼데. 그런데 파출소는 한 10분 거리예요. 거기로 갈까요?"

"네, 선생님, 빨리 좀 가주세요. 부탁드릴게요."

나는 거의 애원하다시피 기사에게 부탁했다. 기사는 별말 없이 미터기를 눌렀다. 백미러로 나를 쳐다보는 기사의 시선이 느껴졌다.

"무슨 일 있는가 보죠?"

기사의 물음에 대답하려 입을 뗐지만 차마 그러지 못하고 그저 아랫입술을 깨물기만 했다. 금방이라도 눈물이 쏟아질 것 같다.

"아내……. 아내가 실종되었습니다."

겨우 꺼낸 내 말에 기사가 눈을 휘둥그레 떴다. 그러고는 조금 거칠게 핸들을 꺾으며 조용히 물었다.

"언제부터?"

"아……. 오늘 아침부터 연락이 되지 않고……."

"하이고, 그럼 가출이네! 가출."

기사가 제멋대로 해석하며 혀를 쯧 찼다. 무어라 더 말하고 싶었지만 멀리서 보이는 파출소 간판에 그냥 입을 다물었다.

"너무 걱정하지 마세요. 요즘 사람들 빽 하면 가출하고 이혼한다고 하지 않습니까. 별일 없을 테니 마음 푹 놓고 기다려 봐요."

기사는 나에게 위로도 되지 않는 말을 하며 카드를 돌려주었다. 나는 고개만 꾸벅 숙이고 내렸다. 내가 내릴 때까지 따라오는 그 시선이 느껴졌지만, 일부러 모른 척했다.

택시는 내가 파출소에 들어갈 때까지 그 자리에 가만히 서 있었다.

파출소 안으로 들어서자 남자 경찰 두 명이 나를 향해 고개를 들었다. 이제 막 임관한 듯한 앳된 경찰과 조금 연배가 있어 보이는 경찰이 고개를 갸웃거렸다.

"무슨 일로 오셨습니까?"

젊은 경찰의 물음에 나는 서둘러 지갑을 꺼냈다. 그러고는 지갑 안의 사진을 들이밀며 말했다.

"실종 신고 하러 왔습니다. 아내가 연락이 전혀 되지를 않아요. 분명 이렇게 오랫동안 연락이 없을 사람이 아닌데."

경찰은 다급한 내 말에 잠시 진정하라는 듯한 손짓을 하며 지갑을 받아들었다. 그러고는 사진을 코앞까지 가지고 가서 유심히 들여다보았다. 경찰의 얼굴에 미심쩍은 표정이 나타났다.

"사진 속의 아내분이 맞습니까?"

경찰의 목소리에서 의구심이 느껴졌다. 나는 당연하다는 뜻으로 격하게 고개를 끄덕였다.

"네, 맞습니다. 결혼할 때 찍은 사진이에요."

나는 경찰이 들고 있는 지갑을 손으로 콕 짚었다. 지갑 안에는 작년 결혼식에서 찍었던 사진이 들어 있었다.

"저……. 이 경사님."

경찰이 옆의 늙은 경찰을 부르며 내 지갑을 내밀었다.

"좀 이상합니다."

"뭐가, 또?"

둘은 한동안 내 지갑을 들여다보며 무어라 대화를 나누었다. 그 후 이 경사라고 불린 경찰이 나와 사진을 번갈아 바라보았다. 그의 눈썹이 살짝 일그러졌다.

"선생님, 이름이 뭡니까?"

"아, 이수란입니다. 나이는 서른셋이고, 키는 한 이 정도……."

"아뇨. 그쪽 이름이요. 선생님 이름이 뭡니까?"

"네?"

나는 어안이 벙벙한 채로 되물었다. 곧 그들이 아내가 아닌 나의 신상정보를 묻고 있음을 깨달았다. 더듬거리며 이름을 말하자 이 경사가 종이에 내 이름과 주소를 받아 적었다.

이 경사가 내 정보를 다 적고는 다시 입을 열었다.

"그러니까 최주혁 선생님? 지금 아내분이 실종되었다고 하셨습니까?"

"네, 네. 맞습니다."

"이 사진 속의 아내분 말이죠?"

"네, 그렇다니까요!"

자꾸만 의심하듯 물어보는 이 경사의 말에 결국 버럭 소리를 질렀다. 그러나 그들은 여전히 나를 의심스러운 눈빛으로 쳐다보고 있었다.

이 경사가 허, 하고 짧은 실소를 내뱉었다. 그 모습에 나는 결국 참았던 분노를 터트렸다.

"뭐가 웃깁니까?"

"이봐요, 당신 어디 아픕니까?"

이번에는 이 경사가 화가 난 듯 언성을 높였다. 길게 찢어진 그의 눈에서 섬뜩한 안광이 느껴졌다. 나는 그의 기세에 지지 않고 더욱더 큰 소리를 냈다.

"무슨 말씀입니까? 지금 사람이 실종되었다는데 경찰이라는 사람들이……!"

"실종요? 누구요? 사진 속의 이 남자?"

이 경사가 눈앞으로 지갑을 들이밀었다. 검게 해진 지갑의 안주머니에 넣어 둔 결혼사진에는 검은 예복을 입은 남자가 홀로 찍혀 있었다. 곁에 있어야 할 아내는 온데간데없었다.

"이게 무슨……."

멍하니 지갑을 받아들었다. 아무리 봐도 나 혼자밖에 없었다. 분명 하얀 웨딩드레스를 입고 화사하게 웃던 아내가 옆에 있었는데, 지금은 없다. 그 가느다란 허리를 두르고 있던 내 손은 무릎 위에 단정히 놓인 채였다.

사진 속에서 아내가 사라졌다.

"아, 아니……. 이게 무슨 일입니까? 분명 여기 제 아내가……."

너무 놀라, 말까지 더듬으며 이 경사를 바라보았다. 그러나 그는 오히려 내가 이상한 듯 유심히 나를 훑어보고 있었다.

"글쎄요. 저희도 궁금하네요. 이게 무슨 일인지."

"잠시만요, 잠깐만."

나는 비틀거리며 접수대에 몸을 기댔다. 지금 이 상황들은 믿기지 않을 만큼 현실성이 없었다. 내가 미친 것이 아니라면 어떻게 사진이 변할 수 있다는 건가. 문득 이 모든 것이 꿈일까 봐 내 뺨을 힘껏 후려쳤다.

"어, 어? 선생님, 왜 이러세요!"

젊은 경찰이 마구 휘두르는 내 팔을 저지했다. 그가 잡은 팔에 느껴진 이 촉감은 너무나도 생생했다. 어지러운 정신을 겨우 붙잡고 경찰에게 물었다.

"혹시 오늘이 며칠입니까?"

"예? 1월 20일인데요."

젊은 경찰이 자신의 손목시계에 적힌 날짜를 흘끔 쳐다보며 말했다. 날짜는 그대로다. 꿈이라고 하기에는 주위 사물과 사람들이 너무나도 사실적이었다. 달라진 것은 딱 하나, 아내만 없다.

그때 이 경사가 내 어깨를 툭 건드렸다.

"선생님, 혹시 약주하셨습니까?"

이 경사는 금방이라도 음주측정기를 가지고 올 태세였다. 나는 아니라는 뜻으로 고개를 저었다. 그러나 이 경사는 여전히 나를 의심스럽게 생각하는 듯했다.

"최주혁 씨, 신분증 좀 봅시다."

"네?"

"신분증 달라고요!"

이 경사가 정신 차리라는 듯 버럭 소리 질렀다. 덕분에 혼란스럽던 머리에 정신이 번쩍 들었다.

"아……. 잠시만요."

떨리는 손으로 신분증을 건넸다. 지갑을 꺼내는 그 순간에도 아내의 흔적을 찾았지만, 여전히 사진 속에는 나 혼자였다. 신분증을 받아든 이 경사가 종이에 무언가를 적기 시작했다.

"지, 진짜입니다. 정말로 제 아내가 사라졌어요. 사진은……. 사진은 저도 잘 모르겠습니다. 분명 같이 찍은 사진인데 왜……."

말을 하면서도 스스로가 어이가 없었다. 미치지 않고서야 사진이 마음대로 변했다는 말을 믿어줄 리가 없다. 이 경사는 신분증 확인이 끝났는지 떨떠름한 얼굴로 그것을 다시 돌려주었다.

그는 접수대 근처 소파에 나를 앉힌 후 맞은편에 자리를 잡았다. 이 경사는 일단 내 이야기를 들어주려는 듯 경청의 자세를 취했다.

"천천히 처음부터 말씀해 보시죠."

나는 일단 아는 모든 것들을 그에게 털어놓았다. 이 경사는 잠자코 내 말을 들으며 접수서를 작성했다. 그러고는 마지막으로 정리하듯 내가 말한 것들을 다시 읊었다.

"그러니까, 아내분이 아침부터 연락이 안 된다?"

"네, 네. 맞습니다."

"전화번호도 갑자기 없어지고 장모, 처남의 번호도 바뀌었고? 게다가 본인 어머니는 아내를 기억도 하지 못하시고?"

"……네."

내가 생각해도 이상했다. 아내가 사라졌고, 전화번호도 없는 번호다. 처음에는 단순 가출인 줄만 알았다. 혹은 아내가 작정하고 나에게서 떠난 걸지도 모른다고 생각했었다. 그러나 아내의 실종에는 이상한 점이 한둘이 아니었다.

"그리고 같이 찍은 사진에 아내만 달랑 없어졌고?"

나는 거짓이 아니라는 것을 알리려 최대한 고개를 격하게 끄덕였다. 이 경사의 얼굴에는 여전히 의구심이 가시지 않았다.

“일단 접수는 해드릴게요. 하지만 아직 실종된 지 하루가 채 지나지 않았잖아요? 단순 가출일 수 있으므로 실종 건으로는 접수되지 않습니다. 일단 지금은 말씀하신 아내분의 신원을 먼저 확인해 보는 것이 중요하겠네요. 확인하고 연락드리겠습니다.”

이 경사는 나에게 이만 가보라는 듯 문 쪽으로 턱짓을 했다. 꽤나 불량한 태도였지만 그저 잘 부탁한다는 말을 할 수밖에 없었다. 이 상황에서 접수해 준 것만 해도 다행이라는 생각이 들었다. 나는 나가기 전 허리를 숙여 인사한 후 파출소를 나왔다.

어디선가 갑자기 찬바람이 휭 불어왔다. 주머니에 잡힌 휴대전화를 꺼내 혹시나 하고 확인했지만, 여전히 아내에게서는 아무 연락도 오지 않았다. 파출소 유리문 뒤에서 경찰들이 나누는 대화 소리가 들려왔다.

“저 사람, 미친놈 아닐까요?”

“일단 아내라는 사람이랑 같이 신원 조회 요청해. 미친놈인지 범죄자인지 확인해야겠어.”

“네. 그런데 이 경사님. 저것 좀 보세요.”

젊은 경찰이 파출소 문밖을 가리켰다. 그의 손짓에 이 경사가 고개를 들어 밖을 바라보았다.

“저 택시 기사, 아까부터 최주혁 씨를 기다리고 있는 것 같았어요. 계속 이쪽을 쳐다보고 있어서 신경 쓰였거든요.”

“……택시 대기시켰나 보지.”

“에? 택시 대기시키면 미터기 요금은 계속 올라가는데요?”

“알 게 뭐야! 자리나 정리해!”

이 경사가 벼락같은 호통을 치며 젊은 경찰을 나무랐다.

나는 이 둘의 대화 내용을 들으며 입구 계단에 멈춰 섰다. 그러고는 무심코 앞을 바라본 순간, 나는 오싹한 한기를 느꼈다.

“왜…….”

내가 타고 왔던 택시가 아까와 같은 자리에 그대로 멈춰 서 있었다. 그리고 그 안에서 기사가 서늘한 눈으로 나를 주시하고 있었다.

*

집으로 오는 길에 곰곰이 생각해 보았다. 어제까지만 해도 있었던 아내가 오늘 아침에 사라졌다.

아니, 오늘 아침은 맞나? 혹시 어제 내가 잠들고 나서가 아닐까? 어제 무슨 낌새라도 있었나?

아무리 생각해도 평범하기 그지없는 일상이었다. 퇴근하고 집에 돌아와 아내를 안았고, 둘이 조촐하게 저녁을 먹었으며 같은 침대에서 잠이 들었다. 잠이 들기 직전 아내가 이런 말을 한 것 같기도 하다.

'당신과 결혼해서 참 다행이야.'

꽤나 달콤한 속삭임이었지만 피곤한 탓에 대충 대답한 기억이 났다. 혹시 이 때문에 서운한 아내가 집을 나간 건 아닐까. 하지만 곧 말도 안 되는 생각이라며 스스로 고개를 저었다.

아내는 불필요한 일을 하지 않는 여자였다. 마트에서도 충동적인 구매 따위를 한 적도 없다. 그런데 단순히 서운한 일 때문에 가출을 한다? 어림도 없는 소리. 아내는 가출은커녕 당당하게 부부간의 대화를 요청하고, 필요하다면 이혼까지 요구할 당찬 여자였다.

하지만 아내가 사라진 것은 사실이다. 내가 미쳤거나 세상이 미쳤거나 둘 중에 하나라는 생각이 들었다. 어제까지만 해도 있었던 아내. 그리고 사진 속의 아내. 하루아침에 증발한 듯이 아내의 존재가 사라졌다.

집으로 올라가는 엘리베이터 안에서 수없이 기도했다. 과학으로 설명할 수 없는 것은 없다고 믿는 사람 중 하나였지만, 지금은 의지할 곳이 신밖에 없었다.

집에 들어가면 아내가 미안한 듯 웃으며 나를 반겨주기를. 새로 바꾼 휴대전화를 자랑하며 나를 안아주기를.

현관문 앞에 선 나는 무심결에 도어록을 향해 손을 뻗었다가 멈칫했다. 문을 열기가 망설여졌다. 이 문을 열고 들어갔을 때 아까와 같이 아무도 없으면 도저히 견딜 수 없을 것 같았다.

"제발."

그런데 문을 연 순간 집 안에서 익숙한 음식 냄새가 물씬 풍겨왔다. 나는 단말마의 비명을 질렀다. 급한 마음에 신발을 벗고 넘어지기도 하며 안으로 뛰어 들어갔다.

"왔니?"

"아……. 어머니."

주방에서 요리하던 어머니가 따뜻한 미소로 나를 보았다. 이내 어머니는 내 얼굴을 보고서 요리를 뒤로하고 나에게 뛰어왔다.

"주혁아! 얼굴이 이게 뭐니? 어디 아픈 거야?"

어머니의 따뜻한 손이 얼굴을 감싸자 나도 모르게 눈시울이 붉어졌다. 어머니는 그런 나를 보고 아무 말 없이 잠자코 기다려주었다. 애써 괜찮다고 말하자 어머니는 그제야 부엌으로 돌아갔다.

어머니는 전혀 생각도 없는 밥을 억지로 먹이려 나를 식탁에 앉혔다. 가지런히 차려진 식탁을 보자 다시 아내의 얼굴이 떠올랐다. 참으려고 했던 감정이 폭발하듯 뿜어져 나왔다.

"어머, 얘 좀 봐."

점점 일그러지는 내 얼굴에 어머니가 놀라 내 어깨를 잡았다. 더는 감정을 통제하기가 힘들었다. 일단 자리에서 일어났다. 화장실에서 손 좀 씻고 오겠다는 말을 남기고 주방을 나갔다. 그제야 참았던 눈물이 목 밑까지 꾸역꾸역 차올랐다.

뿌연 시야로 화장실까지 걸어가며 두 눈을 지그시 눌렀다. 굵은 눈물방울이 바닥에 떨어지고 나서야 선명한 거실이 보였다. 시선이 자연스럽게 아내와의 결혼사진을 걸어둔 소파 위쪽을 향했다.

그 순간 나는 그 자리에 얼어붙은 듯 멈춰 섰다. 아내와의 결혼사진이 부모님과 함께 찍은 가족사진으로 바뀌어 있었다.

*

기어코 어젯밤을 같이 보내려던 어머니를 겨우 돌려보내고서 아침 일찍 집을 나섰다. 아내가 갈 만한 곳을 찾으려 했으나 그곳이 어디인지 도무지 감이 잡히지 않았다. 내가 회사에 출근하고 나면 집에 혼자 남아 있을 아내가 어디를 돌아다녔을지 아무것도 아는 것이 없었다. 결국 일단 아내의 '존재'를 먼저 확인하기로 마음먹었다.

"……."

그리고 지금, 동사무소에서 막 떼어온 서류를 들고 공원 벤치에 앉았다.

손에 있는 하얀 종이 문서를 한 번 더 바라보았다. 종이를 쥔 손에 힘이 들어갔다.

동사무소에서는 내가 혼인신고를 한 사실이 없다고 했다. 혹시나 해서 떼어본 가족관계증명서에도 역시나 아내가 없었다. 이런 상황이 이제는 이상할 만큼 이해가 갔다.

그래. 이 기록도 없어야 지금까지 상황이 말이 되니까.

"침착하게. 객관적으로 생각해 보자."

나는 가족관계증명서를 뒤집은 후 가방 위로 올렸다. 그러고는 늘 들고 다니던 펜을 꺼내 몇 가지를 적었다.

1월 20일, 아내 실종.

이수진, 33세. 키 163cm. 왜소한 체격.

지금까지 발생한 일들에 대해 몇 가지 가설을 세워 보았다.

부모님이 아내를 모르는 이유. 그럴 리가 없지만, 혹시 부모님께 결혼 사실을 알리지 않았던 거라면?

아내와 관련된 전화번호가 사라진 이유. 내가 애초에 장모님과 처남의 전화번호를 잘못 저장했을 수도 있다. 단 한 번도 내가 직접 전화한 적은 없으니까. 아내의 전화번호는 아내가 말없이 바꾼 것이겠지.

마지막으로 사진이 바뀐 이유.

"사진이 바뀐 이유……."

볼펜만 달칵거렸다. 아무리 생각해도 사진에 관한 가설이 세워지지 않았다. 혹시나 하는 마음에 다른 사진도 확인해 보았지만, 사라진 건 오직 아내뿐이었다. 그렇다면 모든 조건을 충족할 수 있는 가설은 딱 하나였다.

"내가 미친 건가."

차마 하지 못했던 말을 입 밖으로 내뱉자 기다렸다는 듯 배 속에서 무언가 쿵 하고 떨어지는 느낌이 났다. 모든 것이 인정할 수밖에 없는 상황으로 돌아가고 있었다. 아내라는 '존재'는 나만 부정하면 이 세상에서 아예 없던 게 된다.

순간 멍하니 허공을 바라보던 내 눈에 익숙한 사람 하나가 들어왔다. 검은색 중단발을 하고 조금 얇아 보이는 코트를 입은 여자는 반대편 도로에서 보행 신호를 기다리고 있었다. 곧 초록색으로 신호가 바뀌자 여자가 점점 내가 있는 벤치 쪽으로 걸어왔다.

나는 익숙한 그 얼굴을 발견하고 자리에서 벌떡 일어났다.

"세영 씨!"

나를 보지 못한 듯 스치고 지나가는 세영을 서둘러 불러 세웠다. 한 번에 알아보지 못한 모양인지 처음에는 낯설어하는 듯하던 세영은 곧 환하게 웃으며 나를 반겼다.

"어머, 주혁 씨! 여기는 웬일이에요?"

세영이 밝은 목소리로 물었다. 세영은 아내가 결혼하기 전부터 친하게 지냈던 몇 안 되는 친구였다. 결혼 후에도 종종 왕래하던 사이라 나와도 몇 번 인사를 나눈 적이 있다. 그런 아내의 친구가 나를 기억하고 있다.

나는 인사말도 잊은 채 곧장 아내에 관해 물었다. 목소리가 떨리고 있었다.

"세영 씨, 수란이 알죠?"

"예? 갑자기 그게 무슨 말이에요?"

세영이 마치 이상한 질문을 한다는 듯이 말했다.

역시나 아내를 기억하지 못하는 건가.

그러나 내 예상과는 달리 세영이 장난스레 웃으며 대꾸했다.

"당연히 알죠. 친구인데. 무슨 질문이 그래요?"

세영이 어이없다는 듯 웃으며 내 팔을 툭 쳤다. 아내를 안다는 그 말에 정신이 번쩍 들었다. 세영은 여전히 두 눈을 깜빡이며 내 대답을 기다렸다. 나는 흥분을 주체하지 못하고 세영에게 되물었다.

"수란이 기억나요? 진짜로?"

"왜 그래요? 무슨 일 있어요?"

"진짜…… 진짜 알아요?"

내 말에 세영이 고개를 끄덕이자 나도 모르게 그녀의 어깨를 덥석 잡았다. 그러자 세영이 깜짝 놀라 잠시 뒤로 물러났다.

"주혁 씨, 이거 좀 놓고 말해요."

세영이 당황한 듯 어깨를 움츠렸다. 그녀의 어깨를 잡은 두 손바닥에서 뜨거운 열기가 올라왔다. 나는 간신히 숨을 고르고 세영에게 다시 물었다.

"역시 기억할 줄 알았어요. 수란이 지금 어디 있는지 알아요?"

"수란이요? 분명 어제……."

세영이 말끝을 흐렸다. 분명 '어제'라고 했다. 그런데 갑자기 세영은 입을 꾹 다물고 무언가를 회상하듯 초점 없이 허공을 응시했다. 하지만 나는 재촉하지 않고 세영이 스스로 입을 열 때까지 기다렸다. 그러나 세영은 한참이 지나도 입을 열지 않았다.

"세영 씨?"

내가 조심스레 세영을 부르자 그제야 세영이 다시 정신을 차린 듯 눈을 끔뻑였다. 그러고는 고개를 갸웃거리며 다시 입을 열었다.

"아, 뭐라고요? 어디까지 이야기했죠?"

세영이 웃으며 다시 물었다. 말을 돌리는 그녀의 모습에 답답해 미칠 지경이었다. 나는 조금 흥분한 목소리로 다시 물었다.

"수란이 어디 있는지 아느냐고요."

"아……. 수란이."

세영이 알겠다는 듯 고개를 끄덕였다. 이상했다. 세영의 반응은 아까와는 달리 빈 껍데기처럼 비어 있는 것 같았다. 세영은 계속해서 아내의 이름을 기억하려는 듯 되뇌었다. 하지만 그녀는 곧이어 고개를 가로저으며 아까와는 전혀 다른 답변을 내뱉었다.

"저는 그런 사람을 모르는데요?"

"네?"

갑자기 달라진 말에 반사적으로 되물었다.

"이봐요, 세영 씨. 장난하지 말고. 수란이가 어제부터 실종되었어요. 세영 씨도 알잖아요. 수란이는 연락도 없이 사라질 애가 아닌 거. 그렇죠?"

답답한 마음에 나도 모르게 점점 목소리가 커졌다. 나는 애써 끓어오르는 화를 참고 침착하게 상황을 설명했다. 하지만 내 말에도 세영은 여전히 고개를 저을 뿐이었다. 그 모습에 나도 결국 참았던 울분이 터져 나왔다.

"안다고 했잖아요! 분명 기억한다고 하지 않았습니까! 그런데 왜 갑자기 모른다고 하는 거예요? 당신, 수란이 친구였잖아!"

"왜, 왜 이래요!"

나도 모르게 흥분하여 세영의 팔을 잡고 거칠게 몰아붙였다. 세영이 인상을 쓰며 아프다고 소리쳤지만 내 귀에는 들어오지 않았다. 격앙된 내 모습에 주위 사람들도 서서히 우리를 주목하기 시작했다.

다시 세영을 다그치며 팔을 흔들자, 작은 세영의 몸이 이리저리 흔들렸다.

“세영 씨, 말 좀 해줘요. 우리 수란이 존재하는 거 맞죠?”

“아……. 아저씨! 아!”

세영이 결국 내 힘에 못 이겨 바닥에 쓰러졌다. 가녀린 그녀의 몸이 쿵 하고 바닥에 떨어지자, 그제야 아차 싶었다. 나는 화들짝 놀라 넘어진 세영을 일으켜 세우려 했지만, 세영은 잔뜩 겁에 질린 채 나에게서 벗어나려 발버둥 쳤다.

“저리 가!”

“미, 미안해요. 제가 너무 흥분해서 그만…….”

내 사과에도 세영은 비명을 지르며 나에게서 멀어졌다. 그녀는 마치 치한이라도 만난 듯 겁에 질린 얼굴로 바닥을 기었다. 내 주위로 사람들이 하나둘씩 모였다. 마치 현장에서 범인을 검거하기라도 한 것 같은 모양새였다.

나는 당황한 얼굴로 세영에게 다시 다가갔다.

“세영 씨…….”

“꺅!”

세영이 따라오는 나를 바라보며 기겁하듯 비명을 질렀다. 그 모습에 나는 감히 더 다가가지 못하고 자리에 우두커니 멈춰 섰다. 주위 사람들이 세영의 팔을 잡고 그녀를 일으켰다.

“저, 저 사람이 자꾸 저한테 이상한 질문을 했어요. 자꾸 수란이라는 사람이 누군지 아냐면서…….”

세영이 울먹이며 도와준 사람들에게 하소연하듯 말했다.

순간 망치로 머리를 맞은 것처럼 윙 하고 울렸다. 그녀는 무슨 이유에서인지 나와 아내를 모른다고 말하고 있었다.

“세영 씨, 그게 무슨 말이에요? 저 최주혁입니다. 당신 친구 이수란 남편이요! 아까 수란이 안다고 했잖아요!”

“모른다고요! 도대체 나한테 왜 이러는 거예요!”

내 외침에 세영이 결국 울음을 터트렸다.

아냐. 이럴 리가 없어. 분명 안다고 했는데.

“당신 도대체 나한테 왜 이래요? 저 진짜 모른다고요. 당신, 오늘 처음 본다고요!”

세영이 새파랗게 질린 얼굴로 소리쳤다. 그러고는 미처 붙잡기도 전에 내가 있는 곳의 반대편으로 뛰어가 재빨리 횡단보도를 건넜다.

“세영 씨……!”

나는 멀어지는 세영을 쫓아가려 몸을 움직였다. 조금만 빨리 뛰면 세영을 따라잡을 수 있을 것 같았다. 그 순간 누군가가 내 어깨를 강하게 눌러 내렸다.

“쉿, 그만. 시선이 너무 많아.”

뒤통수 위로 굵은 남자의 목소리가 들렸다. 마치 바윗덩이가 누르는 듯한 그 힘에 나도 모르게 자리에 털썩 주저앉았다. 이미 세영의 모습은 인파에 섞여 보이지 않았다.

"안 돼……."

놓쳤다. 아내를 기억하는 유일한 사람이었는데.

갑자기 눈앞이 빙글빙글 돌고 속이 메스꺼웠다. 금방이라도 토할 것처럼 숨이 가빠왔다. 몰렸던 사람들은 다시 제 갈 길을 갔는지 어느새 주위가 한산했다. 나를 누르는 손이 없어지자 내 몸은 그대로 바닥에 곤두박질쳤다. 사람들의 말소리가 물속에서 울리는 것처럼 뭉개져 들려왔다.

"정신 차려!"

마지막 시선 위로 짧은 머리의 여자가 언뜻 보였다. 그 여자는 쓰러지는 나를 잡고서 내 뺨을 몇 차례 때렸다. 눈이 번쩍 뜨일 만큼 아팠지만, 도무지 정신을 차릴 수가 없었다.

"기절했어. 일단 옮기자. 감시자가 너무 많아."

아까 들었던 남자의 목소리를 끝으로 서서히 의식이 흐려졌다.

*

똑, 똑.

멀리서 물방울이 떨어지는 소리가 들렸다. 공기는 차갑고 축축했고, 누워 있는 자리에는 서서히 한기가 타고 올라왔다. 힘겹게 눈을 떠보니 어둡고 온통 곰팡이 천지인 천장이 보였다.

몸을 일으키려 하는데 누군가가 두들겨 팬 것처럼 온몸이 아팠다. 마치 여러 군데 타박상을 입은 듯 온 관절 마디가 쑤셨다. 겨우 상체만 일으키고 벽에 기대어 앉았다. 그제야 서서히 주위가 눈에 들어왔다.

벽지도 칠해지지 않은 콘크리트 벽과 군데군데 배관이 보이는 걸로 보아 사람이 사는 곳은 아닌 것 같았다. 멀리서 들려오는 물방울 소리는 배관 어딘가에서 물이 새는 것 같았다. 작은 방처럼 되어 있는 이곳은 마치 아주 오래된 듯, 가구들이 녹슬어 있었다. 그때 방문이 열리며 누군가가 들어왔다.

"어, 일어났네요?"

앳된 목소리의 청년이 놀란 듯 눈을 끔뻑였다. 남자치고는 선이 가늘고 얼굴은 고작해야 갓 성인이 된 듯해 보였다.

"정연 누나! 아저씨 일어났어요!"

무슨 상황인지 몰라 눈만 끔뻑이고 있는데 청년이 빙긋 웃으며 나에게 다가왔다. 그는 문 밖에서 들리는 발소리에 걸음을 멈추고는 다시 고개를 돌려 복도를 바라보았다. 하지만 복도를 향해 돌아선 그의 얼굴이 조금씩 놀란 표정으로 바뀌기 시작했다.

"누나, 방금 깼어요. 여기……. 어, 어? 어? 누나, 자, 잠깐!"

청년은 말을 하다 말고 당황한 얼굴로 옆을 바라보았다. 그러고는 그가 미처 말릴 새도 없이 방 안으로 여자 하나가 들어왔다.

"윽!"

여자는 순식간에 나를 벽면으로 밀치고 팔꿈치로 목을 눌렀다. 거의 동시에 목 언저리에 무언가가 와 닿았다. 이 시린 것이 무엇인지 대번 느낌이 왔다.

나를 보는 여자의 눈빛이 호랑이 안광처럼 서슬 퍼렇게 빛났다.

"당신, 누구를 잃어버린 거야?"

여자의 목소리에서 확신이 느껴졌다. 그녀는 내가 누군가를 찾고 있음을 이미 알고 있는 듯했다. 내가 대답을 망설이자 여자가 한 번 더 목을 짓이겼다.

"크……. 아, 아내요. 아내가 사라졌습니다."

"정연 누나! 그만해요!"

내가 숨을 헐떡이며 겨우 대답하자, 청년이 다급하게 외쳤다. 정연은 내 눈을 똑바로 바라보더니 서서히 손에 힘을 풀기 시작했다. 짓눌렸던 목이 풀리자 절로 기침이 쏟아졌다.

"괜찮으세요?"

청년이 반쯤 쓰러진 나를 일으켜 세우며 물었다. 나는 겨우 기침을 멈추고 숨을 골랐다. 목 언저리가 따끔한 것을 보니 정연이 들고 있는 칼에 조금 베인 듯했다. 정연은 방구석에서 담배에 불을 붙이고 있었다. 그녀는 이마 위로 쏟아진 짧은 앞머리를 담배 연기와 함께 후 불었다.

"언제부터 잃어버렸어?"

정연이 뿌연 담배 연기를 내뿜으며 물었다. 여자와 청년이 누구인지 기억을 더듬어 보았지만 아무것도 떠오르지 않았다. 내가 아는 사람일지도 모른다는 생각도 얼핏 들었지만 아무리 보아도 모두 초면인 얼굴들이었다. 정연은 나와 연배가 비슷해 보였지만 청년은 나보다 한참 어린, 어쩌면 미성년자일지도 모른다는 생각이 들었다. 나는 그들의 눈치를 살피며 조용히 답했다.

"……어제부터요."

"얼마 안 지났네. 사진은?"

정연은 내 상황을 별로 대수롭지 않다는 듯이 말했다. 그녀의 어조는 마치 형사가 심문하는 것과 비슷했다. 방 안에 정연의 담배 연기가 가득차자, 청년이 쿨럭거리며 손을 펄럭였다. 나는 아내의 사진을 떠올리며 고개를 가로저었다.

"이상하게 들리겠지만 아내는 사진 속에서……."

"없어졌겠지. 아주 감쪽같이."

예상했다는 듯 정연이 무심하게 말을 잘랐다. 그 순간 나는 고개를 번쩍 쳐들고 정연을 바라보았다. 그녀는 나의 모든 상황을 알고 있는 듯했다. 정연은 회색빛으로 변한 담배 끝을 바닥에 툭툭 털었다. 그러고는 다시 한번 깊게 연기를 들이마신 후 말했다.

"정신 차렸으면 밖으로 나와."

정연이 담배꽁초를 휙 던져 버리고 먼저 밖으로 나갔다. 혼란스러웠다. 어제부터 일어난 일도 그렇고, 아무도 이해하지 못할 것 같던 상황을 누군가가 이미 알고 있다는 것도 온통 뒤죽박죽이었다. 멍하니 정연이 나간 곳을 바라보고 있는데 옆의 청년이 조용히 내 어깨를 잡았다.

"일단 나가죠. 나가면 모든 것을 들을 수 있을 거예요."

청년은 자신을 한보배라고 소개했다. 보배는 비틀거리는 내 몸을 부축해 주었다. 몇 번인가 이 상황에 관해서 물어보았지만, 보배는 그저 나중에 다 설명해 줄 것이라고만 답했다.

긴 복도를 지나 걸어가니 멀리서 환한 전등 빛이 보였다. 보배는 저곳이 자신들이 모이는 장소라고 말했다. 이 건물은 아주 오래된 구옥인 듯했다. 도저히 사람이 사는 곳처럼 보이지 않았다. 벽에 칠해진 페인트는 곳곳이 벗겨져 부식되었고, 언뜻 짐승의 분변도 보였다. 전등은 금방이라도 꺼질 것처럼 깜빡였지만, 커다란 덩치의 남자가 톡 건들자 다시 정상으로 돌아왔다.

보배가 내 팔을 이끌고 비어 있는 의자를 가리켰다. 긴 사각형으로 된 테이블 위에는 누렇게 빛바랜 종이뭉치들이 널브러져 있었다. 언뜻 보기에는 마치 비밀 아지트와 같은 분위기를 풍겼다.

"여기가 어딥니까?"

상황을 파악하려 먼저 장소를 물었다. 세영에게 아내에 관해 물어본 것까지는 기억이 났다.

아니, 좀 더 생각해 보면 세영이 아내와 나를 모른다고 하고 도망치던 것까지 기억난다.

내 물음에 보배가 먼저 대답했다.

"일단 여기는 저희가 모이는 장소예요. 제 어머니가 여기서 꽃집을 하셨었거든요. 원래는 영농화원이라는 이름이었는데, 지금은 뭐 보다시피……. 저는 아까도 말씀드렸지만 한보배입니다. 여기는 이정연 누님이고, 여기 이분은……."

"서장수요."

보배의 말을 끊고 아주 큰 덩치의 사내가 자신의 이름을 밝혔다. 낮은 목소리가 화원을 웅웅 울렸다. 마치 음성 변조를 한 것과 같은 목소리였다. 기억을 잃기 전에 들었던 목소리다.

나는 내 이름을 간단하게 말한 후 다시 주위를 둘러보았다. 이미 창문 사이로 보이는 밖은 컴컴하니 어두워져 있었다.

이럴 때가 아닌데.

문득 머릿속에 정연이 나의 상황을 이미 알고 있다는 것을 기억해 냈다. 그녀에게 물어보고 싶은 것이 한두 개가 아니었다. 이 상황은 도대체 어떤 것이며, 왜 나에게 이런 일이 일어났는지 묻고 싶었다. 수많은 질문 중 하나를 골라 모두에게 물었다.

"어떻게 이 상황을 알고 있죠?"

"……네 상황이 아니야. 우리의 상황을 알고 있는 거지."

정연이 의미심장하게 대답했다. 그녀는 자신의 재킷 주머니에서 종이 석 장을 꺼내 차례대로 테이블 위에 올려놓았다. 중년의 여자와 초등학생 정도로 보이는 여자아이, 그리고 아주 어려 보이는 남자아이의 초상화였다. 몇 번이나 지우고 다시 그린 흔적이 보였다.

나는 그 초상화를 한참 들여다보다 다시 정연을 쳐다보았다.

"이게 뭡니까?"

"사라진 사람들."

이번에는 장수가 대신 대답했다. 그는 어린 여자아이의 초상화를 가리켰다.

"우리가 찾고 있는 사람들이지. 여긴 내 딸, 서지원. 나이는 열 살. 1년 전 하교 도중 실종되었지. 여기 이 남자아이는 장규민, 3년 전 실종된 정연의 아들이고, 이 여자는 6개월 전에 실종된 김정숙, 보배의 어머니지."

"그렇다는 것은……."

내 눈꺼풀이 점점 올라갔다. 휘둥그레진 눈으로 사진과 그들을 번갈아 보았다. 보배가 작게 고개를 끄덕이며 입을 열었다.

"네. 당신과 같은 상황이에요. 실종자들과 관련된 모든 기록이 사라졌죠."

"말도 안 돼……."

나도 모르게 중얼거렸다. 순간 밀려오는 두통에 관자놀이를 꾹 눌렀다. 상황이 점점 더 복잡해지는 것 같았다. 아내뿐만 아니라 이 세 명의 인물이 똑같은 상황이라면 분명 무언가가 더 있을 거라는 생각이 들었다.

“혼란스러운 거 알아요. 저희도 그랬으니까요.”

보배가 나를 위로하듯 부드럽게 말했다. 그들은 나를 둘러싼 채로 하나둘씩 자리에 앉았다. 정연은 맞은편에 앉아 가만히 나를 쳐다보고 있었다. 그녀는 무슨 말을 하려는지, 잠시 입술을 달싹이다 다시 입을 다물었다. 아마 나에게 무슨 말을 먼저 해야 할지 망설이는 것 같았다. 곧 정연이 테이블 위로 손을 가지런히 내려놓고 입을 열었다.

“당신, 조금이나마 기억이 선명할 때 실종자의 초상화 하나 그려놓는 게 좋을 거야. 점점 기억 속에서 흐려질 테니까. 물론 여전히 사진 속에 실종자가 없다면 말이야.”

정연은 말하면서 능숙하게 담배를 입에 물었다. 그녀는 한 개비를 다 피운 지 얼마 되지도 않아 또다시 담배 연기를 들이마셨다.

나는 주머니에서 펜을 하나 꺼내 근처에 굴러다니는 아무 종이나 집었다. 그러고는 정연이 말한 대로 ‘초상화’라는 단어를 적었다. 펜을 쥔 손은 원하지 않았음에도 덜덜 떨려왔다. 글자를 꾹꾹 눌러쓰는 동안 알 수 없는 감정이 복받쳐 올라왔다.

나는 목이 멘 목소리로 조용히 중얼거렸다.

“제가 미친 게 아니군요.”

“아아.”

정연이 이해했다는 듯 짧게 고개를 끄덕였다. 보배가 내 등을 부드럽게 쓰다듬었다.

“우리도 처음에는 미친 줄 알았어요. 주변 사람들한테 이야기도 해봤지만 과대망상이다, 뭐다 여러 병명을 붙이며 미친 사람 취급하더라고요.”

보배의 말에 나는 킁 하는 우스꽝스러운 소리를 내며 숨을 들이마셨다.

그들은 지금까지 일어난 일에 대해 자세히 설명했다. 이따금 정연이 허벅지에 찬 칼을 매만졌지만 애써 못 본 척했다.

그들의 말에 의하면, 자신들 역시 한순간에 가족들을 잃었고 그들 또한 이 세상에서 완전히 사라졌다고 했다. 나와 아주 똑같은 상황 속에서 그들은 여전히 실종자들을 찾고 있었다. 그러나 어제부터 자신들의 상황이 조금 바뀌었다고 했다.

정연이 묘한 눈빛으로 나를 바라보았다. 조명에 비친 그녀의 얼굴은 적당히 음영이 드리워서 날카로운 분위기를 풍겼다.

그녀가 지갑에서 사진 한 장을 꺼냈다. 사진 속의 정연은 훨씬 더 부드럽고 다정한 인상이었다. 그녀는 옆의 아이를 소중하게 안고 있었으며, 둘 다 환한 미소를 짓고 있었다. 정연이 안고 있는 아이는 아까 초상화에서 보았던 그 아이였다.

"이것은……."

나는 사진을 들고서 놀란 표정을 지었다. 그러자 정연이 맞다는 듯 고개를 끄덕이며 다시 말을 이었다.

"정확하게 말하자면, 어제부터 실종자들의 사진이 다시 돌아오기 시작했어. 하지만 사진만 돌아왔을 뿐 상황이 달라지지는 않았지."

"자, 잠시만요. 사진이 돌아와요?"

나는 두 눈을 휘둥그레 떴다. 그러자 장수와 보배 역시 실종자들의 사진을 꺼내어 나에게 보여주었다. 그들이 보여준 사진 속에도 역시 아까 초상화에서 보았던 사람들이 그대로 찍혀 있었다.

말도 안 돼. 아내의 사진은 어제부터 없어졌는데.

내 표정을 살피던 정연이 조용히 말을 이었다.

"정확히 어제 아침부터 실종자들의 사진이 다시 돌아왔어. 당신 아내는 언제부터 사라졌지?"

정연이 나에게 몸을 가까이 숙이며 물었다. 그러자 그녀의 허벅지에 걸린 칼이 빛을 받아 번쩍하고 빛났다. 나는 마른침을 꼴깍 삼키고 대답했다.

"어제 아침부터요. 아침부터 보이지 않았어요. 장모님과 처남에게 전화했지만, 전혀 모르는 사람들이었어요. 저희 어머니까지 아내의 존재를 몰랐고요. 여러 가지 가설을 세워봤지만 공통적으로 연결할 수 있는 것들이 없었어요. 특히 사진은……. 도대체 어떻게 이럴 수가 있죠? 사람이 한순간에 사라지다니요? 단순 실종이 아니에요. 존재 자체가 사라졌다고요."

"이봐, 진정해."

장수가 흥분한 나를 향해 진정하라는 듯 두 손바닥을 내보였다. 온통 머릿속이 혼란스러웠다.

왜 아내의 사진은 돌아오지 않았지?

순간 머릿속에 번뜩이는 생각 하나가 스치고 지나갔다. 나는 고개를 쳐들고 정연을 바라보았다. 그녀의 눈빛에서 나와 똑같은 생각을 하는 것이 느껴졌다.

"아내가 사라져서 사진이 돌아온 거군요."

"나도 그렇게 생각해."

정연이 작게 고개를 끄덕였다. 나는 참지 못하고 자리에서 일어났다. 갑자기 일어난 탓에 의자가 뒤로 나뒹굴었다.

아무리 생각해도 말이 되지 않는다. 분명 생전 처음 보는 사람들이었다. 그런데 저들과 아내가 무슨 연관이 있단 말인가?

그들에게서 등을 돌린 채 차가운 시멘트벽만 노려보았다. 혹시 내가 저들을 만난 적이 있는지 생각해 봐도 아무런 기억이 나질 않았다. 아내의 경우도 마찬가지였다. 아내와 저들과의 접점이 없었다. 아내와 나 사이에는 아이도 없을뿐더러, 보배와 같은 청년과

인연이 있을 수도 없었다.

"이봐, 최주혁 선생."

장수가 낮은 목소리로 나를 불렀다. 그의 부름에 퍼뜩 정신이 돌아왔다. 나는 뒤를 돌아 다시 그들 앞에 앉았다. 한동안 서로 아무 말 하지 않은 채 조용한 침묵이 이어졌다. 그들은 마치 내가 생각을 정리하는 것을 기다리는 듯했다.

문득 아내의 사진보다 더 이상한 점이 떠올랐다.

이들은 어떻게 나를 찾았을까.

나는 다소 공격적인 목소리로 그들에게 물었다.

"당신들은 나를 어떻게 찾았습니까? 내가 세영 씨를 만나고 있는 것을 어떻게 알았죠? 우연이라고 하기엔 너무 절묘한 타이밍 아닙니까."

내 물음에 모두가 잠시 입을 다물었다. 장수와 보배가 정연을 힐끔 바라보았다. 그 시선에 정연이 잠시 망설이듯 입을 뗐다가 다시 다물었다. 그러나 곧 결심한 듯 입을 열었다.

"이 경사가 알려주더군."

이 경사라면 어제 나를 의심스럽게 바라보던 파출소 경사였다. 그 사람이 어째서 이들에게 내 정보를 주었을까. 나는 여전히 믿을 수 없다는 어조로 다시 물었다.

"왜 그 경사가 당신에게 연락했죠? 무슨 이유로?"

"……나도 그 사람한테 실종 신고를 했으니까."

정연이 한숨을 쉬며 담배 한 개비를 꺼내 들었다. 담배를 입에 물던 그녀가 눈짓으로 권유했지만 나는 그저 고개만 가로저었다. 그녀는 담배에 불을 붙이고서 후 하고 연기를 내뿜었다. 담배 연기 사이로 그녀의 말이 들렸다.

"나도 그 사람한테 신고했거든. 우리 아들 좀 찾아달라고."

"……."

"아들이 하원 중에 없어졌다고 말했지. 그런데 아이의 기록이 없어. 어린이집에 등록한 기록도, 심지어 출생 기록도 없더군. 사진도 마찬가지."

"그래서 당신에게 연락했군요."

"그래. 나랑 같은 말을 하는 사람이 있다고 말이야."

그러니까 이 경사가 나에 관한 이야기를 정연에게 했고, 사진이 되돌아오기까지 하자 나를 찾아온 것이었다. 확실한 것은 저들이 나보다 현재 상황에 대해서 훨씬 더 많은 것을 알고 있을 것이다.

나는 오늘 세영이 보여주었던 태도를 떠올렸다. 처음에는 나와 아내를 안다고 했던 세영이 나중에는 갑자기 나를 모른다고 했다. 이것도 이 사건과 관련이 있을까.

"혹시 제가 오늘 거리에서 세영 씨……. 아니, 어떤 여자와 대화하는 것도 봤습니까?"

“그래.”

정연이 솔직하게 대답했다. 그녀는 적어도 거짓말을 할 것 같지는 않았다. 나는 오늘 있었던 일에 대해 최대한 자세하게 설명했다.

“그 여자는 제 아내의 친구인데, 처음에는 아내를 안다고 했다가 갑자기 모른다고 했어요. 마치 사람이 바뀐 것처럼. 기억이 순식간에 바뀐 것 같다고나 할까. 하지만 장난치거나 거짓말을 하는 것 같진 않았습니다.”

“그렇겠지.”

이번에도 정연은 이미 알고 있다는 듯 고개를 끄덕였다. 나는 답답한 마음에 설명 좀 해달라며 재촉했다. 내 말에 정연은 보배에게 ‘그것 좀’이라는 말을 했다. 그러자 보배가 별말 없이 일어나 화이트보드 하나를 질질 끌고 왔다. 마치 수사 영화에서나 볼 법한 그 화이트보드는 크기가 아주 컸고, 거꾸로 뒤집혀 있었다.

“자, 이게 우리가 지금까지 모은 정보야.”

정연이 눈짓하자 장수가 화이트보드를 정방향으로 회전시켰다.

“이게…….”

나는 입을 떡 벌렸다. 화이트보드에는 무언가가 빼곡하게 적혀 있었다. 이 정보들은 단 며칠 만에 정리한 게 아니었다. 적어도 몇 달, 아니 몇 년 동안 모은 게 분명했다.

"실종자와 밀접한 관계를 가진 사람들은 실종자들에 대한 단편적인 기억은 가지고 있어. 예를 들어 내 남편, 장수의 아내 또는 보배의 아버지. 하지만 그 기억은 늘 불안정해."

"불안정하다고요?"

"그래. 우리는 그것을 '기억의 왜곡'이라고 불러. 오늘 당신이 경험했던 그 세영이라는 여자의 기억이 갑자기 변한 것처럼 말이야."

왜곡. 그 단어가 적절한 것 같았다. 분명 세영은 나와 아내를 기억하고 있다가 갑자기 모른다고 했다.

"어디서부터 왜곡입니까?"

내가 질문하자 정연이 어깨를 으쓱 올렸다. 그러자 곁에서 장수가 대신 대답했다.

"정확하게 어디서부터인지는 몰라. 하지만 이건 확실하지. '감시자'가 있으면 그 기억이 왜곡된다."

"감시자요?"

생소한 단어에 고개를 갸웃거렸다. 정연은 화이트보드에서 가장자리를 조금 지우고 '실종자'라는 글자를 썼다. 그리고 그 옆에는 '찾는 자'와 '감시자' 그리고 '전달자'를 적었다.

"사람들 사이에 감시자가 섞여 있어. 그들은 우리의 행동과 위치를 파악하고 전달자들의 기억을 왜곡시키지. 마치 우리가 실종자를 찾지 못하게 말이야."

정연의 말이 정확히 어떤 뜻인지 잘 이해되지 않았다. 그녀는 '전달자'라는 단어 밑에 '이 경사'와 '세영'을 적었다.

"그리고 전달자는 정보를 가지고 있는 사람들을 칭하고 있어. 네가 말한 세영이라는 여자와 이 경사 같은."

"잠시만요."

나는 생각을 정리하려 잠시 정연의 말을 끊었다. 그녀의 말을 정리하면, 주위 사람 중에는 내 행동을 감시하는 누군가가 있고, 나에게 정보를 줄 수 있는 전달자도 있다.

머릿속에 오늘 하루 보았던 거리를 그려 보았다. 여느 일상과 똑같은 사람들과 거리였다. 이중에서 누가 감시자고, 전달자인지 분간도 가지 않을뿐더러 이렇게 정의를 내리는 것도 이상했다.

"말도 안 돼요. 이 사람들은 그냥……. 평범한 사람들이라고요. 이 경사는 그냥 자기 일을 하는 경찰일 뿐이고, 세영 씨도 그냥 아내의 친구예요. 감시자니 전달자니 말도 안 됩니다."

"평범한 사람들?"

"네. 그냥 평범한……."

순간 무언가 위화감이 느껴졌다. 어제 내가 파출소에서 나올 때까지 밖에서 나를 바라보던 택시 기사가 떠올랐다. 그리고 오늘 세영과 이야기를 나눌 때 몰려들었던 사람들까지 필름이 돌아가듯 머릿속을 스쳤다. 생각해 보면 그들은 나의 행동을 지나칠 정도로 유심히 보고 있었다.

정연이 인상을 찌푸리며 담배 연기를 들이마셨다. 그러고는 테이블 위에 있는 재떨이에 담뱃재를 털었다. 그녀는 의자에 몸을 기댄 채 나를 가만히 바라보고 있었다.

"당신, 설마 이 상황이 보통의 세계에서 일어난 일이라고 생각하는 거야?"

예상치 못한 정연의 질문에 멍하니 있었다. 그녀의 물음이 정확히 무슨 뜻인지 감이 잡히지 않았다.

"그게 무슨 말입니까?"

내 물음에 정연이 픽 하고 코웃음 쳤다. 웃음 소리와 달리 그녀의 모습에는 조금의 장난기도 느껴지지 않았다. 정연이 테이블 쪽으로 몸을 당겨 앉았다. 그러고는 날카로운 눈으로 나를 쏘아보았다.

"지금 이 상황이 원래 당신이 살던 세상과 똑같냐고 묻는 거야."

정연이 마지막 담배 연기를 후 하고 내뱉었다. 어두운 조명 속에 퍼진 하얀 담배 연기는 마치 아지랑이처럼 구불거렸다.

정연이 두 눈을 가늘게 뜨며 말했다.

"믿기지 않으면 내일 다시 그 여자를 찾아가 봐."

〈진실을 말하다〉

1부

"자, 사형 이야기가 나와서 말씀입니다만, 대한민국은 실질적 사형 폐지 국가라고도 볼 수 있습니다. 1997년 이후로는 사형이 전혀 집행되고 있지 않기 때문입니다. 두 분은 이것에 대해 어떻게 생각하십니까?"

찬용이 모니터에 띄워진 '사형'이라는 키워드를 보며 말했다. 그러고는 국진에게 시선을 돌려 자연스레 카메라가 그를 향하게 했다. 방송 화면에는 '사형, 과연 처벌일까, 살인일까?'라는 자막이 나갔다.

"사실 사형의 목적은 중범죄자들을 영구적으로 사회에서 격리하는 것입니다. 하지만 좀 더 생각해 보면 사형이라는 것은 이렇게 볼 수도 있죠. '사람을 죽인 사람'을 '사람을 죽인 적이 없는 사람'이 죽이는 것이라고요. 서로 죽고 죽이는 거예요. 과연 이게 무슨 의미가 있냐, 이 말입니다."

국진이 침까지 튀기며 열변을 토했다. 화면 속에는 그의 얼굴 밑에 '결국 인간이 인간을 죽이는 꼴, 무슨 의미가 있나'라는 자막이 나갔다.

찬용이 국진의 의견을 듣고 종이에 몇 가지 키워드를 적었다. 그러고는 그의 말이 끝난 후에 정리하듯 단어를 곱씹었다.

"그러니까 나 의원님 말씀은 결국 사형도 살인이다, 이런 결론입니까?"

"그렇죠. 우리는 범죄자를 처벌해야 하는 거지, 죽이면 안 되는 겁니다. 그건 처벌이 아니에요. 똑같은 살인마가 되는 것뿐이죠."

국진은 마치 앞에 있는 성수에게 하는 말인 듯 그를 똑바로 쳐다보았다. 둘 사이에서 보이지 않는 스파크가 번쩍였다.

찬용은 잠시 헛기침으로 목을 가다듬었다. 그는 이번에는 성수에게 고개를 돌렸다.

"그럼 김 의원님은 어떠십니까? 아까 분명 사형도 아깝다고 말씀하셨는데요. 중범죄자들에게 내려진 사형, 그 집행에 대해서 어떻게 생각하십니까?"

2

아내가 사라진 지 벌써 3일째다. 회사에는 적당히 아프다는 핑계를 둘러대고 병가를 썼다.

무엇을 해야 할까.

멍하니 거실 소파에 늘어져 있다가 문득 아내에 대한 기억을 가지고 있는 세영을 다시 만나봐야겠다는 생각이 들었다.

'믿기지 않으면 내일 다시 그 여자를 찾아가 봐.'

정연의 마지막 말이 떠올랐다. 정연의 말에는 묘한 힘이 느껴졌다. 그녀는 모든 결과를 이미 알고 있다는 듯이 말했다. 마치, 자신도 똑같이 겪어본 것처럼.

"뭐가 진짜든, 아내를 기억하는 건 분명해. 만나봐야겠어."

다행히 거실 서랍에서 세영의 명함 한 장을 찾았다. 아내가 처음 세영을 소개해 준 날 교환했던 명함이었다. 하얗고 빳빳한 질감의 종이 위로 세영이 근무한다는 출판사 이름이 적혀 있었다.

박세영, 서른한 살. 아내를 기억하는 아내의 친구.

옷장에서 적당히 깔끔한 티셔츠와 검은색 바지를 꺼내며 세영의 정보를 입안으로 곱씹었다.

나갈 채비를 마치고 현관문 앞에 선 나는 나가려다 말고 멈칫했다.

"다녀올게."

아무도 없는 빈집에 누구에게 하는지도 모를 인사를 건넸다. 아무런 대답도 돌아오지 않았지만, 마치 아내가 '잘 다녀와' 하고 인사해 줄 것만 같았다. 나는 한동안 거실을 멍하니 바라보다, 천천히 집을 나섰다.

엘리베이터를 잡아탄 나는 'B1'이라고 적힌 버튼을 물끄러미 바라보며 생각에 잠겼다.

나를 파출소까지 태워다 준 그 택시 기사. 과연 진짜일까.

그날 나를 지켜보던 기사의 눈빛이 떠올랐다. 그리고 정연이 말한 감시자와 전달자에 대한 이야기를 떠올리며 손에 들려 있던 명함과 차키를 바지 주머니 안으로 밀어 넣었다. 그러고는 '1'이라는 버튼을 눌렀다. 다시 확인해 보고 싶었다.

아파트 밖으로 나온 나는 근처에 있던 택시를 잡아탔다.

"어디 가십니까?"

"아……."

나는 목적지를 말하려다 말고 입을 꾹 닫았다. 백미러로 바라본 택시 기사의 눈이 심상치 않았다. 그는 내가 말을 할 때까지 내 얼굴을 빤히 바라보고 있었다. 두 개의 검은 눈동자가 나를 향하자 마치 숨이 멎는 듯한 기분이 들었다.

나는 택시 기사에게 목적지를 간단하게 말하고는 창밖을 내다보며 택시 기사의 눈길을 피했다. 창밖에 비친 광경은 여느 날과 다를 게 없어 보였다. 다들 바쁘게 거리를 걸었고, 저마다 할 일을 하고 있었다.

"그런데 여기는 왜 가십니까? 보니까 출판사인 것 같던데. 혹시 작가?"

택시 기사가 다시금 말을 걸었다. 백미러로 힐끔거리는 그의 곁눈질이 느껴졌다. 나는 일부러 대수롭지 않은 척하며 어깨를 으쓱 올렸다.

"아뇨. 그냥 볼일이 있어 갑니다."

"아아, 난 또 유명한 작가 뭐 이런 건 줄 알았지. 그럼 뭐 누구 만나러 가시나?"

기사는 이리저리 핸들을 꺾으며 자연스럽게 물어왔다. 무심결에 아내의 친구를 만나러 간다고 덧붙이려던 순간, 정연의 말이 다시 떠올랐다.

'우리 주위에 감시자가 있어.'

슬쩍 앞을 보니, 기사는 여전히 나를 힐끔힐끔 바라보고 있었다.

"아……. 뭐 그냥 약속이 좀 있어서요."

나는 이번에도 대충 얼버무렸다.

"허허, 출판사에서 약속이라. 그래도 책과 관련된 일을 하는 것 같으면 대단한 사람이로구먼."

기사는 무언가의 대답을 듣고 싶어 하는 듯했다. 그는 몇 번이나 나에게 왜 출판사에 가는지 물었다. 나는 기사에게 '피곤하네요'라는 말만 남기고 입을 꾹 다물었다. 백미러에서 그의 날카로운 시선이 느껴졌지만, 나는 짐짓 모른 척했다. 그러자 그 기사도 더는 나에게 말을 걸어오지 않았다.

별것 아니었나.

요금을 지불하고 택시에서 내린 나는 세영의 회사를 향해 천천히 걸어갔다. 회사 건물은 온통 푸른 유리로 되어 있어 내 모습은 물론 뒤의 택시까지 반사되어 비추었다. 택시는 여전히 내가 내린 그곳에 멈춰 서 있었다.

"설마……."

나는 설마 하는 마음에 뒤를 돌았다. 그러자 조수석 창문을 열고 나를 바라보던 기사의 눈과 딱 마주쳤다. 기사는 나를 노려보다시피 쳐다보고 있었다. 내가 놀란 눈으로 그를 쳐다보자 기사는 천천히 조수석 창문을 올렸다.

"감시자……."

정연의 말이 자꾸만 머릿속에 맴돌았다. 정체를 알 수 없는 누군가가 계속해서 나를 감시하고 있는 기분이 들었다. 나는 후들거리는 다리를 붙잡고 겨우 회사 안으로 들어왔다.

여러 회사가 모여 있는 건물에서 세영이 다니는 출판사를 찾는 것은 생각보다 쉬웠다. 나는 곧바로 세영의 회사로 올라가 사무실 초인종을 눌렀다.

"어떻게 오셨습니까?"

곧 안에서 나온 남직원이 나를 향해 물었다. 그는 짧고 단정한 머리를 하고 있었으며, 하얀 셔츠 위에 베이지색 니트 조끼를 입고 있었다. 그가 풍기는 분위기는 출판사라는 곳과 무척 어울렸다.

"박세영 과장님을 뵈러 왔습니다. 최주혁이라고 하면 알 겁니다."

"아, 잠시만요. 일단 여기 계시겠어요?"

남직원은 곧 세영을 불러오겠다며 나를 작은 회의실로 안내했다. 출판사답게 책꽂이에는 여러 책들이 전시되어 있었다. 그중에는 아내가 좋아하던《백합의 상처》라는 책도 있었다.

얼마 동안 책을 구경하고 있는데 세영이 반가운 얼굴로 문을 열고 들어왔다. 세영의 얼굴을 마주하자 등줄기가 빳빳하게 굳는 것이 느껴졌다. 어제처럼 두려워하면 어쩌나 하는 생각이 들었다. 나는 긴장된 얼굴로 자리에서 일어났다.

"저……. 안녕하세요, 세영 씨."

내 말에 세영이 잠시 두 눈을 깜빡였다. 그녀는 잠시 나를 바라보다 활짝 미소 지어 보였다.

"어머, 주혁 씨. 여긴 어쩐 일이에요?"

정연의 말이 맞았다. 세영은 어제 일을 기억하지 못했다. 그녀는 어제 겁에 질렸던 상황을 까맣게 잊은 건지 나를 아주 오랜만에 보는 것처럼 반가워했다.

세영이 손에 쥐고 있던 캔커피 하나를 내밀었다.

"자, 여기 커피요."

"고맙습니다. 갑자기 찾아와서 죄송해요. 확인하고 싶은 것이 있어서 왔습니다."

"괜찮아요. 조금 놀라긴 했지만요. 주혁 씨가 저를 찾아올 줄은 몰랐어요. 아마 수란이 때문이겠죠?"

세영의 입에서 아내의 이름이 나오자, 심장이 쿵 하고 떨어지는 느낌이 났다. 세영은 여전히 아내를 기억하고 있었다. 그 사실은 멈춘 가슴을 요동치게 만들었다.

"혹시 제 아내를 언제 마지막으로 봤습니까?"

"네? 수란이요? 지난주에 같이 밥 먹었어요."

커피를 쥔 손에 절로 힘이 들어갔다. 나는 당혹감을 티 내지 않으려 깊게 숨을 들이마셨다.

게다가 세영의 기억은 상당히 구체적이었다. 과연 믿을 만한 기억일까.

세영이 계속해서 말을 이어갔다.

"가만 보자, 지난주 목요일에 같이 저녁 먹었어요. 주혁 씨도 알고 있는 줄 알았는데. 왜요?"

"아뇨, 아닙니다."

"흐음."

세영이 이상하다는 눈초리로 나를 바라보았다. 나는 그녀의 말에 어떻게 설명해야 할지 몰라 잠시 입을 다물었다.

솔직하게 말할까. 아내가 사라졌고, 나는 아내를 찾고 있다고 말하면 세영이 어떻게 반응할까.

"제가 오늘 실수로 아내의 번호를 지웠는데, 혹시 수란이 번호 좀 주실 수 있습니까?"

우물쭈물하다 건넨 내 말에 세영이 정말로 이상하다는 듯이 쳐다보았다. 뒤늦게 내 변명이 너무 형편없다는 것을 깨달았다.

아내의 휴대전화 번호를 외우지 못하는 남편이 어디 있을까.

다행히 세영은 별다른 말없이 자신의 휴대전화를 앞으로 내밀었다. 그녀의 휴대전화 화면에는 아내의 이름과 전화번호가 떠 있었다. 번호는 내가 알고 있는 것과 똑같았다. 나는 한 번 더 세영에게 부탁하고자 최대한 공손한 어조로 다시 부탁했다.

"혹시 아내한테 전화 한번 해주실 수 있나요?"

"네? 참 이상하네."

"아, 그게……."

"혹시 둘이 싸웠어요? 아, 설마 수란이가 전화 안 받아서 그러는 거예요?"

세영이 눈치챘다는 듯 눈썹을 씰룩였다. 아무래도 그녀는 수란이 나와 싸운 후 내 연락을 피하는 거라고 생각하는 듯했다. 나는 아무렴 어떤가 하는 생각에 격하게 고개를 끄덕였다. 작게 한숨을 내뱉은 세영은 '하여튼 이놈의 지지배' 하고 중얼거리며 휴대전화를 다시 집어 들었다.

제발.

나는 속으로 간절히 빌며 세영의 손끝을 바라보았다.

그런데 그녀가 통화 버튼을 누르려는 찰나, 회의실 문이 벌컥 열렸다.

"어라? 아, 회의하고 계셨네요. 죄송합니다."

누군가가 갑자기 회의실 문을 열고 들어왔다. 그러자 세영이 놀란 듯 휴대전화를 든 상태로 몸을 돌렸다. 문 앞에는 세영과 비슷한 이미지의 여직원이 서 있었다. 그 여직원은 회의실 문패를 확인하고서야 깜빡했다는 듯 꾸벅 인사했다. 세영이 조용히 여자 직원에게 나가라는 손짓을 했다.

여직원이 나가자 세영이 다시 나를 바라보았다.

"죄송해요. 밖에 회의 중이라고 걸어놓았는데, 조심성 없이. 그나저나 선생님, 뭐라고 하셨죠?"

"……네?"

나를 부르는 세영의 호칭이 변했다. 문득 세영에게서 아까와는 다른 이질감이 느껴졌다.

나는 혹시나 하는 마음에 다시 한번 아내에게 전화해 달라고 부탁했다. 그러자 세영은 무슨 소리냐는 듯 어이없는 표정을 지었다.

"어머, 선생님. 제가 사모님 연락처를 어떻게 알아요?"

세영은 갑자기 나를 모르는 사람처럼 대하기 시작했다. 나를 바라보며 웃던 눈빛은 어느새 싸늘하게 식어 있었다.

분명 조금 전까지는 정확하게 아내를 기억하고 있었는데.

머릿속에 회의실 문을 열고 들어온 여직원이 떠올랐다.

감시자.

분명 여직원과 세영이 마주친 후부터 태도가 바뀌었다. 정연의 말은 모두 사실이었다.

나는 더는 세영과 이야기할 수 없겠다고 판단하고는 자리에서 일어났다. 그러고는 만나서 반가웠다고 둘러대며 회의실을 나섰다. 세영이 의아한 듯 고개를 갸웃거렸지만, 그녀 역시 별달리 나를 잡지는 않았다.

"어? 벌써 가세요?"

회의실 바로 앞에서 복사기를 사용 중이던 남직원이 웃으며 물었다. 그는 내 손에 쥐여 있는 캔커피를 힐끗 바라보았다. 멀리서 나를 바라보는 여직원의 시선이 느껴졌다. 나는 뭐라 더 말하지 않고 그저 꾸벅 인사만 한 후 세영의 회사를 빠져나왔다.

엘리베이터에 오르자마자 정연에게 전화를 걸었다.

"정연 씨 말이 맞았습니다. 갑자기 세영 씨의 기억이 왜곡됐어요. 둘이 있을 때는 괜찮았는데, 갑자기 회의실에 어떤 여자가 들어오고 난 후부터 태도가 바뀌었어요. 마치 저를 모르는 사람처럼 대하더라고요."

- 그랬겠지. 감시자가 기억을 왜곡시켰으니까.

"그 여자를 만나기 전에는 분명 아내를 기억하고 있었습니다. 하지만 도무지 모르겠어요. 누가 감시자인지……."

정연은 묵묵히 내가 하는 말을 들어주었다. 나는 한동안 오늘 있었던 일들을 정연에게 풀어놓았다. 한참을 듣던 그녀는 나에게 화원으로 오라고 말했다.

"화원요? 지금요?"

- 그래.

"왜요? 무슨 일 있습니까?"

이전보다 더 가라앉은 그녀의 목소리에 나도 모르게 침을 꼴깍 삼켰다.

– 지원이 찾았어. 장수 씨 딸 말이야.

"……정말입니까?"

– 지금 다 모여 있어. 확인하고 싶으면 화원으로 와.

정연은 짧은 말을 남기고서 전화를 끊었다. 나는 한동안 멍하니 거리에 서 있었다.

장수의 딸을 찾았다고? 하필 지금? 아내가 사라진 직후에?

나는 서둘러 택시를 잡아탔다. 택시 기사가 말을 걸어왔지만 못 들은 척 무시했다. 일부러라도 무언가에 열중해야겠다고 마음먹은 나는 재킷 안쪽에 있던 작은 수첩 하나를 꺼내들었다. 나는 그곳에 지금까지의 상황을 정리하기 시작했다.

정연 : 아들 장휘민 5세, 3년 전 실종

장수 : 딸 서지원 10세, 1년 전 실종

보배 : 어머니 김정숙 45세, 6개월 전 실종

나 : 아내 이수진 32세, 3일 전 실종

아내가 사라진 직후 실종된 이들의 사진이 다시 돌아왔고, 장수는 딸을 찾았다.

"도대체 뭐가 어떻게 된 건지……."

이 정보 속에서 아내와의 연관성을 찾아보려 했지만, 도무지 떠오르는 것이 없었다.

얼마 후 택시는 화원 앞에 멈춰 섰다. 나는 서둘러 택시에서 내렸다. 낡아빠진 복도를 지나 화원 안으로 들어가는 길이 그렇게 길게 느껴질 수가 없었다.

"정말입니까? 정말 딸을 찾은 거예요?"

뛰다시피 화원으로 들어선 나는 장수를 발견하자마자 물었다. 그러자 이미 도착해 있던 보배가 진정하라는 듯 나를 의자에 부드럽게 끌어다 앉혔다. 보배는 나에게 따뜻한 차 한 잔을 건네며 내 어깨를 작게 토닥였다. 향긋한 재스민 향을 맡자 마음이 조금씩 진정되는 것이 느껴졌다. 나는 보배에게 고맙다는 뜻으로 고개를 꾸벅 숙여 보였다.

앞에 앉은 장수는 김이 모락모락 나는 차를 그저 바라보고만 있었다.

"잘 모르겠어. 분명 지원이였는데……. 순식간에 사라져서 확인하지 못했어."

장수가 침울한 목소리로 중얼거리듯 답했다. 옆에서 정연이 아무 말 없이 차를 들이켜기만 했다. 그녀는 생각보다 침착했다. 마치 이럴 것이라고 예상이라도 한 듯 그저 허공을 바라보며 차만 마시고 있었다.

"어디서요? 인상착의는 어땠습니까? 실종되었던 그날과 똑같았습니까?"

나는 답답한 마음에 장수에게 한꺼번에 질문했다. 그러자 정연이 그만하라는 듯 나를 바라보며 고개를 가로저었다. 그녀는 찻잔을 만지작거리며 조용히 입을 열었다.

"이상하지 않아?"

그녀의 말에 모두의 시선이 한 곳으로 모였다. 정연은 여전히 찻잔 입구를 손가락으로 빙글빙글 매만지며 말을 이었다.

"갑자기 사진이 나타났고, 실종자도 우리 눈에 띄기 시작했어."

"누나, 왜 그래요? 지원이를 찾은 건 잘된 일이잖아요."

"그러니까 이상하다는 거야."

정연이 고개를 들어 나를 바라보았다. 뒤이어 장수와 보배를 번갈아 바라보던 그녀는 이내 눈살을 찌푸렸다. 그녀의 얼굴에는 의혹이 다분했다.

"뭐가 이상하다는 거야?"

장수가 의아한 듯 물었다. 그러자 정연이 주머니에 있던 칼을 꺼내 테이블 위로 올렸다. 그녀의 돌발적인 행동에 모두가 주춤하고 뒤로 물러섰다. 정연의 칼은 마치 횟집에서나 쓸 것처럼 가늘고 길었다. 정연은 그 칼을 손으로 꽉 쥐고 말을 이었다.

"생각해 봐. 여태 존재도, 사진도 없던 실종자가 갑자기 모습을 드러내고 있어. 특히 당신을 만나고 난 후에 말이야."

"예? 저 말입니까?"

정연이 칼끝으로 나를 가리켰다. 그 섬뜩한 기백에 나도 모르게 항복하듯 두 손바닥을 양옆으로 들어 올렸다. 정연은 다시 칼을 테이블 위에 내려놓았다.

"자그마치 3년이야. 3년 동안 찾아 헤맸어. 흔적조차 없고, 세상에 존재하는지도 확실하지 않은 아이를 3년 동안 찾았단 말이야. 그런데 갑자기 사진이 되돌아왔지. 그것도 우리 모두 동시에."

그녀의 말에 보배와 장수가 서로를 바라보았다. 정연은 쉬지 않고 말을 이었다.

"나타난 시기도 이상하지 않아? 당신의 아내가 사라지고 난 후 사진이 돌아오고, 갑자기 실종자가 우리 눈에 띄기 시작했어. 마치 상황이 짜인 것처럼 너무 절묘하잖아."

정연은 실종자들과 내가 마치 무슨 연관이라도 있는 것처럼 말했다.

"에이, 누나. 너무 억측 아네요? 그건 그냥 우연히……."

보배는 난처한 얼굴로 나를 흘끔대며 정연을 말렸다. 하지만 정연은 여전히 의심스러운 표정을 거두지 않았다.

"우연? 장수 씨, 오늘 어디서 딸을 봤지?"

장수는 정연의 질문에 눈을 지그시 감고 오늘 일을 회상하듯 눈썹을 살짝 찡그렸다.

“지원이가 다녔던 학교에 찾아갔어. 수업 마칠 때쯤에 교문에서 기다리고 있는데 지원이가 혼자 교문을 나서더라고. 처음에는 긴가민가했는데, 확실했어. 지원이가 맞아.”

장수가 확신에 찬 목소리로 말했다. 어느새 그의 얼굴은 붉게 상기되어 있었다. 그는 감정이 복받치는지 두 손을 가늘게 떨고 있었다. 정연은 그런 그를 가만히 바라보다 다시 나에게로 시선을 돌렸다.

“거봐, 이상하지 않아? 너무나도 찾기 쉬운 곳에 실종자를 다시 내보냈어.”

“일상생활로 돌아간 걸 수도 있잖아요.”

“그렇다면 그 전에 알아서 집으로 왔겠지. 굳이 하교하는 시간에 맞춰서 나올까? 아니면 부모에게 연락했다든가, 길가에 울고 있어서 경찰이 보호하고 있다든가가 여러 가지 상황들이 많은데.”

분명 정연의 주장은 일리 있었다. 정말 모든 상황이 마치 짜인 각본처럼 딱 맞아 떨어졌다. 마치 내가 이 사건에 나타나길 기다렸던 것처럼.

“마치 우리를 유인하는 것 같아. 당신이 나타나자마자 무언가가 시작된 것처럼.”

정연이 입술을 잘근잘근 씹었다. 나는 아무런 말도 못하고 그저 멍하니 테이블 위만 바라보았다. 한동안 무거운 침묵이 화원을 맴돌았다. 그러다 보배가 분위기를 참지 못하고 자리에서 일어났다.

“자자, 일단 장수 형님 딸이 나타난 것은 좋은 일이잖아요? 뭐가 어떻게 되었든 실종자를 찾아보자고요. 그동안에는 단서도 찾을 수 없었잖아요.”

분위기를 바꿔보려는 듯 보배가 과장하듯 밝게 웃으며 손바닥을 딱 마주쳤다. 그러고는 우리의 대답을 기다리는 듯 눈짓으로 장수를 가리켰다. 옆에서 우울하고 어두운 장수의 기운이 그대로 느껴졌다. 보배를 따라 자리에서 일어난 정연이 장수의 어깨를 톡 건드렸다.

“그래. 그래도 딸이 무사한 것을 본 게 어디야. 내일부터 같이 찾아보자.”

“아, 그래. 고마워.”

장수가 후 하고 숨을 내뱉고서 자리에서 일어났다. 나도 덩달아 자리에서 일어나 조용히 고개를 끄덕였다. 그러나 아까 정연의 말이 계속 머릿속에 맴돌아 딱히 위로해 줄 말이 떠오르지 않았다.

장수와 보배가 먼저 화원을 나서고 나와 정연이 그 뒤를 이었다. 둘 사이에 어색한 침묵이 맴돌았다.

“저기, 정연 씨.”

나는 결심한 듯 정연을 불러 세웠다. 그러자 정연과 더불어 보배와 장수까지 나를 향해 몸을 돌렸다. 이 말만은 확실히 해야겠다는 생각이 들었다.

“저는 정말로 이 실종에 대해서 아는 것이 아무것도 없습니다.

저도 아내를 잃어버렸어요. 왜 아내 사진만 돌아오지 않는지도 모르겠고, 왜 내가 나타나자마자 이렇게 일이 흘러가는지 알 수는 없지만 저는…….”

“됐어. 그만해.”

정연이 그만하면 되었다는 듯 내 팔을 툭 쳤다. 그녀는 머리를 쓸어 올리며 작게 웃었다.

“당신을 의심한 것은 아니야. 단지 너무 갑작스럽게 상황이 흘러가니까 그런 것뿐이지. 보배 말대로 일단 실종자부터 먼저 찾자고. 그러면 당신 아내도 분명 찾을 수 있을 거야.”

부드러운 정연의 말에 갑자기 눈물이 핑 돌았다. 그제야 조금 실감이 났다. 이들도 나와 마찬가지로 힘든 시간을 보낸 사람들이라는 사실이. 나는 알겠다며 작게 중얼거렸다.

*

그날 밤, 장수는 어두운 골목길을 정처 없이 서성이고 있었다. 멍하니 풀린 눈동자에는 생기라고는 하나 없이 모든 것을 상실한 듯한 좌절만이 가득했다. 주황색 가로등이 비치는 거리는 장수의 그림자에 따라 밝아졌다가 어두워졌다가를 반복했다. 축 처진 그의 어깨가 마치 큰 짐을 지고 있는 것처럼 무거워 보였다.

분명 지원이가 맞았는데.

머릿속에 교문에서 언뜻 본 딸의 모습이 떠올랐다. 실종된 그날과 똑같은 모습이었다. 지원은 하얀 스웨터와 검은 치마를 입고 분명 학교에서 나오고 있었다.

그때, 자신을 부르는 누군가의 익숙한 목소리가 들려왔다.

"어?"

장수가 번쩍 고개를 쳐들었다. 저 멀리 자신의 딸, 지원의 모습이 보였다. 지원은 한 가게 입구 앞에 서 있었다. 그 안을 들여다보듯 가만히 서 있던 지원은 곧 한숨을 내쉬고는 걸음을 옮겼다. 저녁 시간이라 거리에는 사람들이 붐빈 탓인지 지원은 금세 사람들 사이로 모습을 감췄다.

그는 쿵쾅거리는 심장을 부여잡고 지원이 있던 곳으로 단숨에 뛰어갔다. 지원은 장수의 시선 끝자락에만 남아 겨우겨우 방향을 알 수 있었다. 딸이 사라진 곳은 대로변에서 좁은 골목으로 들어가는 길목이었다. 다시금 딸이 스치듯 뛰어가는 모습이 보였다.

"지원아!"

장수가 확신에 찬 목소리로 딸의 이름을 불렀다. 그러고는 서둘러 딸이 있는 곳을 향해 뛰었다. 어느새 그의 이마에서 굵은 땀방울이 줄줄 흘러내렸다. 그의 옷은 땀으로 흠뻑 젖었고, 숨소리는 점점 거칠어졌다.

"꺅!"

멀지 않은 곳에서 작은 여자아이의 비명이 들렸다. 장수는 사색이 된 얼굴로 소리가 들리는 곳을 찾으려 두리번거렸다.

"지원아!"

"……아빠!"

"지원아, 어디 있어? 서지원!"

장수가 골목 어귀를 돌며 지원의 이름이 불렀다. 하지만 아무리 찾아도 아이의 모습이 보이지 않았다.

분명 딸이 맞았는데.

장수는 흐르는 땀을 손으로 닦으며 골목을 헤맸다. 그러나 골목은 아무것도 없이 텅 비어 있었다. 게다가 날이 점점 더 어두워져 바로 앞에 있는 벽도 잘 보이지 않았다.

장수는 한 손으로는 벽을 짚고 다른 손으로는 허공을 더듬으며 계속해서 골목 안으로 들어갔다.

"지원아……. 컥!"

순간 날카롭고 시린 무언가가 배를 찌르는 것이 느껴졌다. 곧 그 곳은 끔찍한 통증으로 변했고, 불에 타는 듯한 느낌이 온몸을 타고 올라왔다. 장수가 배를 움켜쥐고 바닥에 쓰러졌다.

"아, 이제야 찾았네."

검은 모자를 쓴 남자가 기쁜 듯 외쳤다. 왜소한 체구의 남자는 검은색 지퍼가 달린 옷을 입고 있었다. 그는 엎어진 장수를 발로 돌려 하늘을 바라보게 했다. 장수가 거친 숨을 내뱉으며 눈을 떴다. 장수가 두 눈을 부릅떴지만, 흐릿한 시야 탓에 검은 남자의 얼굴이 정확하게 보이지 않았다.

바닥에 쓰러진 장수가 그의 바짓단을 움켜쥐었다.

"당신…… 뭐야."

"에헤이, 잡지 마요. 여기서는 입을 옷이 이거밖에 없어요."

"너, 뭐야……."

"잡지 말라니까!"

"컥……."

남자는 장수가 잡은 다리를 거칠게 휘둘러 그를 떨쳐냈다. 그러고는 장수를 바라보며 재미있다는 듯 킥킥댔다. 곧 무표정으로 되돌아온 남자는 장수의 머리칼을 쥐고 올렸다. 남자의 눈에서 짙은 살기가 느껴졌다.

"왜 이렇게 늦게 찾은 거예요? 덕분에 나도 한참 걸렸잖아."

"무슨……."

남자가 장수의 머리통을 옆으로 돌렸다. 그러자 장수의 시선이 자연스럽게 옆을 향했다. 그 옆에는 그토록 찾아 헤맸던 딸, 지원이 피를 흘린 채 쓰러져 있었다. 지원을 발견한 장수가 엄청난 힘으로 남자의 손을 뿌리쳤다.

"지, 지원아!"

"어이쿠."

장수의 힘에 남자가 비틀거리며 옆으로 밀려났다. 그는 구겨진 옷을 툭툭 털며 가만히 장수를 바라보았다. 모자 챙 아래로 웃고 있는 남자의 표정이 얼핏 보였다.

장수는 지원이 있는 곳으로 힘겹게 기어갔다. 복부를 찔린 탓에 바닥에는 붉은 선혈이 가득했다. 즐거운 미소를 띤 채 바닥에 쭈그려 앉은 남자는 마치 흥미로운 무언가를 관찰이라도 하듯 한 손으로 턱까지 괴고 있었다.

"지원아……. 지원아, 아빠야."

장수가 쓰러진 지원을 잡고 일으키려 했다. 그러나 시체처럼 축 늘어진 지원은 아무런 미동도 없었다. 장수가 지원의 몸을 흔들 때마다 아이의 몸에서 분수 같은 피가 쏟아져 나왔다. 장수는 초인적인 힘을 발휘해 아이를 등에 업었다. 그가 자리에서 일어나자 입에서 붉은 피 한 움큼이 쿨럭하고 쏟아졌다.

"아가……. 집에 가자. 아빠랑 같이 집에 가야지."

장수가 비틀거리며 걸음을 옮겼다. 그는 갑자기 찾아오는 현기증에 몇 번이나 벽에 머리를 찧으면서도 딸을 놓지 않았다.

"역시 아빠는 대단해."

뒤에서 장수를 지켜보던 남자가 놀랍다는 듯 중얼거렸다. 그는 장수를 찌른 칼을 한쪽 겨드랑이에 끼운 채로 박수를 치기 시작했다. 가죽장갑이 맞부딪히는 소름끼치는 소리가 온 골목을 서늘하게 울렸다.

장수는 아랑곳하지 않고 계속해서 걸었다. 숨이 턱 끝까지 차올랐고 금방이라도 기절할 것만 같았다. 몸에서 흐르는 피가 딸의 것인지, 자신의 것인지도 구분되지 않았다.

저기까지만, 저 대로변으로만 나가면…….

골목 끝에서 사람들이 오가는 모습이 보였다. 저기까지만 가면 사람들이 도와줄 것이라는 생각이 들었다. 대로변이 가까워질수록 장수의 입에서는 굵은 신음이 계속해서 쏟아져 나왔다.

조금만 더 가면 된다. 조금만, 조금만 더…….

장수는 늘어진 아이의 몸을 한 번 더 고쳐 업고서 발을 옮겼다.

"그렇게는 안 되지."

어느새 장수의 뒤로 따라온 남자가 그의 머리칼을 거칠게 움켜쥐었다.

"윽!"

장수는 자신도 모르게 신음을 내뱉었다. 그러나 장수는 지지 않으려는 듯 그 상태로 계속 발을 옮겼다.

"어어? 어?"

당황한 듯 놀란 표정을 지은 것도 잠시, 남자는 재미있는 놀이기

구에라도 탄 듯 한동안 장수에게 매달린 채로 움직이기 시작했다.

"컥……."

장수의 입에서 붉은 선혈이 마구 튀어나왔다. 어느새 코까지 흘러내린 선혈에 숨도 제대로 쉬기 힘들 정도였다. 등 뒤로 느껴지는 날카로운 고통에 정신이 아찔해졌다. 금방이라도 기절할 듯 장수의 흰자가 희번득였다.

"아, 안 돼……!"

장수가 이를 악물고 다시금 정신을 붙잡았다. 그는 쿨럭하고 피를 토하면서도 다시 걸음을 옮겼다. 하지만 이번에는 남자의 손에 이끌려 더 이상 전진하지 못했다.

"이야, 대단하시네."

남자가 장수의 머리칼을 다시금 단단하게 움켜쥐었다. 이번에는 봐주지 않는다는 듯 거칠게 뒤로 젖혔다. 그러자 철옹성 같은 장수의 몸이 서서히 무너지기 시작했다. 장수가 무릎을 꿇자 그의 어깨에 들려 있던 지원도 바닥으로 툭 떨어졌다.

남자는 갑자기 가벼워진 무게에 뒤를 돌았다. 지원이 떨어진 것을 확인한 그는 아차차 하며 지원의 한쪽 다리를 붙잡았다. 한 손으로는 장수의 머리칼을, 다른 한 손으로는 지원의 다리를 붙잡은 기괴한 모습이 가로등 빛을 받아 소름끼치게 빛났다.

"당신, 뭐야……. 도대체 누구야!"

장수가 질질 끌려가면서 발악하듯 외쳤다. 남자는 대답 대신 웃음을 터트리며 둘을 쓰레기 더미 위로 가볍게 던졌다. 장수는 옆에 널부러진 지원의 손을 꽉 잡았다. 그는 고통스러운 신음을 내뱉으며 아이를 자신의 가슴팍에 꽉 끌어안았다. 차갑게 식은 아이의 몸은 이미 죽은 듯 뻣뻣했다.

"도대체 왜…… 왜!"

장수가 울부짖으며 소리쳤다. 남자는 그런 장수의 코앞에 쭈그려 앉아 팔짱을 꼈다. 그의 등 뒤로 삐쭉 솟아난 칼이 시퍼렇게 빛났다.

"도대체 왜?"

남자가 장수의 말을 따라했다.

"도대체 왜 죽였어!"

장수가 발악하듯 그에게 외쳤다. 장수의 입에서 붉은 핏덩이가 쿨럭하고 쏟아져 나왔다. 남자는 행여 그 피가 묻을까 걱정이 되었던지 슬쩍 옆으로 몸을 피했다. 그러고는 히죽 웃으며 모자를 벗었다. 그는 장수가 한 말을 장난스레 되풀이했다.

"도대체 왜 죽였어!"

"뭐, 뭐야……."

장수가 튀어나올 듯한 눈으로 남자를 바라보았다.

"당신……."

그의 얼굴을 확인한 장수의 눈에서 경악스러움이 느껴졌다. 남자는 피식 웃으며 다시 모자를 둘러썼다. 그러고는 다시 한번 칼을 들어 말했다.

"왜 죽였어?"

남자의 칼이 장수의 배 깊숙이 박혔다. 커다래진 장수의 눈이 서서히 아래로 감겨왔다. 곧 장수의 얼굴이 푹 하고 아래로 꺾였다.

"어디 보자, 휴대전화가……."

남자는 장수의 재킷 주머니 안을 뒤졌다. 휴대전화를 찾아낸 그는 무어라 메시지를 보내는 듯 한동안 자판을 두들겼다. 곧 볼일이 끝났는지 휴대전화를 장수의 손 안에 집어넣었다.

"이제 좀 시간에 맞출 수 있겠네."

남자가 개운한 듯 기지개를 피며 허리를 뒤틀었다. 칼을 다시 품 안에 넣은 남자는 골목에서 홀연히 모습을 감췄다.

3

어둡고 좁은 길을 계속해서 걸었다. 양쪽으로 허름한 집들의 벽과 대문이 보였고, 바닥은 군데군데 콘크리트가 깨져 부스러기가 날렸다. 날이 밝아 오는 듯 하늘은 아주 어두운 파란색으로 변했다.

분명 빠른 속도로 뛰고 있었지만 이상하게도 숨이 차지 않았다. 주위를 두리번거렸지만, 내 두 발은 뜀박질을 멈추지 않았다. 몸은 내 의지와 상관없이 제멋대로 길 위를 계속 뛰어다녔다.

헐떡이는 가쁜 숨소리가 귓가에 들렸다. 주위를 둘러보니 허름한 집 한 채가 눈에 들어왔다. 달동네에서나 볼 법한 아주 낡은 집이었다. 마당 뒤에는 곰팡이가 핀 마루가 있었고, 그 뒤로는 작은 방들이 있었다.

"하아, 하아……."

나는 차오르는 거친 숨을 내쉬었다. 그러나 몸을 움직여서 나온 것이 아닌, 흥분으로 가득한 숨소리였다. 정신을 차리고 밑을 바라보았다. 내 손에 쥐여진 날카로운 칼은 아주 새빨간 피로 물들어 있었다.

나는 소스라치게 놀라 칼을 손에서 놓쳤다. 아니, 놓친 줄 알았다. 그러나 칼은 땅으로 떨어지지 않고 그대로 내 손에 쥐여져 있었다. 마치 모든 상황이 내 마음대로 조종할 수 없는 것처럼, 나는 그저 움직이는 이 몸을 그대로 따라다녔다.

한동안 칼을 보던 나는 시선을 옮겨, 이번에는 마당 구석에 쓰러져 있는 여자아이를 보았다. 나에게 등을 돌린 채 쓰러져 있는 아이는 작고 왜소했다. 고작 열 살쯤 됐을까. 아이의 목은 무언가에 졸린 듯 가느다란 멍이 들어 있었고, 감지 못한 두 눈의 초점은 흐릿했다. 아이의 가슴팍이 오르내리지 않는 것을 보니 이미 죽은 것 같았다.

잠깐, 그럼 이 피는?

나는 다시 칼을 내려다보았다. 여전히 붉은 피가 뚝뚝 떨어지는 이 칼은 분명 무언가를 찌른 것이 분명했다.

그 순간 내 의도와는 상관없이 두 발이 다시 움직이기 시작했다. 나는 나무 마루를 지나 방문 하나를 열었다. 방 안에는 커다란 체구의 남성이 피투성이인 채로 쓰러져 있었다.

"후."

나도 모르게 가벼운 탄성이 나왔다. 순간 심장이 마구 뛰기 시작했다. 칼을 든 손이 덜덜 떨렸다.

온 방 안에 남자의 피 냄새가 진동했다. 비릿한 피 냄새가 코에 닿자 깊은숨을 들이마셨다. 바닥에 물웅덩이처럼 고여 있던 피가 내 쪽으로 천천히 퍼졌다.

이번에도 몸은 제멋대로 남자에게 향했다. 엎어진 남자는 아직 의식이 있는 모양인지 손가락을 꿈틀거렸다. 나는 그 찰나를 놓치지 않고 다시 한번 칼을 그의 등 쪽으로 깊숙이 찔러 넣었다.

안 돼!

분명 내가 한 것이 아니었다. 하지만 칼을 쥔 손바닥에서 느껴지는 느낌은 결코 가짜가 아니었다. 단단한 근육의 찢기는 것까지 그대로 느껴졌다. 곧 손바닥에서 그의 체온과 똑같은 피가 느껴졌다.

따뜻하다.

"으으……. 컥!"

남자가 고통에 몸부림치듯 숨을 내뱉었다. 그는 내 바짓단을 잡고 바닥을 기었다. 그는 겨우 고개를 들어 나를 바라보았다. 나는 그의 바로 위에서 그저 눈알만 아래로 내린 채 그를 쳐다보았다.

고통에 일그러진 채 잔뜩 피가 묻은 그 사람은……. 장수였다.

*

"허억, 허억……."

식은땀을 흘린 채 잠에서 깼다. 아직 밖은 동이 트지 않아 푸르스름했다. 아직 알람이 울릴 시간이 아니었지만 휴대전화가 거센 진동을 내며 울리고 있었다. 나는 겨우 정신을 차리고 자리에서 일어났다.

발신자에는 정연의 이름이 찍혀 있었다. 나는 잠긴 목소리를 가다듬고 통화 버튼을 눌렀다. 연결되자마자 정연의 낮은 목소리가 들렸다.

– 어디야?

"어디긴요, 집이죠. 무슨 일입니까? 아직…… 새벽 다섯 시밖에 안 되었는데요."

대수롭지 않은 질문에도 정연은 선뜻 답하지 못하고 머뭇댔다. 순간 꿈이 떠오르며 가슴이 쿵 하고 내려앉았다. 불길한 예감이 온몸을 휘감았다.

– 지원이 찾았어. 장수 씨 딸, 서지원.

그녀의 목소리는 차분했지만 미세한 떨림이 묻어 있었다. 그녀의 말에 정신이 번쩍 들었다. 나는 무슨 일이 벌어졌다는 걸 직감하고 자세를 고쳐 앉았다.

"네? 정말이에요? 어디서요? 지금 장수 씨랑 같이 있습니까?"

– ……아니.

흥분한 나와 달리 정연의 목소리는 깊게 가라앉아 있었다. 언뜻 휴대전화 너머로 보배의 울음소리가 들리는 듯했다.

"무슨 일 있습니까?"

내 목소리도 덩달아 불안함으로 떨렸다. 정연은 한동안 아무런 말이 없었다. 휴대전화 너머로 차오르는 감정을 누르고 있는 것이 느껴졌다. 잠시 후 정연은 깊은 한숨을 내쉬고는 말을 이었다.

- 서지원, 죽었어.

*

정연이 알려준 곳에 도착해 보니 이미 주위는 경찰들로 북적이고 있었다. 그들 사이로 사건 현장이 보였다. 얼핏 보기에도 피가 웅덩이처럼 고여 있었고, 그 위에는 아주 작은 여자아이가 처참한 모습으로 쓰러져 있었다. 얼굴에 잔뜩 묻은 피 때문에 누군지 분간이 되지 않았지만, 느낌상 왠지 저 아이가 장수의 딸일 것 같다는 느낌이 들었다.

나는 소매를 들어 콧속으로 들어오는 비릿한 피 냄새를 막으며 정연을 찾기 위해 주위를 두리번거렸다. 정연과 보배는 형사로 보이는 한 남자와 대화를 나누고 있었다.

"정연 씨."

정연의 곁으로 가 조용히 그녀의 이름을 불렀다. 그러자 놀란 눈으로 돌아본 정연은 이내 나를 알아보고는 입술을 꽉 깨물었다. 그녀의 얼굴에서 고통스러운 감정이 고스란히 느껴졌다.

형사는 나를 힐끔 바라본 후 정연과 아는 사이냐고 물었다. 꽤나 날카로운 인상이었다. 그는 으름장 놓듯이 입술을 씰룩였다. 형사는 나에게 자신의 공무원 신분증을 보여주며 나를 위아래로 훑었다.

"강력반 1팀 김도식 형사입니다. 두 분…… 아니, 세 분 모두 아는 사이입니까?"

도식이 의심스러운 눈빛으로 우리를 번갈아 보았다. 그는 나에게 질문한 것이었는지 나를 보며 대답을 기다렸다. 나는 어떻게 설명해야 할까 고민하다 그저 고개만 작게 끄덕였다. 도식은 내 대답이 마음에 들지 않는지 눈썹을 찡그렸다.

그는 더는 나에게 별다른 질문을 하지 않고 주머니에서 수첩 하나를 꺼냈다. 짙은 갈색 가죽의 수첩은 얼마나 많이 사용했는지 그 끝이 다 닳아 있었다. 도식은 수첩의 한 페이지에 '골목 여아 변사 사건'이라는 이름과 날짜를 적었다. 아랫줄에 '목격자'라는 글씨를 마저 적은 그는 정연에게 질문하기 시작했다.

"처음 왔을 때 어떤 상황이었죠? 그러니까 처음 시신을 발견했을 당시 말입니다."

"길을 걷고 있는데 어디선가 이상한 냄새가 났어요. 약간 비린 듯한……?"

"피 냄새?"

도식이 고개를 약간 옆으로 기울이며 물었다. 정연은 맞다는 듯 조용히 고개를 끄덕였다.

"네, 맞아요. 처음에는 물비린내인가 싶었는데 걸어갈수록 점점 심해졌어요."

"멀리서도 피 냄새가 났다라……."

도식은 그녀의 사소한 한 마디도 놓치지 않으려 연신 수첩에 무언가를 계속 적었다. 정연은 그가 다 적기를 기다렸다가 다시 말을 이었다.

"왠지 느낌이 꺼림칙해서 걸어갔는데 저기 아이가 쓰러져 있더라고요. 그런데 주위에는 아무도 없었어요. 그냥 딱 저렇게, 저 아이만 있었어요. 저 아이만……."

정연이 끔찍하다는 듯 두 눈을 질끈 감았다. 그러고는 두 팔로 자신의 상체를 감싸 안으며 몸을 한 차례 부르르 떨었다. 보배가 그런 정연의 어깨를 부드럽게 다독였다.

아까부터 정연과 보배가 어딘지 모르게 이상했다. 마치 연기하고 있는 듯한 느낌. 나는 형사가 눈치채지 못하도록 조용히 그 자리를 벗어났다.

왜 거짓말을 하는 거지?

사건 현장에는 아직도 피 웅덩이가 가득했다. 날이 흐린 데다 밤이슬까지 내려앉아 주위 공기가 끈적하게 달라붙었다. 멀리서 하얀 천으로 싸인 장수의 딸이 들것에 실려 나가는 것이 보였다. 아이는 언뜻 보면 그냥 하얀 천을 뭉쳐놓은 것처럼 아주 작고 가냘팠다.

"잠깐, 장수 씨는?"

진작 보였어야 할 장수 씨가 보이지 않는다는 것을 그제야 깨달았다. 딸의 죽음에 충격 받고 어디엔가 쓰러져 있지는 않은지 한동안 골목을 서성였다. 그러나 어디에도 장수는 보이지 않았다. 사건 현장에는 경찰들과 정연, 보배, 그리고 나만 있을 뿐이었다. 이상한 것은 또 있었다. 주택가 골목에서 일어난 살인 사건임에도 불구하고, 주민이 하나도 보이지 않는다는 것이었다.

아까부터 온 피부로 느껴지는 낯선 느낌에 심장이 쿵쿵 뛰었다. 끈적한 주변 공기가 자꾸만 몸에 달라붙어 목을 조이는 것 같았다. 나는 골목 한구석으로 몸을 피하고는 거친 숨을 몰아쉬었다.

정연과 보배는 여전히 형사와 이야기를 나누는 중이었다. 나는 바지주머니에서 휴대전화를 꺼내 들었다. 그의 전화번호를 누르고는 휴대전화를 귀에 가져다댔다. 통화로 넘어가는 걸 알리는 맑은 음이 울렸다.

- 지금 거신 번호는 없는 번호이오니, 다시 한번…….

휴대전화 너머로 익숙한 여성의 목소리가 들렸다.

"……뭐라고?"

전화번호를 잘못 눌렀나.

나는 휴대전화 화면을 확인했다. 틀림없이 장수의 번호였다.

순간 머릿속에 아내가 사라졌던 그날이 떠올랐다. 서둘러 전화를 끊고 메신저 어플을 켰다. 혹시나 하는 마음에 모두가 들어 있는 대화방을 열었다.

"……뭐야, 이게."

나도 모르게 낮은 욕지거리를 내뱉었다. 내 기억으로는 분명 이들을 처음 만난 후부터 대화방에는 나를 포함한 네 명이 있었다. 그곳에서 우리는 실종자들에 대한 이야기를 비롯해 많은 대화를 나누었다.

그러나 지금 그 대화방에 장수는 없었다. 심지어 그가 보냈던 대화 기록도 모두 다 사라지고 없었다. 마치 애초에 장수는 이 대화방에 존재하지도 않았던 것처럼, 대화방에는 오직 나와 정연, 보배가 나눈 대화만 가득했다.

머리에서 식은땀이 주룩 흘렀다. 나는 엄지손톱을 잘근 씹으며 잠시 주변을 빙글빙글 돌았다.

"침착해. 차분히 생각해 보자."

억지로 집중하려 혼잣말을 중얼거렸다. 좀처럼 생각이 정리되지 않았다.

"처음부터 생각해 보자. 처음부터."

장수의 딸이 골목에서 살해되었다. 그리고 그 사실을 안 정연과 보배가 나에게 연락을 했다. 정연과 보배는 이 사실을 어떻게 알았을까.

"딸을 발견한 장수 씨가 정연 씨한테 연락했다고 가정해 보자."

나는 초조하게 중얼거리며 벽에 등을 기댔다. 멀리 언뜻 보이는 현장에서, 아이가 어떻게 살해당했을지 어렴풋이 떠올랐다. 나는 애써 그 끔찍한 상상을 떨쳐내고 다음 상황을 떠올렸다.

장수의 연락으로 정연과 보배가 현장에 도착했다. 그리고 분명 저 아이가 장수의 딸인 것을 확인했을 것이다.

"만약 저 둘이 먼저 아이를 발견한 거라면?"

이내 나는 고개를 가로저었다. 그래도 상황은 달라질 것 같지는 않았다. 정연과 보배가 아이의 신원을 모를 리가 없다. 그리고 그들이 장수에게 연락하지 않았을 리도 없다. 분명 정연은 나에게 장수와 함께 있지 않다고 말했다. 그렇다면 둘은 이미 장수가 사라진 것을 알고 있을지도 모른다.

정연과 보배는 왜 형사에게 저 아이가 실종된 장수의 딸이라는 것을 말하지 않았을까. 피해자의 신원이 일찍 파악될수록 수사가 빨리 진행될 수 있을 텐데.

둘은 아예 장수의 딸을 처음 본 것처럼, 그것도 아예 지금 사건과는 아무 관계가 없다는 듯이 굴고 있었다.

"왜?"

머릿속의 물음이 저절로 입 밖으로 흘러나왔다. 온통 '왜'라는 질문만 떠올랐다.

왜 둘은 저 아이를 모르는 척하고 있을까. 살해된 아이가 실종자라서? 아니면 장수 씨가 사라졌기 때문에?

고개를 들어 다시 사건 현장을 바라보았다. 멀리서 보이는 핏자국이 소름 끼칠 정도로 선명하고 붉었다.

"설마……."

차마 말하지 못한 답이 머릿속에 그려졌다.

"아이를 살해한 게 장수 씨라고 생각해서?"

말하면서도 스스로가 놀라 흠칫 몸을 떨었다.

만약 장수가 사라진 이유가 딸을 살해했기 때문이라면? 그렇다면 정연과 보배가 입을 다물고 있었던 것도 이해가 간다. 장수의 존재가 사라진 마당에 장수에 대한 이야기를 꺼냈다간 오히려 의심을 받을 테니까.

"아니야. 아무리 그래도 그럴 순 없어. 장수 씨가 왜……."

애써 고개를 저으며 그 생각을 떨쳤다. 장수는 혼신의 힘을 다해 딸을 찾으려 했다. 그런 그가 딸을 죽였을 리가 없다.

"형."

뒤에서 보배가 내 팔을 잡았다. 흠칫 놀라 뒤를 보니 온통 붉어진 그의 눈이 보였다. 보배는 나를 더 깊숙한 골목으로 이끌었다.

"보배 씨."

"쉿."

내 말에 보배가 조용히 하라는 듯 검지손가락을 입술에 댔다. 한참을 벗어나서야 보배가 걸음을 멈추었다. 골목 끝자락에서 보이는 하늘은 이미 동이 터 푸른 것도 하얀 것도 아닌 짙은 회색을 띠었다. 그는 모두가 보지 못하게 벽을 끼고 돌아섰다.

보배가 이제 괜찮다는 듯 나를 향해 고개를 끄덕였다. 나는 그제야 참았던 질문들을 쏟아내기 시작했다.

"장수 씨는요? 보배 씨는 알죠?"

"네, 알죠."

"어디 있습니까? 혹시 사라졌나요? 실종자처럼? 저 아이가 장수 씨의 딸이라는 건 어떻게 알았죠?"

내 말에 보배가 진정하라는 듯 나를 향해 손바닥을 내보였다. 그러고는 엿듣는 사람이 있는지 확인하기 위해 내 등 뒤 너머로 고개를 빼고는 주위를 살폈다.

"일단 저도 정연 누나 연락을 받고 온 거예요. 도착했을 때 지원이는 이미 죽어 있었고 장수 형은 없었어요."

"그럼 정연 씨는 어떻게 안 거예요? 장수 씨한테 연락을 받았던가요?"

보배가 어깨를 으쓱 올려보였다. 그는 억지로 눈물을 참으려는 듯 붉어진 눈두덩이를 한 손으로 꾹 눌렀다. 그러자 그 밑으로 굵은 눈물이 떨어졌다.

"장수 형한테 연락이 오긴 했었대요."

"아이를 찾았다고?"

보배가 잠시 망설였다. 그는 불안한 눈빛으로 다시 내 뒤를 보고서 몸을 벽 뒤로 딱 붙어 섰다. 그러고는 후 하고 숨을 내뱉고서 다시 입을 열었다.

"자기가 지원이를 죽였다고요."

나는 하얗게 질린 얼굴로 보배를 바라보았다. 그러자 그도 나를 이해한다는 듯 고개를 끄덕이며 바닥에 주저앉았다. 보배는 손바닥으로 마른세수를 했다.

"진짜 말도 안 돼요. 장수 형이 어떻게 지원이를 살해할 수 있어요? 분명 아닐 거예요."

나는 아무 말도 하지 않고 가만히 서 있었다. 초점이 흐려진 눈앞에서 새벽에 꾸었던 꿈이 그려졌다. 방 안에 피를 흘리며 쓰러진 장수와 마당에 쓰러진 아이. 그리고 그들을 쳐다보는 자신의 시선.

……혹시 꿈에서처럼 제3자가 장수와 딸을 모두 죽인 거라면?

머리를 번쩍 쳐들었다.

“보배 씨. 만약…… 제3자가 장수와 딸 사이에 끼어든 거라면요?”

“네?”

보배가 놀란 목소리로 물었다. 그는 무슨 말이냐는 듯 나를 바라보고 있었다. 나는 자리에서 벌떡 일어나 맞은편의 벽을 보았다. 잔뜩 실금이 가 금방 무너질 것 같은 그 벽 위로, 제3의 시선에서 장수와 딸이 보였다.

“장수 씨의 딸이 죽고 나서 장수 씨가 사라졌어요. 그리고 사라지기 전에 정연 씨에게 ‘딸을 죽였다’라는 메시지를 보냈다는 게 이상해요.”

“뭐가요? 알아듣기 쉽게 이야기 좀 해줘요, 형.”

보배가 답답한 듯 눈살을 찌푸렸다.

나는 초조하게 제자리를 서성거렸다. 어쩌면 정연이 한 말이 맞을 수도 있다는 생각이 들었다. 모든 상황이 각본처럼 딱딱 맞아떨어졌다.

“정말 장수 씨가 딸을 살해한 거라면 왜 연락을 했겠어요? 딸을 죽였다고 말한 것은 어쩌면 이 현장에 와달라는 소리 아니었을까요?”

“그럼 누군가가 대신 연락을 했다는 거예요?”

"그럴 가능성이 커요. 마치 누군가가 우리를 이곳으로 오게 하려 한 것 같아요."

"그럼 설마 장수 형도……."

보배의 말에 작게 고개를 끄덕였다. 만약 누군가가 이 현장을 알리려고 장수의 휴대전화로 연락을 한 것이라면, 장수 역시 살해되었거나 '그'로 인해 사라졌을 수도 있다.

"도대체 누가……."

보배가 나를 바라보며 멍한 표정으로 중얼거렸다.

안타깝게도 그 질문에는 나 역시 선뜻 대답할 수 없었다. 아내가 사라진 것도 모자라 사람까지 죽었다. 무슨 이유인지는 모르겠지만 무언가 '그'가 원하는 결과가 있을 거라는 생각이 들었다.

그때 보배와 나의 주머니에서 동시에 휴대전화 알람이 울렸다.

[화원에 가 있어.]

정연이 보낸 메시지였다. 뒤이어 그녀는 사진 하나를 보냈다.

"이건……."

사진을 확인한 우리는 동시에 중얼거렸다. 정연이 보낸 사진은 특이한 글씨체로 짧은 문구가 적힌 쪽지였다.

서서 찾아내.

우리는 얼어붙은 얼굴로 서로를 마주보았다.

내 생각이 맞았다. 제3자가 있는 것이 분명했다.

*

우리는 화원에 들어와 테이블을 사이에 두고 마주 앉았다. 한동안 말없이 테이블만 바라보았다. 말은 하지 않았지만 아마 보배도 같은 생각을 하고 있을 터였다.

서서 찾아내.

휴대전화를 꺼내 정연이 보내준 사진을 다시 열어보았다. 아무렇게나 찢은 종이에 검은색 잉크 펜으로 적힌 글씨. 마치 휘갈기듯 쓴 글씨체였다. 특히 모음의 윗부분에는 갈고리처럼 휜 부분이 눈에 띄었다. 그리고 'ㅇ' 부분은 약간 찌그러진 세모처럼 이상한 형태로 적혀 있었다.

"이거…… 저희한테 보낸 거겠죠?"

맞은편에서 보배가 짐짓 어두운 목소리로 물었다. 그의 말에 나는 동의한다는 듯 고개를 작게 끄덕였다.

정연은 이 종이를 형사에게 보여주었을까.

하지만 곧 그러지 않을 확률이 높다는 데 생각이 미쳤다. 그녀도 아이를 죽인 '누군가'의 메시지가 우리를 향한 것을 알고 있을 것이다.

"하……. 역시 장수 형이 죽인 게 아니었어."

보배가 손바닥으로 얼굴을 가린 채 테이블 위로 엎어졌다. 그의 어깨가 미세하게 떨리고 있었다.

나는 화이트보드를 물끄러미 바라보았다. 거기에는 정연이 적어 둔 몇 개의 단어가 나열되어 있었다.

실종자, 찾는 자, 전달자, 감시자.

'감시자는 실종자의 기억이 있는 사람의 기억을 왜곡시키거나 우리가 실종자를 찾는 것을 방해해.'

세영의 회사 여직원과 택시 안에서 나를 계속해서 응시하던 기사의 얼굴이 차례로 눈앞을 스쳐 지나갔다. 그들은 나의 행동을 감시했으며, 실종자의 기억이 있는 사람들의 기억을 왜곡시켰다. 그렇다는 건 그들은 실종자와 우리에 대해서 알고 있는 사람들이다.

순간 희미한 안개가 걷히듯 머리가 또렷해졌다.

“감시자들은 정보를 가지고 있을 거예요.”

내 말에 고개를 푹 숙이고 있던 보배가 고개를 들었다.

“그게 무슨 말이에요?”

“지금 상황으로 봐서는 감시자들은 우리가 실종자를 찾지 못하게 방해하고 있어요. 기억을 왜곡시킬 뿐만 아니라 우리에게서 정보를 캐내려고 하잖아요. 제가 탔던 택시 기사들도 그랬어요. 저에게 무슨 일이 있어났는지, 또 무슨 일을 할 것인지를 집요하게 물었어요. 그리고 세영 씨가 아내의 휴대전화로 전화를 걸려는 순간에도 갑자기 어떤 여자가 나타나서 저를 방해했고요.”

나는 자리에서 일어나 화이트보드 앞으로 걸어갔다. 그러고는 매직펜을 들어 머릿속에 떠오르는 대로 단어들을 나열하기 시작했다.

감시자, 왜곡, 방해, 집요, 정보.

“누구에게?”

불현듯 질문이 떠올랐다. 나는 마치 대답을 구하듯 뒤를 돌아 보배를 바라보았다. 그러나 그는 여전히 영문을 모르겠다는 얼굴이었다.

"잘 생각해 봐요. 감시자들은 왜 우리가 실종자를 찾는 것을 방해할까요? 우리가 실종자를 찾으면 안 되는 이유가 있는 것 같지 않아요?"

"무슨 이유요? 형, 빨리 좀 말해 봐요. 도대체 무슨 말을 하는 거예요?"

결국 보배가 인상을 찌푸렸다. 나는 팔짱을 낀 상태로 화이트보드 주위를 서성였다. 무언가 떠오를 듯하면서도 명확하게 드러나지 않았다.

"감시자들은 기억을 왜곡할 뿐만 아니라, 우리의 행동을 주시하고 있어요. 그리고 우리에게서 정보를 빼내려고 하죠. 우리가 실종자를 찾으려 하고, 그 단서를 찾을 때마다 감시자들이 방해한다는 거예요."

"그런……."

순간 보배가 내 뜻을 알아차렸는지 말끝을 흐렸다. 그의 동그란 얼굴이 점점 하얗게 질려갔다. 나는 맞다는 뜻으로 고개를 끄덕였다.

"맞아요. 우리보다 실종자를 먼저 찾아야 하는 누군가가 있는 거예요."

"자, 잠깐. 잠시만요."

보배가 혼란스러운지 얼굴을 감싸 쥐었다. 테이블을 사이에 두고 무거운 침묵이 내려앉았다. 나는 그가 생각이 정리될 때까지 가만히 기다려주었다. 보배는 곧 눈만 빼꼼히 내민 채 나에게 물었다.

"그러니까 지금, 저 칠판에 적힌 사람들 외에 다른 누군가가 있다는 거예요?"

보배가 화이트보드를 손가락으로 가리켰다. 그가 가리킨 곳에는 '실종자, 찾는 자, 감시자, 전달자'가 적혀 있었다.

"그래요. 그 누군가는 우리와 똑같이 실종자를 찾고 있어요. 그래서 감시자들이 우리를 주시하고 우리에 대한 정보를 수집하는 거예요. 그 누군가에게 정보를 주기 위해서. 그래서 이런 메시지를 남겼을 거예요."

"그런……."

"그리고 우리보다 먼저 실종자를 찾아서 무언가 해야 하는 것이 있는 것 같아요."

보배의 큰 눈이 휘둥그레졌다. 나는 정연이 적어놓은 사람들 옆에 '범인'을 적었다. 보배와 나의 시선이 허공에서 딱 마주쳤다. 그가 긴장한 듯 침을 꼴깍 삼키는 것이 보였다. 나는 매직펜의 뚜껑을 닫고 화이트보드 아래에 내려놓았다.

"이 범인이 장수 씨의 딸을 죽였을 겁니다."

*

경찰서는 생각보다 훨씬 더 복잡하고 어수선했다. 여기저기 널린 서류들과 정돈되지 않은 책상은 사무실을 더욱 너저분하게 보이게 만들었다. 정연은 형사의 맞은편에 가만히 앉아 있었다. 그녀의 얼굴에는 피곤함이 가득했고, 작은 입술은 굳게 닫혀 있었다.

도식은 그녀의 앞에 따뜻한 믹스 커피 한 잔을 내밀었다.

“자, 일단 이것 좀 마셔요. 꼭두새벽부터 일어나 있었으니 피곤하죠?”

도식이 커피를 한 모금 들이키며 말했다. 그는 종이컵이 뜨거운지 그 끝자락만 잡고 있었다. 정연이 고개를 작게 숙이며 도식이 건넨 커피잔을 받았다.

“그나저나 아침부터 거긴 왜 간 겁니까? 보아하니 그 동네 사는 것 같지는 않고…….”

도식은 조금 의심스러운 듯한 눈초리로 정연을 바라보았다. 그의 눈에 비치는 정연은 이상할 만큼 침착해 보였다. 강한 척하는 것인지 일부러 감정을 드러내지 않는 것인지 알 수는 없었지만, 정연은 담담하게 이 상황을 받아들이는 듯했다.

시신을 봤는데 저렇게 침착할 수가 있나.

도식은 커피를 들이켰다. 그의 입에서 따뜻한 커피 김이 천장으로 치솟았다. 정연은 아무 말 않고 커피잔을 내려다보았다. 그러다 결심을 한 듯 천천히 두 눈을 똑바로 떴다.

“아침에 일찍 일어난 김에 그냥 운동하려고 나왔어요. 그리고 원래 이곳저곳 탐방하는 것도 좋아하고요. 특히 익숙한 장소보다는 잘 모르는 곳을 걸어 다니는 것을 좋아해요. 그래서 그 골목에 갔던 거고요."

"그럼 원래는 어디를 가려고 했었습니까?"

"여기요."

정연은 자신의 휴대전화를 집어 들어 작은 빵집 하나를 검색했다. 그 빵집은 큰 대로변을 돌아가야 있었지만, 사건이 일어난 골목을 가로질러 가면 훨씬 더 빨리 갈 수 있는 곳이었다.

"이 새벽에 빵집을요?"

"여기 아침부터 줄 서서 가는 곳이잖아요? 게다가 첫 빵은 새벽에 나와요."

도식은 여전히 의심스러운 듯 정연을 보았지만, 곧 납득했다는 듯 고개를 끄덕였다. 도식이 보기에도 정연은 그저 평범한 40대 여성으로만 보였다. 저 어린아이를 잔혹하게 살해할 만한 동기도, 증거도 가지고 있지 않았다.

"그래요. 주위에 혹시 이상한 사람이나 수상한 흔적은 없었습니까? 무언가를 보았다거나."

도식의 말에 순간 정연의 머릿속에 작은 종이쪽지 하나가 떠올랐다. 정연은 자신의 바지 주머니에 있는 종이를 매만졌다.

솔직하게 말하면 경찰이 도와줄 수 있을까.

하지만 정연은 이내 고개를 가로저었다. 자신들조차 납득할 수 없는 상황인데, 경찰들이 도와줄 리가 없었다.

“아뇨. 못 봤어요. 사실 너무 경황이 없어서 도움을 청하느라 바빴어요. 그래서 보배에게 연락했고, 또 보배가 경찰에 신고했고요. 너무 무섭기도 하고 끔찍해서 그 현장에 계속 있을 수가 없었어요. 어떻게 아이한테 그런…….”

정연은 겁을 먹은 듯 사색이 된 얼굴로 말했다. 커피를 쥔 그녀의 손이 어느새 달달 떨리고 있었다.

그럼 그렇지. 아무렇지 않을 리가 없지.

도식은 몇 번의 질문을 더 하고는 조사를 마무리했다. 정연을 바깥으로 안내한 도식은 문 앞에서 그녀에게 충고하듯 말을 건넸다.

“한동안 계속 떠오를 겁니다. 너무 심하면 상담을 받는 것도 좋을 거예요.”

정연은 대답 대신 그저 고개만 꾸벅 숙였다. 머릿속에 아이의 처참한 모습이 그려지자 순간 핏기가 가시는 느낌이 들었지만 애써 담담한 척 뒤돌아섰다.

생각해야 할 것이 너무 많아.

정연은 경찰서를 나오면서 주위를 둘러보았다. 커다란 경찰서 앞, 서둘러 걸음을 옮기는 바쁜 직장인들의 모습이 보였다. 그 모습을 지켜보던 정연은 자신의 시간이 멈춘 듯한 기분이 들었다.

그때였다.

“앗! 야, 인마!”

웬 남자의 다급한 목소리에 이어 누군가 정연의 허벅지를 탁하고 내리치는 느낌이 들었다. 갑작스러운 상황에 정연이 놀란 얼굴로 아래를 내려다보았다. 대여섯 살 정도로 보이는 남자아이가 자신의 허벅지를 장난치듯 손바닥으로 탁탁 때리고 있었다.

“어이쿠, 죄송합니다. 제 조카가 장난이 심해서 그만.”

젊어 보이는 남자가 고개를 꾸벅 숙이며 아이를 떼어냈다. 남자는 짧은 머리에 서글서글한 인상을 지니고 있었다. 그는 정연을 향해 씩 웃으며 아이의 머리를 꾹 눌렀다.

“얼른 죄송하다고 해, 인마.”

“아녜요. 아이가 그럴 수 있죠. 그런데…….”

정연이 물끄러미 아이를 내려다보았다. 바가지머리를 하고 자신을 올려다보는 아이의 눈망울에 심장이 덜컥하고 내려앉았다. 아이의 모습에 규민이 오버랩되었다. 정연이 자기도 모르게 아이의 머리에 손을 얹었다.

“몇 살이니?”

“다섯 살이요.”

남자가 아이 대신 답했다. 남자는 즐거운지 일부러 아이 목소리를 흉내 내며 말하고 있었다. 그 모습에 정연이 웃음을 지으며 아이의 머리를 쓰다듬었다.

"아이가 있으신가 봐요?"

"네?"

남자가 부드러운 목소리로 정연에게 물었다. 정연이 놀란 얼굴로 그를 바라보았다. 휘어진 눈매가 퍽 매력적인 남자였다. 그는 너털웃음을 터트리며 아이를 손으로 가리켰다.

"바라보는 게 꼭 엄마 같아서요."

"아……. 네. 아들이 하나 있어요."

"아아, 어쩐지 그럴 것 같았어요. 몇 살인데요? 이 애랑 비슷하려나요?"

"네. 다섯 살…… 아니, 지금은 여덟 살이에요."

정연은 규민의 나이를 고쳐 말했다. 실종된 지 3년이 지났으니. 지금은 여덟 살, 어엿한 초등학생이 되어 있을 것이다. 정연은 씁쓸한 미소를 지으며 아이의 머리를 쓰다듬었다.

"그렇군요. 자, 가자. 그럼 이만."

남자는 고개를 끄덕인 후 아이를 데리고 정연을 지나쳤다. 정연은 한참 동안이나 남자의 뒷모습을 바라보았다. 그녀의 시선은 어느새 아래로 내려가 남자의 곁에 있는 아이의 등에 머물렀다.

'엄마!'

'엄마, 규민이 이거 어때?'

‘엄마, 엄마가 세상에서 제일 좋아.’

“규민아.”

정연이 작은 목소리로 아들의 이름을 중얼거렸다. 차가운 바닥에 쓰러져 있던 장수의 딸이 떠오르며 아들의 목소리가 겹쳐 들렸다. 정연이 입술을 꽉 깨물고 고개를 세차게 흔들었다.

“찾아야 해.”

두 주먹을 불끈 쥔 정연의 손이 하얗게 질려갔다.

*

[경찰서에서 나왔어. 오늘은 각자 집에서 쉬다가 내일 만나.]

휴대전화 화면에 정연의 메시지가 나타났다. 소파에서 몸을 일으킨 나는 휴대전화를 든 채로 잠시 망설였다.

전화해 볼까. 괜찮으려나.

하지만 곧 내려놓고 다시 소파에 드러누웠다. 여전히 거실의 한쪽 벽에는 결혼사진이 아닌 가족사진이 걸려 있었다. 오늘도 아내의 사진은 돌아오지 않았다. 상황은 점점 바뀌어 가는데 아내의 소식만 도무지 알 길이 없었다.

"수란아, 어디 있니."

밝아온 아침 햇살을 가리려 팔을 눈 위로 올렸다. 눈앞이 깜깜해지자 아내의 얼굴 윤곽이 서서히 드러났다. 조금 둥근 듯한 얼굴과 커다란 눈망울, 한쪽만 들어가는 보조개. 아내의 얼굴을 떠올리자 갑자기 속에서부터 슬픔이 차올랐다.

혹시 아내에게 나쁜 일이라도 벌어졌으면 어쩌지. 내가 빨리 찾아주기를, 나를 기다리고 있으면 어쩌지.

나도 모르게 턱 밑에 힘이 들어갔다. 나는 자리에서 벌떡 일어나 방에서 하얀 종이와 연필을 들고 왔다. 그러고는 테이블 위로 아내의 얼굴을 하나씩 떠올리며 선을 그었다.

잊어버리기 전에 남겨놔야 해.

다행히도 아내의 얼굴은 아직까지 기억 속에 남아 있었다. 나는 몇 번이나 지우고 다시 그리길 반복하면서 아내의 초상화 하나를 그려냈다. 비록 실물과 아주 똑같지는 않았지만 적어도 내가 기억하는 아내의 특징은 모두 들어가 있었다.

완성된 아내의 초상화를 들고 다시 소파에 누웠다. 초상화를 그리느라 열중했던 탓일까. 푹신한 소파의 감촉이 등에 느껴지자 잠이 조금씩 쏟아졌다.

"이수란."

나는 아내의 이름을 되뇌며 두 눈을 살그머니 감았다. 이윽고 나는 아내의 사진을 쥔 채로 깊은 잠에 빠져들었다.

*

눈을 뜨니 아주 허름한 창고에서 혼자 덩그러니 서 있었다. 코끝으로 매캐하고 퀴퀴한 곰팡이 냄새가 났고, 바닥은 온통 흙과 먼지 천지였다.

"여보……."

뒤에서 들려오는 목소리에 고개를 돌렸다. 그곳에는 아내가 밧줄로 묶인 채 바닥에 쓰러져 있었다. 아내의 몸은 누군가에게 흠씬 두들겨 맞은 듯 온몸이 멍투성이였고, 그 고운 얼굴은 잔뜩 부어 있었다. 아내는 입술 위로 붉은 피를 왈칵 쏟아냈다.

여보!

나는 아내를 불렀다. 그러나 내 외침은 그저 속에서만 울릴 뿐 밖으로 나오지 않았다.

아내가 통증을 버티지 못하고 고통스러운 신음을 내뱉으며 몸을 뒤틀었다. 몸을 움직일 때마다 아내의 피가 모래와 뒤섞였다. 아내가 누운 상태로 내 얼굴을 올려다보았다.

"여보……. 살려줘. 너무 아파. 제발 살려줘……."

아내가 흐느끼며 말했다. 나는 당장이라도 아내에게 달려가려고 했지만, 몸은 박제된 듯 손가락 하나 움직일 수도 없었다. 아내가 바닥에 엎어져 울음을 터트렸다. 가녀리고 작은 어깨가 들썩였다.

그 모습을 지켜보면서도 아무것도 할 수 없다는 사실에 미칠 것 같은 기분이 들었다.

"악!"

순간 아내의 머리가 거칠게 뒤로 휙 젖혀졌다. 누군가가 아내의 머리칼을 잡고 있었다. 검은 옷을 입은 남자는 비릿한 미소를 머금으며 아내의 머리를 거칠게 잡았다. 남자의 얼굴은 검은 모자의 그림자에 가려 겨우 하관만 알아볼 수 있었다. 그러나 또렷하게 보이는 그의 입은 분명히 웃고 있었다.

당신 누구야!

이번에도 내 외침은 밖으로 새어 나가지 못했다. 남자는 아내의 머리채를 잡고 뒤로 당겼다. 그러자 무너진 아내의 몸이 서서히 남자를 따라 끌려가기 시작했다.

"악! 제, 제발……. 용서해 주세요. 제발……. 여보! 여보!"

아내가 바닥에 끌려가며 울부짖었다. 바닥에는 아내가 흘리고 간 핏줄기가 길처럼 붉게 남았다. 남자는 아내를 데리고 창고의 어둠 속으로 들어갔다. 아내가 나를 향해 손을 뻗으며 무어라고 외쳤지만 끝내 그 소리는 듣지 못했다.

*

"수란아!"

눈을 번쩍 떴다. 온몸에 식은땀이 주룩 흘러내렸다. 눈앞에 보이는 익숙한 거실 풍경에 고개를 세차게 흔들었다. 그러고는 벌떡 일어나 주방으로 달려가 냉수 한 컵을 들이켰다.

머릿속에 꿈속 아내의 모습이 떠올랐다. 단 한 번도 본 적 없는 모습이었다.

아니, 애초에 누군가 그렇게 다친 모습을 본 적이 있던가.

나는 그대로 주방에 주저앉아 머리를 감싸 쥐었다. 갑자기 마음 속에서 불안감이 불 번지듯 타고 나가 온몸이 덜덜 떨렸다. 그렇게 몇 분 동안을 주방에서 웅크리고 있었다. 그러다 서서히 정신이 돌아오자 고개를 들고 멍하니 거실을 바라보았다.

집 안은 여전히 햇살이 밝게 들어왔고, 아무도 없었다. 나는 서둘러 옷을 갈아입고 밖으로 나왔다. 집에 있으면 계속해서 꿈 내용이 떠오를 것 같았다. 나를 애타게 기다리는 아내의 얼굴이 점점 원망의 표정으로 바뀌어가는 것처럼 보였다.

나는 애써 기억을 떨쳐내려 무작정 거리로 나왔다. 평일 낮 시간이라 그런지 거리는 한산했다. 거리에 주차된 몇 대의 차와 가게 안에 있는 사람들이 전부였다. 나는 근처 아무 카페 하나를 찾아 들어갔다.

"어? 주혁 씨!"

카페에 들어서자마자 반가운 목소리가 들렸다. 소리가 난 곳을 바라보니 정장을 입은 세영이 계산대 앞에 서 있었다. 일전에 보았던 남직원도 함께였다. 그는 나를 기억하지 못하는 듯 잠시 어물쩍거리다 곧 탄성을 내뱉으며 꾸벅 고개를 숙였다. 세영이 내 얼굴을 바라보며 놀란 표정을 지었다.

"세상에, 얼굴이 이게 뭐예요? 커피 마시러 왔어요?"

"아, 네. 오랜만이네요."

"저기요, 이분 것도 같이 계산해 주세요. 주혁 씨, 아메리카노 맞죠?"

세영은 내 대답을 듣기도 전에 익숙하게 아메리카노를 함께 주문했다. 그녀는 내가 마시는 커피 취향을 정확히 알고 있었다.

"고맙습니다. 잘 마실게요."

나는 세영이 건넨 커피를 받아들었다. 세영은 걱정스러운 표정으로 내 안색을 살폈다.

"주혁 씨, 얼굴이 너무 안 좋은데요? 혹시 무슨 일 있어요?"

순간 아내에 관해 물어보려고 했지만 소용없는 일일까 싶어 입을 다물었다. 그러자 세영이 이상하다는 듯 나를 데리고 근처 테이블에 앉았다.

"수란이는 잘 있죠? 통 연락이 안 되네요. 혹시 수란이랑 싸웠어요?"

세영은 여전히 아내를 기억하고 있었다. 나는 아니라고 둘러대며 커피를 들이켰다. 쓴 커피가 들어가자 이제야 머리가 맑아지는 것 같았다.

“아참, 내 정신 좀 봐. 미팅 가야 하는데. 나진 씨, 얼른 가자.”

세영이 손목시계를 보며 다급하게 말했다. 그녀가 가방과 서류를 챙기자 나진이라는 직원도 서둘러 짐을 챙겼다.

“주혁 씨, 몸이 안 좋으면 병원 좀 가봐요. 얼굴이 산송장이야, 글쎄. 수란이한테 제가 말해줘요? 남편 좀 잘 챙기라고?”

세영이 찡긋 웃으면서 말했다.

“아녜요. 걱정하지 마세요. 바쁘신 것 같은데 얼른 가보세요.”

나는 애써 웃으며 대답했다. 세영은 나에게 다시 보자는 말을 건네고는 서둘러 카페를 나갔다. 그녀가 간 곳에서 은은한 수선화 향이 풍겼다.

“그럼, 다음에 또 뵙겠습니다.”

“네, 수고하십시오.”

나진이 부드럽게 웃으며 머리를 숙여 인사했다. 그는 화창한 날씨와 꼭 맞는 연한 분홍색 니트를 입고 있었다. 선이 가는 그의 몸에 꼭 맞춘 듯 옷이 어울렸다. 그는 서둘러 세영을 따라 밖으로 나갔다. 나는 한동안 그들이 간 곳을 멍하니 바라보다 다시 커피 한 모금을 들이켰다.

“쓰다.”

설탕 하나도 넣지 않은 커피가 입안을 가득 채웠다. 오늘따라 유달리 커피가 진했다. 아내는 늘 이것은 커피가 아니라 사약이라며 달달한 카페모카를 마시곤 했다.

그 순간 갑자기 요란스럽게 문이 열리는 소리가 났다.

"선생님! 헉, 헉……."

나진이 내 앞으로 뛰어 들어왔다. 그는 거친 숨을 몰아쉬며 내 앞에 섰다. 그러고는 나에게 쪽지 하나를 내밀었다. 손바닥 크기의 쪽지는 반으로 접혀 있었다. 나진의 머리에서 가느다란 땀줄기가 주룩 흘러내렸다.

"아오, 힘들어."

"나진 씨?"

"휴, 선생님. 저희 과장님이 이거 전해드리래요. 아까 만났을 때 전해드리지, 꼭 항상 이렇게 뒷북치신다니까요. 게다가 맨날 나만 시키고."

나진이 괜히 민망한 듯 툴툴거리며 웃었다. 그는 정말로 급했는지 땀을 한 번 더 닦고서 시계를 보았다. 나는 멍하니 쪽지를 받아 들고서 나진을 바라보았다.

"이게 뭡니까?"

"네? 저는 몰라요. 그냥 과장님이 그거 전해주는 걸 깜빡했다며 빨리 전해주고 오라던데요? 덕분에 저는 회의에 늦었지만요."

나진이 눈살을 찌푸리며 말했다. 나는 약간 누런색을 띤 쪽지를 가만히 들여다보았다.

"저……. 선생님, 나머지는 저희 과장님과 직접 통화하시면 안 될까요? 저 진짜 늦었거든요."

나진이 거의 울먹이는 목소리로 애원했다. 나는 아차 싶어 그에게 고맙다고 말하며 작게 고개를 숙였다. 내 말이 끝나자마자 그는 쏜살같이 카페를 튀어나갔다. 그 모습에 나는 허 하고 실소를 터트리며 다시 쪽지를 바라보았다.

군포시 동작구 서교동 무안리 62-1

쪽지에는 낯선 주소가 적혀 있었다. 전체적으로 휘갈겨 쓴 느낌이었지만 세영의 동글동글한 글씨체가 눈에 띄었다. 나는 세영에게 메시지를 보내 이 주소가 어디인지를 물었다.

[세영 씨, 이 주소가 어디죠?]

그러나 세영은 미팅 중인지 답장을 보내지 않았다. 휴대전화를 들어 지도 어플을 켰다. 간단히 주소를 조회해 보니 군포의 아주 작은 마을이었다.

"군포……."

군포라면 아내의 고향인데.

머릿속에 사라진 장모님이 떠올랐다. 혹시 세영이 감시자의 눈을 피해서 나에게 정보를 주기 위한 것이 아닐까.

나는 서둘러 자리에서 일어났다. 다 마신 커피잔은 차갑게 식어 있었다. 나는 커피잔을 계산대에 반납하고 카페를 빠져나왔다.

이 주소를 찾아가야 할까. 의심해야 할까.

*

집으로 돌아오는 길은 어느 때보다 춥고 허전했다. 거리는 온통 텅 비어 있었고 가로등 아래에는 사람은커녕 개미 한 마리도 보이지 않았다. 나는 주머니에서 느껴지는 쪽지를 만지작거리며 거리를 걸었다. 머릿속에는 여전히 '왜'라는 질문이 가득했지만 무엇 하나 속 시원하게 답이 나오는 것은 없었다.

한참을 걷고 또 걸어 아파트 정문에 다다를 무렵, 문득 한 가지 생각이 스치고 지나갔다.

다른 이들이라면 어떻게 했을까. 보배라면, 아니 정연이라면 어떻게 했을까.

나는 엘리베이터를 타고 올라가면서도 주머니에서 손을 빼지 않았다. 마치 쪽지도 아내처럼 사라질 것 같아 불안했다.

현관문에 다다르자 왠지 모를 한기가 몸을 타고 올라왔다. 여전히 이 안에는 아무도 없을 것이다. 머릿속에 생생하던 아내도, 그 흔적도 없다는 생각을 하자 갑자기 마음이 쓸쓸해졌다.

"하."

세영이 준 쪽지를 바라보며 거실 소파에 앉았다. 어느새 밖은 어두컴컴한 땅거미가 내려 전등을 켜지 않고서는 글씨가 보이지 않았다. 하지만 나는 불을 켤 생각도 하지 않은 채 그저 가만히 소파에 앉아 허공을 응시했다.

"수란이의 장모님 댁인가? 혹시 세영 씨가 감시자 몰래 나에게 정보를 주려던 것이라면?"

어둠 속에서 조용히 중얼거렸다. 그러나 좀처럼 이 주소에 대해 확신이 들지 않았다. 머릿속에 장수 딸의 모습이 언뜻 스치고 지나갔다.

"……만약 누군가가 나를 유인하기 위한 수단이라면?"

입술을 잘근잘근 씹으며 곰곰이 생각했다. 다른 사람들과는 다르게 아내만 여전히 사진도, 존재도 나타나지 않았다. 그리고 더 이상 아내에 대한 정보를 수집할 곳도 없다.

'여보……! 제발, 제발……!'

귓가로 꿈속 아내의 절규가 들리는 듯했다. 순간 아찔하게 느껴지는 현기증에 잠시 소파에 등을 기대어 앉았다. 끔찍하게 학대당한 아내의 몰골을 상상하기만 해도 피가 거꾸로 솟는 기분이 들었다.

그래. 일단 해보자.

나는 다시 쪽지를 내려다보았다.

군포시 동작구 서교동 무안리 62-1

휴대전화를 들어 정연에게 전화를 걸었다. 신호가 몇 번 가지도 않고 정연이 전화를 받았다. 그녀의 목소리는 무겁게 가라앉아 있었다. 나는 침을 한번 꼴깍 삼켰다.

"정연 씨, 괜찮아요?"

- 그래. 괜찮아.

"경찰서에서 별일 없었습니까?"

휴대전화 너머로 몇 초의 정적이 흘렀다. 어쩐지 긴장이 된 나는 휴대전화를 고쳐 쥐었다. 언뜻 정연의 작은 한숨소리가 들리는 듯했다.

- 지금 만날래?

"정연 씨만 괜찮다면요. 사실은 저도 상의하고 싶은 것이 있어서요.”

- 그럼 카페에서 만나. 장소는 메신저로 보낼게.

전화가 끊기고 곧 정연에게서 짧은 메시지 하나를 받았다. 그녀는 근처 카페 이름과 주소를 적어 보냈다. 나는 짧은 답문을 보내고 곧장 밖으로 나갔다.

밖은 이미 어두워져 가로등 불빛이 환하게 빛났다. 검은 아스팔트가 그 빛을 받아 언뜻 은색으로 보이는 듯했다. 차가운 공기는 발목에서부터 올라와 약간의 한기를 느끼게 했다. 나는 검은색 재킷을 여미고 팔짱을 꼈다.

“어? 선생님!”

카페를 찾으려 걷는데 누군가 나를 부르는 소리가 들렸다. 뒤돌아보니 나진이 나를 향해 손을 흔들고 있었다. 그는 이제 퇴근하는 듯 서류가방을 들고 있었다. 멀리서도 훤칠한 키와 얼굴이 눈에 띄었다.

나진은 나를 향해 방긋 웃으며 손을 흔들었다. 그는 나에게서 시선을 떼지 않으며 조금씩 다가왔다. 이내 내 앞에 선 그에게서 아쿠아 계열의 시원한 향이 풍겼다.

“오늘 두 번이나 뵙네요. 선생님도 퇴근하세요?”

그가 넉살 좋게 웃으며 물었다.

“아뇨, 오늘은 쉬는 날이라서요. 이제 퇴근하시나 봐요?”

"네. 아까 미팅이 좀 길어져서 늦게 끝났어요. 그나마 저는 빨리 끝났는데 세영 과장님은 아직도 붙잡혀 있어요."

"아아."

그래서 답이 없었군.

머릿속에 여전히 묵묵부답인 세영이 떠올랐다.

나진의 목적지도 나와 방향이 같은 것인지, 그는 조용히 나와 걸음을 맞추었다.

나진이 주위를 둘러보며 고개를 갸웃거렸다.

"요즘 거리가 휑하네요. 사람들이 없어진 것처럼요."

그의 말에 나도 덩달아 주위를 둘러보았다. 시간은 오후 일곱 시. 한창 퇴근하는 직장인과 식당을 찾는 인원들이 많을 시간인데도 거리는 마치 새벽처럼 고요했다. 언뜻 보이는 사람들은 그마저도 가게 안으로 들어가 거리에는 나와 나진밖에 없었다. 그는 추운지 코트를 단단히 동여맸다.

"선생님은 괜찮으세요?"

"뭐가 말입니까?"

뜬금없는 질문에 나는 그에게 다시 물었다.

나진이 멋쩍게 웃으며 머리를 긁적였다. 그의 손이 올라가자 팔목에 찬 은색 메탈시계가 반짝였다.

"안색이 너무 안 좋아 보여서 괜찮으신가 여쭤본 거예요."

"아아, 네. 걱정해 주셔서 고맙습니다. 괜찮아요."

"사실 세영 과장님께서 걱정 많이 하시더라고요. 들어보니 사모님과 친구 사이인 것 같은데 요즘 통 연락이 안 된다고요."

그의 말에 왠지 모르게 가슴이 따뜻해지는 것을 느꼈다. 나는 하하 웃으며 그렇냐고 대꾸했다. 나진이 갑자기 서류가방을 뒤적이더니 아직 뜯지 않은 핫팩 하나를 건넸다.

"오늘 밤부터 추워진대요. 이거 쓰세요."

나진이 부드러운 눈매를 휘며 웃었다. 그는 사람들이 꽤나 좋아할 인상이었다. 적당히 큰 눈과 갸름하지만 선이 굵은 얼굴선, 그리고 붉고 선명한 입술까지.

나는 그가 건넨 핫팩을 받아들었다. 뜯지 않은 봉지에서 그의 따뜻한 체온이 느껴졌다. 나진은 횡단보도 앞에 우뚝 서서 신호를 기다렸다. 나는 그와 반대로 가야 했지만, 핫팩을 선물받은 데 대한 보답으로 같이 기다려주기로 마음먹었다.

나진이 신호등을 물끄러미 바라보며 중얼거렸다.

"거리가 이렇게 휑하니까 도시 전체가 텅 비어 버린 것 같아요."

"그렇네요. 분위기도 조금 스산한 것 같고요."

"이상하죠? 곁에 있을 땐 분명 잘 몰랐는데, 없어지니까 갑자기 와닿죠?"

보행자 신호등이 빨간색에서 초록으로 바뀌자 나진이 발을 움직였다. 그는 걸음을 내딛기 전 뒤를 돌아 나에게 인사하듯 씩 웃어 보였다.

"아무쪼록 하시는 일이 잘 되기를 바랍니다."

나진은 거침없이 횡단보도를 건너 반대편으로 사라졌다. 그가 마지막으로 한 말이 머릿속을 웅웅 맴돌았다. 그러다 곧 주머니에서 느껴지는 휴대전화 진동음에 퍼뜩 정신을 차렸다. 정연이 보낸 메시지였다. 먼저 카페에 들어가 있겠다는 말에 짧게 대답하고서 서둘러 정연이 있는 곳으로 향했다.

카페 문을 열고 들어가자 따뜻한 히터 바람이 얼굴을 가득 감쌌다. 순간적으로 따뜻한 온도에 열이 올라 서둘러 재킷을 벗었다. 정연은 작은 2인 테이블에 홀로 앉아 있었다. 내 것까지 미리 주문해 둔 듯 그녀 앞에는 머그잔 두 개가 놓여 있었다.

"괜찮아요?"

나는 정연의 앞에 앉아 먼저 안부를 물었다. 그녀의 얼굴은 아침보다 훨씬 더 어둡고 피곤해 보였다. 정연은 고개를 끄덕이며 마른세수를 했다. 맨얼굴의 정연이 후 하고 큰 숨을 내쉬었다. 그녀는 대답 대신 진한 아메리카노를 한 모금 들이키고 의자에 등을 기대어 앉았다.

"경찰들이 뭐라고 하던가요?"

"아무것도. 난 그냥 그 사건 현장만 진술했을 뿐이야. 거기에 왜 갔는지, 어떻게 현장을 발견했는지 같은 내용만 말했어."

"범인이 남긴 쪽지 내용은 말 안 했습니까?"

정연이 커피를 마시던 손을 멈칫하고 멈추었다. 정연의 눈과 내 눈이 허공에서 부딪혔다. 그녀는 작게 고개를 끄덕이며 마저 커피를 마셨다.

"그래. 그리고 살해당한 아이가 장수 씨의 딸이라는 것도."

"장수 씨가 사라졌기 때문이죠?"

"……맞아."

카페 안은 무드 있는 음악이 잔잔히 흐르고 있었다. 나와 정연 사이에 무거운 분위기가 맴돌았다. 나는 앞에 있는 잔을 들어 커피를 한 모금 들이켰다. 쓰고 따뜻한 커피가 들어가자 속이 멘톨을 먹은 듯 싸했다.

정연이 후 하고 숨을 내뱉으며 머리를 뒤로 젖혔다. 말하지 않아도 그녀의 머릿속이 꽤나 복잡한 것을 알 수 있었다. 나는 잠자코 정연이 먼저 입을 열 때까지 기다렸다. 얼마 지나지 않아, 정연은 결심한 듯 다시 말을 이었다.

"당신도 이상하게 생각하고 있지?"

"무엇을요?"

"지금 이 상황 말이야. 실종자가 나타나기 시작했고, 장수 씨가 딸을 발견하자마자 딸이 죽었어. 그리고 장수 씨는 흔적도 없이 사라졌지. 마치 실종자처럼 말이야."

정연은 가방에 있는 작은 수첩 하나를 꺼냈다. 정연의 손때가 묻어 거무튀튀한 수첩은 한눈에 보기에도 꽤 오래되어 보였다. 그녀는 접어놓은 페이지로 단숨에 노트를 펼쳤다. 그곳에는 사건을 정리해 놓은 정연의 글씨가 가득했다.

그 페이지만 보아도 정연이 얼마나 노력했는지 알 수 있었다. 그녀는 자기 아들이 실종된 후부터 모든 상황을 혼자 감당해 왔다. 그녀가 없었으면 나는 아직도 멍청하게 아내를 찾아다니고 있을 거란 생각이 들었다.

정연은 수첩의 새로운 페이지에 '실종자의 죽음'이라는 문구를 적었다.

"우리가 실종자를 찾기를 기다리는 누군가가 있는 걸지도 몰라. 그리고 우리가 실종자를 찾는 순간 나타나서 실종자를 죽이는 거지."

나는 그녀의 말에 동의한다는 뜻에서 천천히 고개를 끄덕였다. 그러고는 테이블 가까이 바싹 붙어 앉았다.

"저도 같은 생각이에요. 지금 상황을 보면 마치 우리를 유인하는 것 같아요."

"바로 그거야."

정연이 손가락을 딱 튕겼다. 그러다 곧 이해할 수 없는 표정으로 다시 말을 이었다.

"만약 그 누군가도 실종자를 찾으려는 거라면 직접 찾으면 될 텐데. 꼭 우리를 이용하는 것 같지 않아?”

정연이 고개를 오른쪽으로 살짝 기울였다. 그러자 그녀의 갈색 앞머리가 옆으로 사락 떨어졌다. 정연은 앞머리가 거슬리는지 머리카락을 위로 쓸어넘겼다. 나는 그녀를 가만히 바라보다 오전에 보배와 나눴던 이야기를 다시 꺼냈다.

“당신이 말했었죠? 지금 여기에 감시자들이 있다고요. 그 감시자들이 ‘그’에게 정보를 전달해 주는 것이 아닐까 하는 생각이 들어요.”

“정보를 전달한다?”

“그래요. 분명 누군가…… 그러니까 그 범인은 실종자를 찾아야 하지만 실종자가 누군지 모르는 것 같습니다. 그래서 우리를 이용하는 것 같아요.”

내 말에 정연이 흐음 하고 고개를 끄덕였다.

“상황이 딱딱 맞아떨어지지 않습니까? 범인은 우리에게서 빼낸 정보를 토대로 실종자를 찾은 후에 살해하려는 거예요.”

“흐음…….”

정연이 낮은 목소리로 고민하는 소리를 냈다. 그녀는 여전히 알 수 없는 표정으로 눈살을 찌푸리고 있었다. 정연이 생각에 빠진 듯 멍하니 허공을 바라보며 커피 한 모금을 들이켰다. 얼마간의 침묵이 지나자 정연이 다시 입을 열었다.

"좋아. 당신이 말하는 범인이 실종자를 살해하려는 목적이라고 가정해 보자."

"그래요."

나는 어깨를 으쓱 올리고 고개를 끄덕였다. 그러자 정연이 고개를 갸웃거리며 물었다.

"아무리 생각해도 이상해."

순간 정연의 눈이 카페 조명을 받아 반짝하고 빛났다. 그녀는 수첩에 연신 물음표를 적어댔다.

"뭐가요?"

"실종자를 죽이는 것이 목적이라면, 그냥 실종자를 찾았겠지."

정연이 볼펜을 달칵거리며 그 끝으로 수첩을 툭 쳤다. 나는 무슨 말이냐는 얼굴로 그녀를 바라보았다.

"그냥 실종자를 찾아서 죽이는 게 더 빠르지 않았겠어?"

"그게 무슨 말입니까? 범인은 실종자에 대한 정보가 없어요. 그래서 감시자를 통해 우리를 감시하고 정보를 캐낸 뒤 실종자를 찾았다고요. 그래서 쪽지에 '어서 찾아내'라고……."

"그래. 내 말이 그거야."

정연이 볼펜을 테이블 위로 내려놓았다. 그러고는 두 손을 깍지 낀 채로 턱을 괴었다.

"그런데 왜 우리를 유인하냐, 이 말이야."

그녀의 말에 순간 머리가 띵하고 울렸다. 그녀의 말이 맞았다. 만약 실종자를 죽이는 것이 목적이라면 왜 굳이 우리까지 유인해야 했던 걸까. 우리에게 얻은 정보를 통해 실종자를 찾고 살해하면 그만인데, 굳이 장수 씨를 사라지게 한 이유.

나는 이제야 알겠다는 듯 고개를 끄덕였다.

"우리에게 목적이 있는 것 같군요."

"그래. 아무리 생각해도 그 답밖에는 안 나와. 장수 씨가 사라지기 전에 딸이 다녔던 학교에서 평소와 다름없는 지원이를 보았다고 했어. 그리고 금방 사라졌다고 했지. 지금 생각해 보면 그것도 장수 씨를 유인한 게 아닐까 하는 생각이 들어."

정연의 목소리가 낮고 고요하게 울렸다. 나는 얼굴을 감싸 쥔 상태로 그녀를 바라보았다.

"우리를 살해하려고?"

그 순간 카페 음악이 뚝 하고 끊기며 정적이 우리를 에워쌌다. 순간적으로 등골이 서늘해지며 머리털이 쭈뼛하고 섰다. 단순히 음악이 멈춘 것뿐인데도 카페는 마치 다른 공간처럼 느껴졌다. 앉아 있는 의자와 테이블, 심지어 커피까지 아주 낯선 느낌이 들며 심장이 빠르게 뛰기 시작했다. 정연도 똑같이 느낀 것인지 놀란 얼굴로 나를 바라보고 있었다. 주위를 둘러보았지만 카페는 음악만 잠시 꺼졌을 뿐 달라진 것은 없었다.

"일단 나가죠."

나는 꺼림칙한 느낌에 자리에서 일어났다. 정연이 내 말을 따라 자리에서 일어나 가방을 챙겼다. 계산대를 지나치는데 카페 주인의 시선이 우리를 따라 움직이는 것이 느껴졌다.

"다음에 또 오세요."

주인이 밝게 웃으며 인사했다. 나는 그저 머리만 숙여 인사한 후 서둘러 카페를 벗어났다.

밖은 여전히 사람 하나 없이 고요했다.

"거리에 사람이 너무 없는데?"

정연이 이상한 듯 주위를 두리번거렸다. 시계를 보니 이제 겨우 밤 아홉 시였다. 그러나 거리는 마치 죽은 도시처럼 사람 하나 지나다니지 않았다.

원래 이렇게 사람이 없는 거리였나. 아직 그리 늦은 시간도 아닌데.

아까부터 피부로 와닿는 이질감에 기분이 이상해졌다. 혼란스러움이 몰려와 멍하니 있자 정연이 내 어깨를 팍 쳤다.

"정신 차려. 아까 상의하고 싶은 게 있다고 하지 않았어? 일단 아무도 없는 곳으로 가자. 당신 집, 어디야?"

"여기 바로 근처입니다."

"일단 그곳으로 가서 마저 이야기하도록 하자. 아무래도 느낌이 이상해. 익숙한 동네인데 너무 낯설어."

정연은 얼른 앞장서라는 듯 턱짓을 했다. 아내가 없는 집에 외간 여자를 데리고 간다는 것에 대해 죄책감이 들었지만 지금 상황에서는 별다른 수가 떠오르지 않았다.

앞에서 걷는 정연에게서 하얀 입김이 모락모락 솟아올랐다. 나는 그녀의 옆모습을 보며 아내를 떠올렸다.

지금 내 옆에 정연이 아닌, 아내가 함께라면 얼마나 좋을까.

나는 정연에게는 차마 말로 하지 못할 생각을 하며 걸음을 옮겼다.

우리는 서로 아무 말도 하지 않은 채 아파트 정문에 다다랐다. 몇 번인가 정연에게 말을 걸어보려는 시도는 했지만, 정연은 그저 단답으로만 대답할 뿐이었다. 그녀는 바깥에서 무언가를 더 말하는 것을 꺼리는 눈치였다.

그렇게 우리는 침묵을 일관한 채로 엘리베이터에 올랐다. 문득 엘리베이터의 거울에 비친 내 얼굴이 눈에 들어왔다. 거무죽죽하고 핼쑥한 얼굴이 참으로 볼 만했다. 이렇게까지 엉망으로 되어본 적이 있었던가, 하는 생각이 들었다. 눈두덩이는 저승사자처럼 퀭했고, 두 뺨은 움푹 패어 있었다. 피죽도 얻어먹지 못한 사람처럼 피골이 상접한 얼굴은 스스로도 낯설 만큼 야위고 아파 보였다.

그 순간 엘리베이터 문이 활짝 열렸다. 앞서 내린 나는 집으로 다가가 도어록 비밀번호를 누르고는 현관문을 열었다.

"집 좋네."

괜히 어색한 기분이 들어 쭈뼛대고 있는데 정연은 무심하게 말하고 먼저 집 안으로 들어갔다.

그녀는 소파에 앉아 다시 수첩을 펼쳤다. 그 사이 나는 소파 스툴을 가지고 와 그녀의 옆에 두고 앉았다. 그러고는 주머니에 넣어둔 쪽지를 꺼내 그녀에게 건넸다.

정연이 조금 의아한 얼굴로 쪽지를 건네받았다.

"이게 뭐야?"

"오늘 아내의 친구가 저에게 전해주고 갔어요. 이곳으로 가보라고요. 이 주소가 어디냐고 물어봤지만, 아직도 답이 없어요. 군포는 아내의 고향이고요."

"갑자기 이걸 줬다고?"

정연이 의심스러운 얼굴로 물었다. 나는 그저 고개만 끄덕여 대답했다. 그녀가 무슨 생각을 하고 있는지 알 것 같았다. 범인이 우리를 유인하려 한다고 생각하고 있을 것이다. 심지어 그가 진짜로 노리는 건 우리일 것이라고도. 그러나 정연은 별다른 말은 하지 않고 쪽지를 나에게 돌려주었다.

"가보게?"

정연의 질문에는 많은 것들이 들어 있었다. 마치 유인하는 것을 알고 있는데도 갈 거냐고 묻는 것 같았다. 나는 뭐라고 대답해야 할지 몰라 잠시 머뭇거렸다. 일단 아내를 찾아야겠다고 결심했지만, 선뜻 말이 나오지 않았다.

정연은 그런 나를 바라보다 조용히 먼저 입을 열었다.

"나는 말이야. 벌써 3년이 지났어. 지금 우리 아들이 있었으면 여덟 살 정도 되었겠네."

"3년이라. 오래되었네요."

내 말에 정연이 어깨를 으쓱 올렸다. 그녀는 나를 지긋이 바라보고 있었다.

"실종된 지 얼마 되지 않았을 때는 미쳐 버릴 것 같았어. 그러다 1년이 지나니까 마냥 살아 있을 거라 믿었고, 2년이 지났을 때는 생사가 궁금하더라. 그런데 지금은……."

정연이 말을 다 잇지 못하고 입술을 꼭 깨물었다. 언뜻 그녀의 얼굴에서 슬픔이 느껴졌다. 정연은 애써 그 감정을 숨기려 고개를 천장으로 들었다. 그녀의 턱 근육이 잔뜩 긴장한 것이 느껴졌다.

"지금은 그냥 시신만이라도 찾았으면 좋겠어. 그냥 내 눈으로 아이를 한 번만이라도 봤으면, 그게 지금 내 심정이야."

그녀의 말에 감히 무어라 선뜻 위로의 말도 건네지 못했다. 정연은 내 손에 쥔 쪽지를 가리키며 조용히 말을 이었다.

"만약 나라면 거기에 갈 거야."

정신이 번쩍 들었다. 내 표정을 읽은 것인지 정연이 작게 미소 지었다. 그러고는 소파에서 일어나 나갈 채비를 했다.

"가시게요?"

“가야지. 내일 출발할 때 전화해. 같이 갈게.”

정연이 신발을 신으며 말했다. 노란 전구 빛을 받은 그녀의 머리칼이 주황색으로 빛났다. 나는 그녀의 앞에 우두커니 섰다.

“……고맙습니다.”

목이 메어 목소리가 제대로 나오지 않았다. 왠지 정연을 볼 면목이 없었다. 그녀는 3년 동안이나 아들을 찾아 헤맸고, 나는 아내를 잃어버린 지 고작 일주일도 안 되었는데도 망설였다는 사실이 부끄럽게 느껴졌다. 정연은 내 어깨를 두어 번 두드리고 밖으로 나갔다. 현관문이 닫히자 차갑기만 하던 집이 갑자기 따뜻하게 느껴졌다.

‘같이 갈게.’

정연의 마지막 말이 메아리처럼 울렸다. 나는 쪽지의 주소를 휴대전화로 옮겨 적은 뒤 다시 주머니 속으로 넣었다.

왠지 내일 아내를 찾을 수 있을 것 같다는 근거 없는 희망이 가슴속에 퍼져 나갔다.

〈진실을 말하다〉

1부

찬용이 성수의 대답을 기다렸다. 그가 질문한 '사형제도'에 대해 성수가 곰곰이 생각하는 듯 종이에 무언가를 적기 시작했다. 찬용은 그가 발언할 준비를 마칠 때까지 시답지 않은 말을 하며 시간을 채웠다.

얼마 가지 않아, 성수가 준비된 듯 입을 열었다.

"최근에 사형 선고를 받은 인물이 있죠. 최근 8년 동안 사형 선고가 없었는데도 1심, 2심에서 모두 사형을 선고받은 인물입니다. 바로 10년 전부터 살인을 저지른 연쇄살인마 김난석입니다. 다들 알고 계시죠?"

"네. 아주 유명한 사건 아닙니까? 마지막으로 성남시 가정집에서 여성과 아이를 살해하고 금품을 갈취할 때 생긴 증거로 덜미를 잡혔었죠."

찬용이 익히 알고 있다는 듯 말했다. 성수는 볼펜을 빙그르르 돌리며 몸을 앞으로 숙였다. 그러고는 팔짱을 낀 상태로 테이블 위로 기울여 앉았다.

“그런데 말이죠. 그 사형 선고에 대해 누구 하나 반대한 사람 있습니까? 김난석이 죽인 사람만 해도 여섯 명이에요. 게다가 시신까지 암매장해서 유가족들은 몇 년 동안 자신의 가족이 살았는지 죽었는지도 몰랐단 말입니다. 만약 내 가족이, 친구가 이런 일을 당했다면 과연 사형제도는 없어져야 한다고 말할 수 있습니까?”

날카로운 성수의 말에 찬용이 잠시 입을 다물었다. 그러고는 멋쩍게 웃으며 스읍 하고 바람을 들이켰다. 성수는 때를 놓치지 않고 계속해서 말을 이었다.

“백 번 양보해서 무기징역이라고 칩시다. 죽을 때까지 교도소에 갇힐 테죠. 그럼 김난석이 평생 동안 먹는 식사는요? 입는 옷은요? 다 어디서 나옵니까? 다 우리 세금에서 나오는 겁니다. 우리가 피땀 흘려 낸 세금이 저런 범죄자들이 먹는 밥, 입는 옷에 들어간다고요.”

“하하, 김 의원님. 조금 위험한 발언인 것 같습니다.”

찬용이 다소 극단적인 성수의 말을 제지했다. 그러나 성수는 지지 않고 오히려 보란 듯이 더욱 노골적으로 말했다.

“막말로 지금 한 끼 밥도 제대로 못 먹고 지내는 불우이웃이 얼마나 많습니까? 교도소에 수감된 범죄자들은 적어도 굶을 걱정은 없겠지요? 맛은 둘째치고, 사람을 죽인 범죄자들은 한 끼 굶을 걱정도 없이 평생을 그렇게 산다는 겁니다!”

성수가 흥분한 듯 테이블 위를 탁하고 내려쳤다. 순간 방송 실내가 찬물을 끼얹은 듯 조용해졌다. 찬용은 가운데서 식은땀을 흘리며 허허 하고 웃었다. 언뜻 스태프석을 바라보니 감독이 괜찮다며 오케이 사인을 보냈다. 찬용은 그것을 확인하고 다시 진행을 시작했다.

"사실 김 의원님 말씀도 일리가 있는 부분입니다. 아직까지 우리 이웃 중에서는 하루 한 끼 먹을 밥도 부족하고, 집도 없이 어렵게 살아가는 분들이 많이 있죠. 김 의원님 말씀은 우리의 세금을 범죄자가 아닌 이런 이웃들에게 쓰는 것이 훨씬 더 가치 있다는 것이죠?"

찬용이 성수의 의견을 깔끔하게 정리하여 다시 물었다. 그러나 성수는 틀렸다는 듯 손을 휘휘 내저으며 눈살을 찌푸렸다.

"제 말은요. 흉악범들이 교도소에 수감되는 것뿐만 아니라, 유가족이 느낀 고통을 그대로 느껴봐야 한다는 것이죠."

"아하. 역지사지 말씀이신가요?"

찬용이 센스 있게 맞장구쳤다. 그러자 이번에는 성수가 맞다는 듯 손가락을 딱 튕기며 고개를 끄덕였다. 그는 일부러 시선을 돌려 카메라를 바라보았다.

"사형이니 무기징역이니 이딴 두루뭉술한 것들이 아니라, 진짜 유가족의 아픔과 고통을 느낄 수 있는 그런 처벌이 필요하다는 겁니다."

4

아침 해가 노란색으로 떠오르기 전부터 일어나 부지런히 움직였다. 군포라면 여기서 두 시간 정도밖에 걸리지 않는 곳이었지만 만약을 대비해 여러 가지 물품을 가방에 챙겨 넣었다. 가방에는 여벌의 옷과 작은 수첩, 그리고 작은 세면도구가 들어 있었다. 만에 하나라는 생각으로 작은 커터칼 하나도 주머니에 챙겼다. 비록 정연이 가지고 다니는 칼같이 날카롭고 위협적인 소도는 아니었지만, 누군가를 단 몇 초 동안은 위협할 만했다.

나는 옷장 앞에 선 채로 한동안 고민에 빠졌다. 주소에 적힌 집을 찾은 후에는 무슨 일이 벌어질까. 하지만 도무지 떠오르는 것이 없었다.

나는 고민 끝에 눈에 보이는 재킷 하나를 집어 들었다. 품이 넉넉해 행여나 뜀박질을 하더라도 꽤 편하게 입을 수 있는 옷이었다.

나는 그 재킷과 더불어 두껍지만 가벼운 바지를 골라 입고 밖으로 나왔다.

밖은 이제 해가 서서히 떠올라 주변이 하얗게 빛났다. 아직 이른 시간이라 그런지 거리는 텅 비어 있었다. 나는 주차장으로 가 오랫동안 타지 않았던 자동차에 시동을 걸었다.

아내와 결혼했을 때 새로 구매한 소나타는 오랜만의 기름칠에 거친 소리를 내며 엔진을 움직였다. 나는 차 안에 걸린 사진을 물끄러미 바라보다 핸들을 잡았다. 여전히 사진에는 아내가 없다. 이상하게도 아내의 모습이 보이지 않는 것이 마치 당연한 듯이 느껴졌다.

천천히 차를 몰고 나와 정연이 알려준 곳으로 향했다. 미리 나와 있던 정연은 내 차를 발견했는지 멀리서 작게 손을 흔들었다. 검은 가죽 재킷과 검은 바지를 입은 그녀에게서 묘한 카리스마가 느껴졌다.

"보배는요?"

혼자 온 정연을 바라보며 물었다. 그러자 정연은 타자마자 안전띠를 매며 대답했다.

"아직 집에 있을 거야."

"말 안 했습니까?"

"했어. 그리고 따라오지 말라고 했지."

정연은 일단 출발하라는 말과 함께 좌석에 몸을 기댔다. 그녀에게서 묘한 목단향 향기가 풍겼다. 아내가 쓰던 향수와 비슷한 계열의 향이었다. 나는 잠시 추억에 잠겼다.

얼마간의 침묵이 있고 난 뒤 정연이 먼저 입을 열었다.

"각오됐어?"

그녀는 멍하니 창밖을 바라보고 있었다. 정연의 턱선은 아주 얇고 가느다랬다.

"무엇을 말입니까?"

"어떤 결과라도 받아들일 준비가 되어 있냐고."

정연이 고개를 돌려 정면을 응시했다. 무엇을 바라보는지 알 수는 없었지만, 그녀의 시선은 또렷해 보였다. 나는 왼손으로는 핸들을 쥔 채 오른손으로 턱을 매만졌다. 차는 이미 고속도로에 올라타 몇 개의 터널을 지나쳤다.

"만약에 장수 씨와 같은 결과가 나와도 버틸 수 있겠어?"

"아……."

정연의 질문의 뜻을 이제야 알아차렸다. 그녀는 두 손을 무릎 위로 가지런히 올린 채 다시 창밖을 바라보았다. 나는 잠시 그런 그녀를 바라보다 다시 정면으로 시선을 옮겼다.

"그거 저한테 하는 말 아니죠?"

"맞아."

내 질문에 정연이 고개를 끄덕였다. 곧 그녀가 후후 하고 바람 새는 웃음을 터트렸다.

"아이의 시신만이라도 찾았으면 좋겠다고 센 척했지만, 사실은 겁나."

정연은 내가 맞장구를 치지 않아도 혼자서 계속 말을 이었다. 아마 딱히 위로받고자 하는 말도 아닐 것이다. 정연에게는 아마 그저 자신의 말을 들어줄 사람이 필요한 듯했다. 나는 묵묵히 운전하며 적당히 추임새만 넣었다.

"아이의 시신을 찾았는데, 그 시신에 고문의 흔적이 있으면 어쩌지? 내가 모르는 사이에, 내가 3년이란 시간을 헛되이 보낸 사이에 규민이가 고통받고 있었으면 어쩌지. 그런 생각이 들어."

정연이 팔로 자신의 몸을 감싸 안았다. 아무렇지 않은 표정을 지었지만, 그녀의 손이 조금씩 떨리는 것이 느껴졌다. 나는 뭐라고 답해야 할까 고민하며 숨을 작게 내쉬었다. 머릿속에서 꿈에 보았던 아내의 모습이 떠올랐다.

"며칠 전에 꿈을 꿨습니다."

"꿈?"

"네. 당신 말대로, 아내가 어떤 괴한에게 고통을 받고 있는 꿈이요. 그리고 그 꿈에서 저에게 살려달라고, 구해달라고 하더군요."

내 말에 정연이 입술을 꼭 깨물었다. 나는 잠시 그녀에게 시선을 두고 조금 웃어 보였다.

"그래도 할 수 있는 건 다 해봐야죠. 결과가 어떻든."

"그래. 그렇지."

정연은 내 말에 고개를 작게 끄덕였다.

우리는 별다른 말없이 묵묵히 창밖만 바라보았다. 내비게이션은 어느새 목적지 근처를 가리키고 있었다. 목적지가 점점 가까워지자 점점 심장이 떨리는 것을 느꼈다. 얼마 지나지 않아 목적지라는 말과 함께 내비게이션이 종료되었다.

"다 왔네요."

나는 허름한 도로 가장자리에 차를 대고 내렸다. 왕복 2차선 도로에는 불법 주차된 차들로 가득했다. 보이는 거라곤 작은 동네 가게가 전부였다. 그나마도 아주 오래된 모양인지 간판이 다 헤져 있었다. 그 외에는 온통 논길이었다. 아직 개발의 손길이 닿지 않은 듯했다. 머릿속에 옛날에 보았던 어느 영화 속의 폐쇄된 마을이 떠올랐다.

나는 천천히 주위를 둘러보며 기억을 더듬었다.

아내가 살던 곳이 맞던가.

그러나 이윽고 아니라는 생각에 고개를 가로저었다. 생전 처음 보는 동네였다. 아내가 살았던 곳은 이보다 조금 더 번화가였고, 작은 아파트였다. 나는 정연과 함께 조금씩 걸음을 옮겨 번지수를 찾았다.

"여기 아니야?"

정연이 한 건물을 가리켰다. 그녀의 손끝이 향한 곳에는 쪽지에 적힌 번지가 적혀 있었다. 끝자리가 흐려져 있어 정확하게 보이지 않았지만 일단 들어가 보기로 했다.

건물은 빨간 벽돌로 지어진 상가였다. 곳곳에는 벽돌이 부식되고 파인 흔적이 있었고, 들어가는 입구 바닥에는 전구가 깨진 채 놓여 있었다. 짙은 청동색으로 된 상가 문을 열자 어두컴컴한 복도가 보였다.

"주소는 여기가 맞는데……."

처음에는 단독주택 같은 건물의 주소일 거라고 생각했지만 보이는 거라곤 온통 작은 상가들뿐이었다. 세탁소와 이름 모를 사무실, 부동산들이 즐비해 있었다. 나는 천천히 복도를 걸으며 가게 입구를 살폈다.

"거 누구요?"

멀리서 누군가의 목소리가 들렸다. 그는 내가 가게들을 기웃거리는 것이 수상해 보였는지 꽤나 불쾌한 표정을 짓고 있었다. 머리가 반쯤 벗겨지고 배가 볼록하게 나온 남자는 멜빵바지 끈에 손을 올린 채 나를 위아래로 훑어보았다. 나는 쭈뼛거리며 남자에게 다가갔다.

"당신 뭐요? 왜 여기를 기웃거리오?"

"아……. 다름이 아니라 건물을 좀 찾고 있습니다. 주소는 여기가 맞는 것 같은데…….”

나는 뭐라고 해야 할지 몰라 일단 쪽지를 꺼냈다. 그러자 남자가 셔츠에 달린 안경을 꺼내 쓰며 쪽지를 뺏다시피 가져갔다.

“이리 줘보슈.”

남자는 초점이 잘 맞지 않는지 미간을 잔뜩 찌푸리며 글씨를 바라보았다. 몇 번이나 쪽지를 멀리 가져갔다가 가까이 하기를 반복하다 아예 안경알 너머로 글씨를 보았다.

“이 건물이 아니구만.”

“예? 아닙니까?”

“여기 바로 뒤 건물 같은데. 문 씨네 집 아닌가?”

남자가 쪽지를 건네며 고개를 갸웃거렸다. 나는 ‘문 씨’라는 말에 눈을 휘둥그레 떴다. 문 씨는 장모님의 성씨였다.

“문 씨요? 혹시 사시는 분 존함이 문정숙 여사님 맞으십니까?”

“오, 맞네. 아는 사람인가? 하도 왕래가 없어서 아는 사람이 있는 줄 몰랐네.”

남자는 나를 향해 따라오라는 듯 손짓을 했다. 정연과 나는 잠자코 그의 뒤를 따라 건물 밖으로 나갔다. 그는 건물 뒤편으로 돌아가 작은 단독주택 하나를 가리켰다. 검은 지붕과 하얀 콘크리트로 지어진 집이 보였다.

남자는 그 집을 보며 혀를 끗끗 찼다.

"저기 문 씨네 딸이 하나 있었는데 실종되었다나 뭐라나."

"예? 실종요?"

나와 정연이 동시에 놀라 되물었다. 그러자 남자는 처음 들었느냐는 듯한 얼굴로 우리를 마주했다. 그러고는 문 씨라는 사람에 대해 줄줄이 읊어대기 시작했다.

"딸이 하나 있었는데 갑자기 실종되었다고 하더군. 몇 날 며칠을 찾아다녔는데. 아주 참한 색시였는데 말이야."

딸이 실종되었다? 머릿속에 문 씨의 딸과 아내의 얼굴이 겹쳐졌다.

나는 혹시나 하는 마음에 남자에게 실종된 딸에 관해 물었다.

"혹시 그 따님 이름이 어떻게 됩니까?"

"어디 보자. 박정주였나, 박정수였나……."

역시나 그 딸의 이름은 아내의 이름과 달랐다. 아닐 거라고 예상은 했지만, 아내가 아닌 다른 여자의 이름을 듣자 힘이 절로 빠지는 듯한 기분이 들었다. 마음 한구석에 수그리고 있던 약간의 희망마저 무너진 셈이었다.

남자가 가물가물한 듯 고개를 갸웃거렸다. 그의 머릿속에 떠오르는 딸의 모습이 좀처럼 잘 그려지지 않는 듯했다. 내가 무어라 더 물어보려고 할 찰나, 정연이 내 팔을 툭 건드렸다.

"일단 가보자."

정연의 눈빛에는 '그만'이라는 뜻이 느껴졌다. 나는 고개를 끄덕이고서 남자에게 꾸벅 인사를 건넸다. 남자는 별다른 말없이 고개를 끄덕였다. 나는 주소를 한 번 더 확인한 후 남자가 가리켰던 주택으로 향했다.

주택은 생각보다 오래된 듯 곳곳이 헐어 있었다. 유지 보수를 한 지도 꽤 된 듯 지붕은 여기저기 깨져 있었고, 하얀 담벼락은 시멘트가 노출되어 금방이라도 무너질 듯했다. 빨간 페인트로 칠해진 대문 앞에 서자 묘하게 심장이 떨려왔다.

장모님이면 어쩌지? 나를 알아볼까?

나는 떨리는 손으로 옆에 있는 초인종을 눌렀다. 그러나 그 버튼은 눌리기만 할 뿐 아무런 소리도 내지 못했다. 한 번 더 벨을 눌렀지만 역시나 묵묵부답이었다.

"계십니까?"

나는 안에 있는 사람이 들을만한 큰소리로 외쳤다. 그러나 집 안에서는 아무런 소리도 들려오지 않았다. 몇 번이나 외쳤지만, 안은 텅 비어 있는 듯 고요했다.

"문이 열려 있는데?"

정연이 살며시 대문을 밀었다. 그녀의 말대로 대문은 걸리는 부분 없이 수월하게 열렸다. 정연은 나를 제치고 대문 안으로 먼저 들어갔다.

"……무단 침입 아닙니까?"

“맞아.”

내 말에도 정연은 아랑곳하지 않고 마당을 거닐었다. 나는 깊은 숨을 한번 내쉬고서 그녀의 뒤를 따라 안으로 들어갔다.

마당은 흔히 보던 시멘트 바닥이 깔려 있었고, 가운데에는 작은 수돗가가 있었다. 조금 전에 누군가 사용한 듯 수도꼭지에서는 물이 똑똑 떨어지고 있었다. 마당 뒤로 놓인 마루는 낡을 대로 낡아 신발을 벗고 다니기 힘들어 보였다. 집 안으로 들어가는 현관문 앞에는 서너 개의 계단과 작은 화분들이 놓여 있었다.

“들어가자.”

정연은 거리낌 없이 집 안으로 성큼성큼 들어갔다. 내가 미처 말릴 새도 없이 안으로 쏙 들어간 그녀는 서둘러 나에게 오라는 듯 손짓을 해댔다.

“하, 미치겠네.”

나는 행여나 집주인이 들이닥칠세라 황급히 그녀의 뒤를 쫓아 집 안으로 들어섰다. 집 안은 햇빛이 전혀 들지 않아 어두컴컴했고, 기분 나쁜 축축함이 배어 있었다. 발걸음을 옮길 때마다 낡은 바닥에서 삐걱거리는 소리가 들렸다.

“정연 씨, 어디 있습니까?”

나는 어두운 실내에 휴대전화 플래시를 켜고 주위를 두리번거렸다. 저 앞에서 정연의 인기척이 느껴졌다. 나는 더듬거리며 그쪽으로 발걸음을 옮겼다. 그녀가 있는 거실은 커튼 사이로 약간의 햇살이 들어오고 있었다. 나는 플래시를 끄고 정연의 곁으로 걸어갔다.

“남의 집에 함부로 들어오면 무단 침입이라고요. 어서 나가요.”

나는 정연의 손목을 잡아 이끌며 작게 속삭였다. 집주인이 벌컥 들어올까 괜히 심장이 조마조마했다. 만약 집주인을 마주치면 어떤 변명을 해야 하나 오만가지 생각이 들었다.

“잠깐, 이거 봐.”

정연이 내 손을 뿌리치고 벽을 가리켰다. 그녀는 벽에 걸린 사진 하나를 뚫어져라 보고 있었다.

“여기 이 여자, 당신 아내 맞아?”

그녀의 말에 고개를 돌려 사진을 바라보았다. 벽에 걸린 것은 대형 가족사진이었다. 나는 좀 더 자세히 보기 위해 다시 휴대전화 플래시를 켰다. 그러고는 천천히 사진을 비췄다.

“이건…….”

아내였다. 부모로 보이는 중년 부부 사이에서 활짝 웃고 있는 여자는 그토록 그립고 보고 싶었던 아내였다. 아직 앳되어 보이는 사진 속 아내는 짧은 단발머리를 하고 하얀 원피스를 입고 있었다. 웃을 때 살포시 들어가는 한쪽 볼의 보조개까지, 아내 수란이 분명했다.

“당신들, 누구야!”

그 순간 뒤에서 날카로운 음성이 들렸다. 우리는 화들짝 놀라 뒤를 돌아 플래시로 그 사람을 비추었다. 거실 입구 앞에는 중년의 여인이 놀란 얼굴로 서 있었다.

"장모님……."

나도 모르게 중얼거렸다. 많이 야위고 지친 기색이 보였지만, 아내와 똑 닮은 얼굴의 문 씨가 서 있었다. 문 씨는 겁에 질린 얼굴로 뒷걸음질 치다 곧 경찰에 신고하려는 듯 휴대전화를 집어 들었다.

"겨, 경찰서죠? 여기 집에 가, 강도……!"

"잠시만요!"

나는 서둘러 문 씨에게로 뛰어가 그녀의 휴대전화를 낚아챘다. 그러자 문 씨가 놀란 듯 비명을 지르며 나에게서 벗어나려 발버둥 쳤다. 정연도 옆으로 다가와 문 씨의 어깨를 잡았다.

"어머님, 진정하세요!"

"꺅!"

정연의 말에도 문 씨는 사색이 된 얼굴로 계속해서 소리 질렀다. 나는 황급히 그녀의 앞에 무릎을 꿇고 바짝 엎드렸다. 문 씨가 거친 숨소리를 내며 겁먹은 눈으로 나를 바라보았다.

"따님을 찾으러 왔습니다. 저희는 따님을 찾고 있어요!"

"……."

내 말에 문 씨가 숨을 합 멈추었다. 그 틈을 타 정연도 내 옆으로 와 무릎을 꿇었다. 문 씨의 얼굴은 여전히 하얗게 질려 창백했다.

나는 차마 그 얼굴을 바라보지 못하고 그저 땅에 이마를 찧은 채 계속 말을 이었다.

"아내…… 아니, 따님을 저희가 알고 있습니다. 찾으려고 해도 찾을 수가 없어서……. 이렇게 실례를 무릅쓰고 찾아왔습니다."

"아, 아아……."

문 씨가 그제야 조금 긴장이 풀린 듯 자리에 털썩 주저앉았다. 그러고는 엉금엉금 기어와 내 손을 덥석 잡았다. 그간 고생을 많이 했는지 두 손은 거칠게 부르터 있었다. 나도 모르게 왈칵 눈물이 쏟아졌다.

"우리…… 우리 정주를 알아요?"

문 씨의 목소리가 가느다랗게 떨렸다. 나는 그제야 고개를 들고 그녀를 바라보았다. 커다란 눈물이 그렁그렁 맺힌 문 씨의 얼굴이 보였다. 나는 애써 차오르는 감정을 삼키고 그저 고개만 끄덕였다.

"우리 정주……. 정주야!"

문 씨가 울음을 터트리며 바닥에 쓰러졌다. 그녀는 숨을 제대로 쉴 수 없는지 가슴을 격하게 움켜쥐었다. 그러자 정연이 그녀를 잡고서 나에게 버럭 소리쳤다.

"비닐봉지 가져와! 빨리!"

나는 벌떡 일어나 주방으로 뛰어 들어갔다. 정신없이 주위를 둘러보는데 싱크대 위에 놓여 있는 작은 위생봉투 하나가 눈에 들어와 그것을 냅다 들고 정연에게 갔다. 정연은 익숙하게 봉투를 문 씨의 입에 대고 숨을 쉬게 했다. 그러자 고통스러워하던 문 씨가 곧 편안한 숨을 내쉬며 잠잠해졌다. 정연이 정신을 차린 문 씨를 부축하고 자리에서 일어났다. 그러고는 그녀를 소파로 부축한 후 근처에 있던 물 한 컵을 건넸다.

"괜찮으세요?"

"네, 고마워요."

문 씨가 물 한 모금을 마시고서 몸을 파르르 떨었다. 정연은 그런 그녀의 손을 꼭 잡고 등을 쓰다듬었다. 문 씨는 조금 진정되었는지 나를 바라보며 조용히 입을 열었다.

"우리 아이를 아신다고요?"

"……네. 압니다."

"우리 정주 봤어요? 언제 마지막으로 봤어요?"

"그게……."

문 씨의 질문에 난 그만 입을 다물고 말았다. 정주라는 여자는 분명 아내와 똑같은 얼굴을 가지고 있었지만, 아내는 아니었다. 내가 대답을 망설이자 정연이 문 씨를 어깨를 부드럽게 감싸 쥐었다.

"진정하세요. 천천히 다 말씀드릴 테니까요."

"그래요. 제가 너무 급했죠? 제가…… 그렇게 정주를 찾아다녔는데 도무지 찾을 수가 없어서요. 그렇게 사라질 애가 아니거든요."

문 씨는 잠시 숨을 고르는 듯 침을 꼴깍 삼켰다. 그녀의 눈빛에서 간절함이 느껴졌다.

"그런데 저희 딸과는 어떻게……?"

문 씨는 나와 정연을 번갈아 바라보았다.

어디서부터 이야기해야 할까.

문득 수란과 연애했던 기억이 떠올랐다. 대학생 때 처음 만났던 수란의 이야기를 하면 될 것 같았다. 적당히 정연과도 엮어 의심을 사지 않게.

"대학교 동아리에서 만났어요. 수…… 아니, 정주는 정연 씨와도 친했고요."

문 씨가 알겠다는 듯 고개를 끄덕였다. 그녀가 잡은 찻잔이 잔잔히 떨렸다. 나는 그런 그녀를 조금 안쓰럽게 바라보다 조심스레 본론을 꺼냈다.

"어머님, 혹시 정주가 언제 사라졌는지 말씀해 주실 수 있습니까?"

내 말에 문 씨가 잠시 입술을 꼭 깨물었다. 그러다 곧 그녀의 눈에서 눈물이 가득 차오르는 것이 보였다. 문 씨는 눈물을 흘리기 전에 휴지로 두 눈을 꾹 눌렀다. 하얀 휴지가 금방 축축한 회색으로 변했다. 문 씨는 잠시 심호흡을 하고서 그날의 기억을 떠올렸다.

“사라지기 며칠 전부터 정주가 자꾸 이상한 말을 했어요. 집으로 오는 길에 이상한 남자가 쫓아온다고요.”

“남자요?”

뜻밖의 말에 놀라 되물었다.

“네. 웬 낯선 남자가 자꾸 주위를 어슬렁거린대요. 잊을 만하면 나타나고, 뒤에서 쫓아오고…….”

“경찰에 신고는 하셨었나요?”

정연이 굳은 얼굴로 물었다. 그러자 문 씨가 고개를 작게 끄덕였다. 그녀는 고개를 조금 숙인 채 찻잔을 만지작거렸다. 그러고는 바닥 어딘가를 멍하니 응시한 채 말을 이었다.

“했죠. 그런데 증거가 없어서 잡을 수가 없었어요. 경찰에서는 그 남자가 정주에게 위해를 가한 행동은 없어서 구속도 불가하다고 했어요. 그러기를 한 달 정도 지났을까, 강의를 마치고 올 시간이 되었는데도 정주에게서 연락이 없었어요. 전화도 받지 않고, 문자도 안 보고요. 그래서 그때부터…….”

문 씨가 끔찍한 것을 떠올린 것처럼 두 눈을 질끈 감았다. 정연은 그런 그녀의 손을 꼭 잡아주었다.

“실종된 지 얼마나 되었나요?”

“1년이요. 1년이나 지났어요. 이렇게 말없이 사라질 애가 아닌데…….”

1년. 아내가 사라진 기간과 달랐다. 나는 더는 아무런 말도 하지 못하고 입을 꾹 다물었다. 머릿속에 오만가지 생각이 맴돌았지만 아무것도 정리되지 않았다.

“1년이면 한참 전인데.”

옆에서 정연이 작은 목소리로 말했다. 나는 그저 고개만 끄덕인 채로 아무 말도 하지 않았다. 거실에 무거운 침묵이 맴돌았다. 벽에 걸린 시계가 째깍째깍하는 소리가 유난히도 크게 느껴졌다.

바닥에 문 씨의 눈물이 툭 떨어졌다. 그녀는 숙였던 고개를 들고 젖은 눈으로 우리를 바라보았다.

“제발, 우리 정주 좀 찾아주세요. 부탁이에요. 사례든 뭐든 다 할게요! 할 테니까 제발 우리 딸 좀…….”

“어머니, 진정하세요!”

“자, 잠깐만요. 여기 사진을…….”

문 씨는 무언가를 찾으려는 듯 벌떡 일어나 거실 서랍장을 마구 뒤지기 시작했다. 그녀는 몇 번이나 서랍장을 열고 젖히고서야 사진 몇 장을 꺼내 보였다. 사진을 든 손이 사시나무 떨듯 벌벌 떨렸다. 문 씨가 건넨 사진에는 정주의 모습이 여러 장으로 찍혀 있었다.

“우리 정주 좀 찾아주세요! 여기, 여기 사진도 있어요. 이거 들고 가서 제발 딸 좀 찾아주세요. 제발…….”

문 씨가 결국 거실에 쓰러져 울음을 터트렸다. 목 놓아 우는 그녀에게서 그간의 설움과 슬픔이 그대로 느껴졌다. 그녀를 보고 있으려니 나도 마음속에 눌러왔던 감정이 복받쳐 올라왔다. 나는 두 주먹을 꽉 쥐었다. 미처 자르지 못한 손톱이 손바닥을 날카롭게 파고 들어왔지만 그렇게라도 하지 않으면 금방이라도 그녀의 옆에서 같이 울음을 터트릴 것만 같았다.

“주혁 씨, 내가 할게.”

정연이 내 어깨를 살며시 잡았다. 정연은 쓰러진 문 씨를 부축해 안방으로 들어갔다. 문 씨의 흐느끼는 소리가 문틈 사이로 흘러나왔다.

“하…….”

소파에 앉아 고개를 들고 눈을 꽉 감았다. 광대 옆으로 흐르는 눈물이 귓속으로 고이는 게 고스란히 느껴졌다. 속이 뒤틀리듯 메스꺼웠다.

손에 쥔 정주의 사진을 보았다. 아주 최근에 찍은 사진인 듯 거실에 걸린 사진보다 얼핏 나이가 더 들어 보였다. 그 사진 속의 정주는 훨씬 더 아내와 닮아 있었다. 나는 몸을 일으켜 소파에 걸터앉았다. 두 손으로 쥔 사진이 조금씩 떨렸다. 활짝 웃고 있는 정주는 내 기억 속의 아내처럼 하얗고 고운 원피스를 입고 있었다.

정주는 내 아내가 맞다. 머릿속에 확신에 찬 생각이 들었다.

"박정주, 이수란."

조용히 그녀들의 이름을 되뇌었다. 한참을 멍하니 사진을 바라보고 있을 무렵, 정연이 방문을 닫고 거실로 나왔다. 그녀는 밖을 향해 고갯짓하며 앞서 걸었다. 나는 조용히 정연의 뒤를 따라 문씨의 집을 나섰다.

밖은 여전히 밝고 고요했다. 마당에는 잘 가꾸어진 화분과 꽃이 가득했다. 정연이 대문을 열고서 먼저 나갔다. 그녀는 문 옆 담벼락에 기대어 담배에 불을 붙였다. 그러고는 연기를 후 내뱉고서 나에게도 한 개비를 건넸다. 나는 사양하지 않고 담배를 물었다. 그러고는 그녀가 붙여준 불씨에 담배를 깊게 들이마셨다.

입안으로 들어오는 담배 연기는 머금기도 벅찰 정도로 썼지만 곧 익숙해졌다. 연기를 폐까지 보낼 때쯤 돼서야 정연이 조용히 물었다.

"괜찮아?"

정연이 담뱃재를 툭툭 털며 나를 바라보았다. 그러고는 다시 새로운 담배 한 개비를 물고 불을 붙였다. 그녀는 빠르게 담배 연기를 들이마셨다. 나는 그런 그녀에게 고개를 작게 끄덕이고서 사진을 건넸다.

"정주라는 사람, 제 아내가 맞는 것 같습니다."

"확실해? 이름도 다른데?"

나는 확실하다는 듯 고개를 끄덕였다. 그러고는 담뱃불을 끄려

바닥에 꽁초를 던졌다. 꽁초에는 아직도 불씨가 있는지 매캐한 연기를 뿜어냈다. 나는 그 꽁초를 발로 비볐다.

"알아요. 이유는 알 수 없지만 제 아내가 확실해요. 웃는 얼굴이며, 입고 있는 옷이며 다요."

"그래……. 그래서 어쩔 생각이야?"

"글쎄요."

정연이 나와 같이 담배꽁초를 발로 비벼 껐다. 우리는 문 씨의 집을 벗어나 차가 있는 곳으로 걸음을 옮겼다. 정연은 더 나에게 아무런 질문도 하지 않았다. 일종의 배려인 듯했다.

차는 오후 햇살을 받아 달궈진 듯 조금 뜨거웠다.

"나 잠깐 편의점 좀 다녀올게."

차에 오르려던 정연은 도로 문을 닫고는 빈 담뱃갑을 흔들어 보이며 어디론가 걸어갔다. 그녀는 멀리 보이는 편의점 안으로 들어가는 모습이 보였다. 나는 하늘을 바라보며 차에 몸을 기댔다. 따끈하게 달궈진 차체가 등 뒤로 느껴졌다. 햇볕을 쬐자 조금은 기분이 좋아지는 것 같았다.

정연은 꽤나 시간이 흘러도 편의점에서 도통 나올 생각을 하지 않았다. 나는 그저 멍하니 하늘을 바라보며 머릿속에 차오르는 생각들을 그대로 받아들였다.

시간이 얼마나 흘렀을까. 누군가가 반가운 목소리로 나를 부르는 소리가 들렸다.

“어? 선생님!”

시선을 돌려 나를 부른 소리가 난 곳을 바라보았다. 그 자리에는 나진이 환하게 웃으며 서 있었다. 짧게 자른 머리와 갈색 코트를 입은 그는 여전히 단정한 차림새였다. 그는 한 손으로는 서류봉투를 안고 있었고 다른 한 손으로는 서류가방을 들고 있었다.

나는 예상치 못한 나진과의 만남에 두 눈을 동그랗게 떴다. 나진은 빠른 걸음으로 내 곁에 와 섰다.

“안녕하세요. 여긴 어쩐 일이세요?”

“안녕하세요, 선생님. 또 뵙네요.”

나진이 하얗고 고른 이를 빛내며 웃었다. 오밀조밀한 이목구비를 보자 새삼 그가 퍽 미남이라는 생각이 들었다.

“저는 작가님 인터뷰하러 왔어요. 최근에 출간한 책의 작가님이 이 근처에 사시거든요. 어찌나 외지인지 길 찾는 데 한참 걸렸다니까요.”

나진이 툴툴댔다. 그러나 진정으로 짜증을 내기보단 그저 나와의 대화를 이어가기 위한 말인 것 같았다. 그는 곧 약간 걱정스러운 얼굴로 나를 유심히 바라보았다.

“저……. 선생님, 혹시 무슨 일 있으십니까? 안색이 영 좋지 않아요. 혹시 어디 아프세요?”

나진이 그 고운 미간을 살짝 찌푸리며 물었다. 내가 아니라고 답하자 그는 약간 고민하는 듯하다 갑자기 서류가방을 뒤지기 시작했다.

"음, 잠시만요. 여기 있을 텐데……. 아! 여기 있다."

나진이 서류가방에서 건강즙 하나를 꺼냈다. 짙은 검은색 포장지에 금색 띠가 둘린 그 즙은 딱 보아도 고가 같았다. 나는 얼떨결에 즙을 받아들었다.

"이거 꽤 비싼 거예요. 저도 요즘 기력이 딸려서 한 포씩 먹거든요. 맨날 이렇게 돌아다니니 점점 지치더라고요."

"아, 네……. 고맙습니다. 잘 마실게요."

나는 고개를 숙여 감사의 인사를 건넸다. 그의 호의에 마음이 따뜻해졌다. 하지만 무언가를 마실 생각이 들지 않았던 터라 그대로 주머니에 넣었다.

"그런데 진짜 괜찮으신 거예요? 병원이라도 들렀다 가시는 게 어때요?"

나진은 정말로 나를 걱정하는 듯 물었다. 나는 그의 친절한 말에 그저 조용히 웃으며 고개를 저었다.

"괜찮아요. 아픈 것이 아니라 조금 혼란스러워서요."

"예? 뭐가요?"

"그냥요. 무언가를 찾고 있는데 도저히 어디 있는지 알 수가 없어서요. 어디서부터 찾아야 할지도 모르겠고, 어디 있는지 감도 안 잡히고."

"아아……."

나진이 알겠다는 듯 고개를 끄덕였다. 어느새 내 옆으로 다가온 그는 나를 따라 차에 등을 기대고 섰다. 그는 가방에서 건강즙 하나를 더 꺼내더니 포장을 뜯고는 쭉 들이켰다. 우리 둘은 잠시 말없이 멍하니 거리만 바라보았다.

그때 옆에서 나진의 나지막한 웃음소리가 들렸다.

"왜요?"

"아, 아뇨. 갑자기 어릴 적 일이 떠올라서요."

나진이 쿡쿡 웃으며 건강즙을 마저 털어 마셨다. 그는 즙 봉투를 곱게 접어 다시 가방에 넣었다. 나는 의아한 얼굴로 그를 바라보았다. 나진은 그런 나를 힐끔 쳐다보고는 계속해서 말을 이었다.

"저도 어릴 때 키우던 개 하나를 잃어버렸거든요. 하루아침에 사라져서 얼마나 찾으러 다녔는지. 어디로 갔는지도 모르겠고, 누구 하나 그 개를 본 사람이 없었어요."

나진은 추억을 회상하듯 먼 곳을 쳐다보며 말했다. 그러고는 계속해서 킥킥 웃으며 고개를 절레절레 흔들었다. 나는 그런 그의 모습에서 묘한 이질감을 느꼈다.

"찾았습니까? 그 키우던 개요."

"아뇨. 못 찾았어요. 아직도 길에서 떠돌고 있거나, 죽었겠죠."

나진이 기댔던 몸을 똑바로 세워 섰다. 그러고는 나를 향해 활짝 웃었다. 햇살을 등지고 웃는 그의 얼굴은 마치 어린아이처럼 순수하게 보였지만 묘하게 서늘한 분위기를 풍겼다.

그는 손목에 찬 시계를 바라보며 말했다.

"이제 가야겠어요. 아무튼 선생님, 꼭 찾으세요. 절대로 포기하지 말고요. 꼭."

그는 조용히 속삭이듯 말하며 내게서 등을 돌렸다. 의미심장한 그의 말에 나는 무어라 더 말을 하려고 했지만, 이미 그는 걸음을 옮긴 후였다. 나는 멀어지는 그를 보며 눈살을 찌푸렸다. 언제 보아도 묘한 느낌이 나는 사내였다.

"누구야?"

뒤에서 정연이 나타나 물었다. 갑작스러운 등장에 흠칫 놀라 나는 그녀에게서 반 발자국 떨어졌다. 그런 내 모습에 정연도 놀란 듯 눈을 휘둥그레 떴다. 그녀는 하얀 편의점 봉투에 무언가를 잔뜩 넣은 채 서 있었다.

"아내의 친구 직장 동료예요."

"직장 동료? 여긴 무슨 일이래?"

"출장 왔나 봐요. 출판하는 책의 작가 인터뷰가 있다고 하더라고요."

"여기서? 하필 오늘?"

정연이 두 눈을 동그랗게 뜨고 물었다. 그녀는 나진이 사라진 곳을 가만히 바라보았다. 그녀의 얼굴에서 의혹과 불안함이 느껴졌다. 나는 정연의 얼굴을 보며 어깨를 으쓱 올렸다.

"저도 잘은 모르겠어요. 그냥 그렇다고 하더라고요. 그나저나 뭘 이렇게 많이 샀어요?"

"오늘 아침부터 아무것도 안 먹었잖아. 뭐라도 좀 먹자고."

정연이 비닐봉투에서 즉석 김밥 하나를 나에게 내밀었다. 김밥은 금방 데운 듯 따뜻했다. 이 음식들을 데우는 데 꽤 오래 걸렸을 거란 생각이 들었다.

나는 김밥을 받아들고 그녀와 함께 차에 올랐다. 조수석에 앉은 정연은 조용히 김밥 하나를 베어 물고 오물거렸다. 나는 둘 사이에 내려앉은 침묵이 왠지 어색해 차 시동을 걸고 라디오 주파수를 맞추었다. 사람 목소리가 들리자 그제야 분위기가 조금 부드러워졌다.

"이제 어쩔 거야?"

정연이 여전히 창밖만을 바라보며 조용히 물었다.

글쎄. 어떡해야 할까.

나도 그녀에게 묻고 싶었다. 아내와는 전혀 다른 사람이지만, 똑같은 외모의 사람을 찾았으니 아내에 대한 묘사를 하기에는 충분했다. 그렇다면 이제 이 사진을 경찰서에 가지고 가서 다시 실종 신고를 해야 할까. 아니면 박정주라는 이 여자를 찾아야 할까.

나는 묵묵히 김밥만 베어 물었다. 꿀꺽하고 삼킨 후에야 정연에게 솔직하게 털어놓았다.

"모르겠어요. 어디서부터 뭘 어떻게 해야 하는지."

내 말에 정연이 그럴 줄 알았다는 듯 고개를 끄덕였다. 그녀는 생수통을 들어 벌컥벌컥 들이켠 후 큰 숨을 내쉬었다. 우리는 한동안 말없이 먹기만 하다 곧 집으로 출발했다.

어느새 해가 진 하늘은 짙은 청색으로 바뀌어 있었다. 그러다 터널 속으로 들어가자 이번에는 밝은 주황빛 전등들이 차 속도에 따라 쉴 새 없이 지나갔다. 쭉 뻗은 터널을 멍하니 바라보던 중 문득 궁금한 점이 떠올랐다.

"정연 씨."

"왜."

정연이 기다렸다는 듯 바로 답했다. 그녀는 멍하니 조수석 창문을 내다보고 있었다. 창문에 정연의 얼굴이 비쳤지만 실내가 어두운 탓에 그녀의 표정을 제대로 읽을 수 없었다. 나는 큼 하고 목을 가다듬고 다시 입을 열었다.

"혹시 개 키운 적 있어요?"

"개? 아니. 어렸을 때 부모님이 키우셨던 거 말고는 없는데. 갑자기 왜?"

머릿속에 나진이 했던 말이 떠올랐다. 묘하게 느꼈던 그 이질감. 그는 내 상황을 마치 잃어버린 개를 찾는 것에 비유했다. 물론 내 사정을 모르고 한 말일 테지만, 생각해 보면 비슷하다는 생각도 들었다.

"아뇨. 그냥요. 개를 잃어버리면 어떻게 찾나 싶어서요."

"……지금 우리 상황을 개랑 비교하는 거야?"

나를 돌아본 정연이 조금 놀란 목소리로 물었다. 나는 그녀의 말에 어깨를 으쓱 올렸다.

"꼭 그렇다는 건 아니지만, 그냥 그런 생각이 들어요. 그 사람들도 가진 건 사진밖에 없는데 어떻게 찾았을까."

"보통 목격자들이 있지. 전단지를 붙이면 연락이 오니까."

"아아."

그럴싸한 답변에 고개를 끄덕였다. 정연은 그런 나를 가만히 바라보다 한숨을 푹 내쉬었다.

"행여나 전단지 만들 생각은 하지도 마. 감시자들에게 정보를 그냥 주는 것과 다른 바 없으니까."

"그렇네요."

정연은 내 생각을 읽기라도 한 듯이 말했다. 나는 더 말하지 않고 묵묵히 운전대만 잡았다. 하지만 가슴 속에는 묘한 긴장감이 일

렁였다.

아내의 사진을 찾았으니 이제 어떻게 해야 할까. 다시 세영 씨를 찾아가야 하나.

한참을 달리던 중 정연의 휴대전화가 요란스럽게 울렸다. 화면을 확인한 그녀는 통화 버튼을 눌렀다. 그러고는 나도 같이 들을 수 있도록 스피커 모드로 전환했다.

- 여보세요? 누나?

"어, 보배야."

휴대전화 너머로 보배의 목소리가 들렸다.

- 다들 어디예요? 도대체 저한테는 알려주지도 않고…….

"지금 가는 길이야. 올라가서 알려줄게."

정연이 보배를 달래듯 부드럽게 말했다. 보배는 자신만 빼놓은 것이 불만인지 목소리에는 서운함이 잔뜩 느껴졌다. 나도 모르게 작게 웃었다. 정연이 그러지 말라는 듯 내 팔을 툭 쳤다.

보배가 볼멘 목소리로 무어라 더 투정한 후, 우리에게 본론을 꺼냈다.

- 오늘 장수 형에 대해 좀 찾아봤는데요. 좀 이상해요.

"뭐가?"

이번에는 보배의 목소리에 심각함이 느껴졌다. 정연은 그의 말에 등받이에 기댔던 상체를 똑바로 고쳐 앉았다. 그녀는 내가 잘

들을 수 있도록 휴대전화를 나와 그녀의 가운데로 옮겼다.

– 인터넷에 기사 하나가 없어요.

"기사?"

나와 정연이 동시에 되물었다.

– 네. 인터넷 기사요. 어린아이가 골목에서 그렇게 처참하게 살해된 잔혹 범죄인데, 아무런 기사가 없다는 게 이해가 안 가요. 마치 아무 일도 없었던 것처럼요.

보배의 말이 맞았다. 요즘 같은 세상에 단 한 줄의 기사도 나지 않았을 리가 없었다.

정연과 나의 시선이 딱 마주쳤다. 순간 팔뚝에서 오싹한 소름 한 줄기가 끼쳐 올랐다. 나는 애써 침착하게 운전대를 다잡았다.

"정말도 기사 한 줄 없어? 확실해?"

– 네. 진짜라니까요. 신문사, 방송국 전부 다 뒤졌는데 그 유사한 기사도 없어요. 최신 날짜로 다 검색해 봤는데 단 한 개도 없어요.

보배의 목소리는 조금 떨리고 있었다.

"무언가가 더 있는 것 같네요."

나는 조금 거칠게 핸들을 꺾으며 말했다. 보배의 말이 사실이라면 장수의 일은 그 사건에서 종료된 것이 아니라는 생각이 들었다. 분명 무언가가 더 있는 듯했다.

"그래……. 실종자를 찾는 것 말고도 무언가가 더 있는 모양이야.”

정연이 아랫입술을 잘근잘근 씹었다. 그녀는 보배에게 알겠다는 말을 하고서 통화를 종료했다. 그러고는 곧바로 장수에 관한 기사를 검색하기 시작했다. 그녀는 화면 속에서 뉴스의 검색 일자를 ‘최신’으로 선택한 후에 가장 최근 기사부터 거슬러 올라가기 시작했다. 한참을 말없이 기사를 찾던 그녀가 어두워진 얼굴로 휴대전화 화면을 껐다.

“없어.”

“또 누가 개입한 것일까요?”

나는 머릿속에 범인을 떠올리며 물었다. 그러자 정연도 같은 생각을 한 듯 그저 고개만 끄덕였다.

나는 정연의 집 앞에 차를 세웠다. 정연은 차가 멈추자 안전벨트를 풀고 차 문을 열었다. 그녀는 내리려다 말고 나를 바라보며 입을 열었다.

“내일 오전에 화원에서 봐.”

“네. 들어가세요.”

나는 한 손으로 핸들을 잡은 채 다른 한 손으로 턱을 매만지며 짧게 대답했다.

그녀가 대문 안으로 모습을 감출 때까지 그 모습을 가만히 눈으로 좇았다. 마침내 정연이 완전히 시야에서 사라지자 조용히 중얼거렸다.

"어디가 끝일까. 도대체 목적이 뭘까."

질문을 던졌지만 대답해 주는 사람은 아무도 없었다.

나는 묵묵히 차를 몰고 단지 안으로 들어왔다. 차에서 내리자마자 피로가 급격하게 몰려왔다. 장시간 운전한 탓인지 어깨는 돌덩이처럼 굳었고 눈은 침침했다. 집으로 올라가는 엘리베이터 안에서 정주의 사진을 꺼내보았다.

한 번만 더 아내의 웃는 모습을 볼 수 있다면. 그렇게 된다면 무슨 일이라도 할 수 있을 것 같았다.

*

보배는 마지막으로 인터넷 뉴스 페이지를 살펴본 후 휴대전화 화면을 껐다. 낡은 창문을 보니 벌써 날은 어두워져 있었다. 그는 앞으로 흘러내린 앞머리를 손으로 쓱 만진 후 자리에서 일어났다. 회색 후드 재킷과 그와 세트인 듯한 회색 운동복 바지를 입은 보배는 언뜻 보아도 20대 초반으로 보였다. 보배는 후드를 뒤집어쓴 채로 숨을 크게 내뱉었다.

"아무리 봐도 이상하단 말이야."

보배가 고개를 갸웃거리며 혼잣말을 했다. 그는 어질러진 화원의 테이블을 대충 정리하고서 전등 스위치가 있는 곳으로 걸어갔다. 마지막 전등을 끄기 전에 그는 화원 안을 물끄러미 바라보았다.

아무리 생각해도 이해가 되지 않았다. 골목에서 사람이, 그것도 어린아이가 처참하게 살해되었는데 기사 하나가 없다는 것이 이상했다.

“굳이 이 사건을 숨기는 이유가 있을까?”

보배가 중얼거리며 전등 스위치를 꾹 눌렀다. 달칵거리는 소리와 함께 화원은 순식간에 어둠에 휩싸였다. 보배는 갑자기 들어오는 냉기에 후드 재킷의 지퍼를 목까지 끌어올렸다.

그는 묵묵히 발걸음을 옮겨 복도를 걸었다. 오래된 건물이어서 그런지 걸음을 옮길 때마다 발밑에서 삐거덕하는 소리가 들렸다. 보배는 현관문을 굳게 닫고, 열쇠를 문고리 안에 집어넣었다.

보배가 열쇠를 한 바퀴 돌릴 무렵, 등 뒤로 오싹한 한기가 스치고 지나갔다.

누군가 쳐다보고 있어.

보배가 흠칫 놀란 얼굴로 뒤를 돌아보았다. 그러나 그저 그런 골목일 뿐 사람 하나 보이지 않았다. 오히려 고요한 적막함이 더 스산하게 느껴졌다. 가로등 빛은 오래된 듯 뿌옇게 반짝였고, 이따금 고양이 울음소리만이 들려왔다.

"뭐지……."

보배가 조금 겁먹은 얼굴로 주위를 살폈다. 서늘한 느낌이 등줄기를 타고 내렸다. 보배는 서둘러 문을 잠그고 화원에서 빠져나왔다. 콘크리트 바닥으로 된 골목에 보배가 밟는 모래와 자갈이 갈리는 소리가 울려 퍼졌다. 보배의 발걸음이 점점 빨라지자 그 소리도 점점 짧은 리듬으로 울렸다.

"허억, 허억……."

보배는 자기도 모르게 숨을 거칠게 몰아쉬었다. 아까부터 느껴지는 이 소름 끼치는 기분에 심장도 쿵쿵 뛰기 시작했다. 행여나 도움을 청할 사람이 있을까 싶어 주위를 둘러보았지만, 이상하게도 골목은 사람은커녕 개미 한 마리도 보이지 않았다. 골목 사이로 즐비한 집은 전부 불이 꺼져 있어 마치 흉가처럼 으스스한 분위기를 풍겼다.

무슨 일이 벌어질 것 같다고 직감한 보배는 휴대전화를 꺼내 들었다. 그러고는 재빨리 정연의 번호를 검색했다.

"저기요."

그때 한 남자가 보배를 불렀다. 낯선 목소리에 보배가 흠칫 놀라 몸을 움츠렸다. 그 바람에 통화 버튼을 누르려던 보배의 손가락이 미끄러졌다.

곧 보배의 뒤에서 남자가 조용히 걸어 나왔다. 검은 모자를 눌러쓴 남자는 재킷에 손을 넣은 채 보배를 바라보고 있었다. 보배는 본능적으로 불안함을 느껴 뒤로 물러섰다.

“저, 저요?”

“네, 당신요. 여기 당신 말고 또 누가 있어요?”

남자가 의아한 듯 고개를 옆으로 기울였다. 그러고는 보배를 위아래로 바라보며 흐음 하고 중얼거렸다. 그는 성큼성큼 보배의 앞으로 걸어왔다.

보배가 긴장한 듯 침을 꼴깍 삼켰다. 그러고는 남자에게 보이지 않도록 휴대전화를 쥔 손을 아래로 내리고는 통화 버튼을 눌렀다. 하지만 골목이 조용한 탓에 통화 연결음이 적나라하게 울려 퍼졌다. 보배를 물끄러미 바라보던 남자는 곧 재미있다는 듯 웃음을 터트렸다.

“하하. 너무 겁먹지 마요. 그냥 아까 가다가 주머니에서 당신 어머니 사진이 떨어져서 가져다드린 것뿐이에요.”

남자는 주머니에서 보배가 가지고 다니던 사진 한 장을 내밀었다. 보배가 얼떨결에 사진을 받아들었다.

- 여보세요? 보배야?

휴대전화로 정연의 목소리가 들렸다. 보배가 그제야 아차 싶어 퍼뜩 정신을 차렸다. 그러고는 사진을 건넨 남자에게 꾸벅 고개를 숙였다. 남자는 별일 아니라는 듯 어깨를 으쓱 올리고서 보배를 지나쳐 걸어갔다. 보배는 그런 그를 멍하니 바라보다 휴대전화를 귀에 가져다 댔다.

"아, 누나. 아무것도 아녜요."

– 무슨 일 있는 건 아니지?

정연의 걱정스러운 목소리에 보배가 어이없다는 듯 웃음을 터트렸다. 남자는 어디론가 사라지고 보이지 않았다.

"아녜요. 요즘 상황이 상황이다 보니까 괜히 예민해졌나 봐요. 화원에서 나오고 어떤 남자랑 부딪혔는데 괜히 오싹하더라고요."

– 남자?

"제가 괜히 겁먹었나 봐요. 걷다가 사진을 떨어뜨렸는데, 그분이 어머니 사진을 떨어뜨렸다며 주워다 주셨어요."

보배의 말에 정연이 잠시 입을 다물었다. 보배는 천천히 걸음을 옮겨 골목을 거닐었다. 멀리 대로변이 보였다. 여전히 사람은 없었지만, 대로변은 밝은 불빛으로 가득했다. 그는 조금 빠른 걸음으로 대로변을 향해 걸었다.

– 그 남자가 어머니 사진이라고 했다고?

"네, 그분이 아니었다면 하마터면 잃어버릴……."

보배가 말을 멈추고 우뚝 걸음을 멈추어 섰다.

그 남자는 사진만 보고 어떻게 자신의 어머니인 줄 알았을까. 이런 상황에서 보통은 '사진이 떨어졌다'라고만 이야기할 터였다. 하지만 남자는 정확히 '당신 어머니 사진이 떨어졌다'라고 말했다. 마치 자신과 어머니 관계를 잘 알고 있는 사람처럼.

"누나."

보배가 떨리는 목소리로 정연을 불렀다. 아주 잠깐, 정연의 한숨 소리가 들리는가 싶더니 곧이어 휴대전화 너머로 정연의 웃음소리가 들렸다. 순간적으로 발끝에서부터 소름 끼치는 공포가 엄습해 왔다.

"누나?"

보배가 휴대전화에서 귀를 떼고 경악한 얼굴로 화면을 바라보았다. 정연은 곧 숨이 넘어갈 듯 깔깔거렸다. 보배가 하얗게 질린 얼굴로 휴대전화를 꼭 쥐었다. 정연의 목소리는 마치 테이프가 늘어난 것처럼 늘어진 소리로 변했다가 다시 돌아오기를 반복했다.

보배가 두 눈을 감고 심호흡을 했다. 머릿속이 소용돌이를 만난 것처럼 윙윙거리며 어지러웠다. 잠시 호흡을 가다듬으려 골목 벽에 기대어 섰다.

"그러게. 내가 어떻게 알았을까."

등 뒤에서 울리는 음산한 목소리에 보배가 소스라치게 놀라 펄쩍 뛰다시피 했다. 여전히 검은 모자를 꾹 눌러쓴 그는 언제 다가온 것인지 보배 등 뒤에 가까이 붙어 서 있었다.

"뭐, 뭐야, 당신."

보배가 손을 벌벌 떨며 휴대전화를 떨어뜨렸다. 그러자 남자가 '어이쿠'라고 중얼거리며 보배의 휴대전화를 주웠다.

"버리면 안 되지. 다른 사람들한테 연락할 수가 없잖아."

남자가 보배에게 휴대전화를 내밀었다. 보배가 놀라 멍하니 바라보기만 하자 남자는 쿡쿡 웃으며 그의 주머니에 휴대전화를 넣었다. 남자는 놀란 보배의 얼굴을 가엾다는 듯 쓰다듬었다.

"불쌍하게도. 넌 운이 나빴었지."

남자의 말은 시제가 묘하게 어긋나 있었다. 그는 하얗게 질린 보배의 뺨을 툭 하고 건드렸다. 보배가 황급히 그 손을 뿌리쳤다.

"당신 누구야! 대답해!"

보배가 소리를 지르며 남자의 멱살을 잡았다. 그러나 남자는 팔짱을 낀 채로 그를 바라보기만 했다. 보배는 떨리는 손으로 남자의 몸을 흔들기 시작했다.

"당신이지? 당신이 장수 형 죽였지? 지원이도 당신이 죽인 거지?"

보배가 발악하듯 외쳤다. 그러자 남자가 허 하고 짧은 탄성을 내뱉었다.

"아직도 모르는 거야?"

남자가 알 수 없는 말을 하며 고개를 갸웃거렸다. 그는 오히려 보배의 행동을 이해할 수 없다는 듯한 표정을 지었다. 남자의 눈빛을 본 보배가 그만 손에 힘을 풀고 말았다. 모든 것을 꿰뚫어보는 듯한 그의 시선에 보배의 등줄기가 서늘하게 식어갔다.

위험하다. 도망쳐야 한다.

보배는 남자가 잠깐 다른 생각을 하는 틈을 타 대로변으로 냅다 뛰기 시작했다. 그러나 얼마 가지 않아, 보배는 걸음을 멈추고 바닥에 쓰러졌다.

"큭!"

보배는 순간적으로 허벅지를 강타하는 통증에 눈을 질끈 감았다. 통증이 느껴진 오른쪽 허벅지를 만져보니 기다란 칼이 비죽 튀어나와 있었다.

"으아아악!"

보배가 통증을 이기지 못하고 비명을 질렀다. 그는 허벅지를 부여잡고 바닥을 뒹굴었다. 허벅지에서는 붉은 피가 분수처럼 뿜어져 나왔다.

"쉿."

남자가 보배의 어깨를 잡았다. 그러고는 가차 없이 박힌 칼을 뽑아냈다.

"일단 도망가면 안 되니까."

남자는 피에 물든 칼을 물끄러미 바라보다 이번에는 다른 쪽 허벅지를 사정없이 찔러댔다. 그러자 보배가 한 번 더 고통스러운 비명을 내질렀다. 골목에 가죽이 찢기는 듯한 소리가 소름 끼치게 울려 퍼졌다.

보배가 정신을 잃은 듯 젖은 헝겊처럼 바닥에 쓰러졌다. 남자는 발로 보배의 머리를 툭 건드렸다. 보배가 미동도 하지 않자 남자는 보배의 머리 옆쪽에 쭈그리고 앉았다. 그러고는 고민하듯 팔에 턱을 괴었다.

“흐음, 어디에 둬야 하나.”

남자가 마치 노래를 흥얼거리는 것처럼 중얼거렸다. 그는 한동안 보배의 머리를 보며 고민에 빠졌다. 반쯤 감긴 보배의 눈꺼풀을 부드럽게 쓰다듬자, 보배는 잠을 자듯 평온한 모습이 되었다.

“그래. 거기가 좋겠어.”

남자가 결정한 듯 자리에서 일어났다. 그러고는 보배의 머리칼을 움켜쥐고서 그를 일으켰다. 마치 물에 젖은 솜마냥 축 늘어진 보배가 그의 손길에 따라 이리저리 휘청였다. 남자는 보배가 무겁지도 않은지 가볍게 그를 이끌기 시작했다. 축 처진 보배의 몸이 콘크리트에 질질 끌리며 듣기 싫은 소리를 냈다.

남자는 보배가 왔던 길을 그대로 따라 걸었다.

“일단 화원으로 가자.”

중범죄자들을 위한 새로운 제도 '참회의 시간', 인권 침해인가 벌인가?

청언교소도에서 시험 운행되고 있는 '참회의 시간'은 중범죄 수감자들을 대상으로 시행되고 있는 교화 프로젝트이다. 일주일에 한 번, 한 시간씩 시행되는 이 제도는 신청한 수감자들을 대상으로 범죄를 역지사지의 입장에서 되돌아보는 제도이다. 인권위는 기억을 왜곡시키는 것은 인권 침해 및 인격 모독이라는 주장을 펼치며 반대하는 한편, 민중들은 제대로 된 처벌이 나왔다며 반기는 추세이다. 정부에서는 해당 프로젝트는 본인 의지로 신청한 수감자들 대상으로 시행되는 것이라며, 법적으로 아무런 문제가 없음을 강조했다.

이 프로젝트를 진행한 한일연구소 정지우(이하 정 박사)는 기억을 단편적으로 왜곡시키지는 않으며 충분한 훈련과 반복 학습으로 상황을 가정하는 것뿐이라며 인권위의 의견에 반박했다. 정 박사는 '과연 이 제도가 얼마나 죄수들을 교화시킬 수 있냐'는 질문에 '이 제도는 죄수들을 위한 것이 아니다. 유가족들의 상처를 회복하는 것은 범인이 진심으로 사죄하는 마음을 갖게 하는 것이며 그게 이 프로젝트의 목적이다'라고 답했다.

〈진실을 말하다〉

3부

시작을 알리는 슬레이트 소리가 들리고 카메라에 찬용과 은빛테의 안경을 쓴 남자가 담겼다. 그들의 뒤에 있는 전광판에는 '죄수들의 참회 시간'이라는 글자가 나타났다. 찬용은 시작하기에 앞서 잠시 숨을 고른 후 나지막이 입을 열었다.

"최근 교도소에 새로운 제도가 들어왔다고 하죠. 바로 중범죄 죄수들에게 적용되는 '참회의 시간'이라고 불리는 제도인데요. 이게 정확히 어떤 제도일까요? 뇌과학 박사이신 정지우 박사님 모셨습니다."

찬용의 질문에 전광판의 자막이 '참회의 시간, 무엇인가?'로 바뀌었다. 카메라는 찬용을 지나쳐 옆에 앉은 정 박사를 향했다. 그는 흰 셔츠와 깔끔한 남색 재킷을 입고 있었다. 정 박사는 안경테를 한번 슥 올리고서 카메라를 향해 꾸벅 인사했다.

"안녕하십니까. 뇌과학 박사 정지우입니다."

"네, 안녕하세요. 바쁘신 와중에 이렇게 자리해 주셔서 정말 고맙습니다."

"별 말씀을요."

둘은 으레 있을 법한 인사치레를 하며 서로를 향해 인사했다. 잠시 대본을 훑어본 찬용은 이내 깍지를 끼고 테이블 가까이로 몸을 당겼다. 그러고는 정 박사를 바라보며 준비된 질문을 읽었다.

"일단 뇌과학이라는 것이 참 생소한 단어인데요. 정확히 어떤 연구를 하는 겁니까?"

찬용의 질문에 정 박사가 어깨를 으쓱 올렸다.

"그렇죠. 뇌과학이라고 칭하긴 하지만 일반 생명과학과 비슷합니다. 그중에서 뇌를 집중적으로 다루는 학문이라고 볼 수 있겠네요. 어떤 행동과 어떤 감정이, 어떻게 뇌와 연관이 있는지를 연구하고 있습니다."

정 박사가 부드럽게 웃으며 말했다. 그의 말에 찬용이 고개를 끄덕이며 책상 위에 있는 대본을 바라보았다. 대본에는 그가 말해야 할 다음 질문이 적혀 있었다. 찬용은 그 질문을 미리 읽고서 다시 고개를 들었다. 그러고는 책상에 팔꿈치를 기댄 채로 본격으로 본론에 들어갈 준비를 하듯 자세를 바로잡았다.

"그렇군요. 그럼 지금 청언교소도에서 시행되고 있는 참회의 시간이라는 교화 프로그램이 박사님이 연구하신 거라고 들었습니다만, 사실입니까?"

"하하, 제가 연구한 게 아니라 저희 팀이 같이 연구한 거죠."

정 박사가 기분 좋게 웃음을 터트렸다. 그의 얼굴 밑에는 '참회의 시간'이라는 자막이 붉은색 배경과 함께 나타났다.

"그렇네요. 연구는 혼자 하는 것이 아니니까요. 일단 박사님, 이 참회의 시간이 정확히 어떤 프로그램인지 설명 부탁드립니다."

찬용의 말이 끝나자 카메라에 정 박사 얼굴이 가득 담겼다. 박사는 잠시 앞에 있는 대본을 바라보다 스읍 하고 숨을 마셨다. 그러고는 수없이 발표했던 프로젝트에 대한 설명을 줄줄 읊기 시작했다.

"일종의 교화 프로젝트입니다. 중범죄자들이 일주일에 한 번, 한 시간씩 자신의 행동을 되돌아보는 시간이죠."

"지금 그 말씀만으로는 어떤 건인지 감이 잡히질 않네요. 단순히 본인들이 저질렀던 과오에 대해 다시 생각해 보는 시간입니까? 구체적으로 설명해 주시죠."

찬용의 말에 박사가 허허 웃음을 터트렸다. 박사는 잠시 내용을 정리하듯 준비한 서류를 바라보다 다시 고개를 들었다. 그는 습관적으로 펜을 필기하는 것처럼 쥐고 다시 말을 이었다.

"그 전에 저희 프로젝트인 '해마의 스토리텔링'을 먼저 말씀드려야 할 것 같군요."

"해마의 스토리텔링이요? 그게 뭐죠?"

박사가 침착하게 계속해서 말을 이었다.

"우리의 뇌에는 컴퓨터의 저장장치처럼 기억의 저장소가 있습니다. 바로 '해마'라고 부르죠. 이 해마는 뇌의 깊숙한 곳에 위치해 있는데, 이 작은 공간에 우리의 기억이 저장됩니다."

박사는 화면에 띄워진 뇌 그림을 보며 말했다. 그는 뇌의 안쪽에 위치한 작은 해마를 손가락으로 가리켰다. 해마는 '시상'이라는 부위를 갈고리처럼 감싸 쥐고 있었고 그 끝은 올챙이의 꼬리처럼 가느다랬다.

박사가 아예 몸을 돌려 화면을 바라보았다. 그 화면에는 자신이 사전에 방송국에 전달한 자료들이 타이밍 맞춰 올라왔다. 그는 녹화 전 받은 리모컨 버튼을 눌러 다른 화면을 띄웠다. 모니터에 해마의 그림이 확대되었다.

"해마는 말이죠. 기억뿐만 아니라 인간의 감정도 같이 통제하는 역할을 합니다. 아주 중요한 기관이죠."

"그럼 이 해마라는 기관을 통해 참회의 시간을 만드셨다는 말씀이신가요?"

찬용이 아직도 잘 모르겠다는 얼굴로 물었다. 박사는 그의 말에 작게 고개를 끄덕이며 계속 설명했다.

"해마가 기억을 저장하는 기관이라는 건, 반대로 우리가 강제로 기억을 심을 수도 있다는 겁니다. 일종의 기억의 왜곡이죠."

"아, 잠시만요. 그럼 없는 기억을 강제로 만든다는 건가요? 잘못하면 위험할 수도 있겠는데요?"

찬용이 우려스러운 표정을 지었다. 그러나 박사는 크게 동요하지 않고 그의 말에 적당히 맞장구쳤다. 어느새 모든 방송국 인원들이 그 둘의 대화에 집중하기 시작했다. 저마다 일하던 스태프도 잠깐 행동을 멈추고 박사를 바라보았다.

"기억을 심는다는 건 굉장히 복잡하고 어렵습니다. 특히 공감과 슬픔, 연민의 감정이 결여된 사람들에게는요."

"박사님, 혹시 결여된 사람들이 '중범죄자'를 뜻하는 겁니까?"

찬용의 말에 박사가 고개를 끄덕였다. 찬용의 얼굴에서 순간 흥미로움이 스치고 지나갔다. 박사는 그 기회를 놓치지 않고 적당히 힘을 준 목소리로 강하게 말했다.

"맞습니다. 바로 참회의 시간에 들어오는 범죄자들이죠."

5

감았던 눈을 천천히 떴다. 눈을 뜨자마자 보인 것은 아주 깊은 어둠이었다. 단번에 이것이 꿈이라는 것을 깨달았다. 조금의 빛도 없는 어둠이었지만 결코 무섭거나 깨고 싶지 않았다. 오히려 어머니의 품처럼 크고 따뜻하게 느껴졌다.

한참을 어둠 속에 몸을 맡길 무렵, 어디선가 익숙한 소리가 웅웅하고 들렸다. 나는 가만히 귀를 기울여 그 소리를 찾았다. 이내 그 소리는 또렷한 말소리가 되고, 익숙한 목소리로 바뀌었다.

“여보, 언제까지 잘 거야? 주말이라고 너무 잠만 자는 거 아냐?”

나를 흔들어 깨우는 손길에 눈을 힘겹게 떴다. 그러자 눈앞에 조금 화난 듯한 표정을 짓고 있는 수란의 얼굴이 보였다. 커다랗고 동그란 두 눈과 입에 힘을 줄 때 한쪽 볼에 나타나는 보조개까지 아내 수란이 맞았다.

나는 스프링처럼 튀어 올라 수란의 두 팔을 잡았다. 가녀린 그 팔이 내 손바닥에 들어오자 눈앞의 아내가 마치 진짜처럼 느껴졌다.

"수란아! 당신 맞아?"

"왜 이래? 혹시 이걸로 그냥 넘어가려고 한다면 가만두지 않을 거야."

아내가 뾰로통한 눈빛으로 나를 쏘아보았다. 아내가 맞다. 그토록 찾고, 만나고 싶었던 아내, 수란이 분명했다.

나는 믿기지 않는 얼굴로 연신 아내를 살폈다. 그러자 아내가 결국 웃음을 터트리며 내 품에 쏙 안겼다. 아내에게서 풍기는 향기가 달콤하게 내 코를 간지럽혔다.

"그래. 나 맞아."

아내가 조용한 목소리로 내 가슴팍에 얼굴을 비볐다. 나는 벅차오르는 감정에 그녀를 더 꼭 껴안고서 이마에 입을 맞추었다. 아내가 물끄러미 나를 올려다보자 가슴속에서 깊은 감정이 마구 치솟았다.

"어디 갔었던 거야? 보고 싶었어."

"나도 보고 싶어."

아내의 말이 묘하게 어긋나 있었다. 하지만 나는 크게 신경 쓰지 않고 아내의 보드라운 뺨을 매만졌다. 아내는 내 손길에 맞추어 얼굴을 살포시 손바닥에 비볐다. 나는 그 얼굴을 두 손으로 감싸 쥐고서 길게 입을 맞추었다.

보드라운 입술과 달콤한 향기. 그리고 뜨거운 아내의 숨결.

아내가 두 팔로 내 몸을 부드럽게 감쌌다. 나는 그 손길에 맞추어 아내를 가볍게 안아 침대 위로 올렸다. 그러고는 그녀의 위에 몸을 포갠 채 아내의 얼굴을 바라보았다.

"왜 이제야 왔어?"

"미안. 조금 늦었어."

아내가 활짝 웃으며 내 입에 입술을 쪽 하고 부딪혔다. 나는 아내의 머리칼을 부드럽게 쓸어 넘기며 지긋이 그녀의 얼굴을 눈에 담았다. 그리고 서서히 시선을 아내의 이마에서 입술, 그리고 목까지 내려 천천히 그녀의 향을 음미했다. 품에 들어온 아내가 옅은 신음을 내자 미친 듯이 그녀를 안고 싶어졌다.

"아, 여보……!"

수란이 팔을 뻗어 내 목을 가볍게 휘감았다. 나는 다시 그녀의 위로 올라가 그녀의 입술에 입을 맞추었다. 어느새 눈물이 맺힌 아내가 나를 보고 살며시 웃었다. 그러고는 아주 슬픈 듯이 작게 속삭였다.

"나 잊지 마."

"무슨 소리야. 내가 널 왜 잊어?"

"당신도 알잖아."

아내의 말에 말문이 턱 막혔다. 그녀의 말뜻을 어렴풋이 알 것 같았다. 그녀는 어느새 가득 차오른 눈물을 쏟으며 나에게 매달렸다.

"제발 부탁이야. 나를 잊지 말아줘."

*

쏟아지는 햇빛에 겨우 눈을 떴다. 아직도 온몸에서 느껴지는 것만 같은 아내의 촉감에 한동안 정신을 차리지 못했다. 순간 지금 이것이 현실임을 깨닫자 참을 수 없는 공허함이 밀려들어왔다. 텅 비어 버린 집과 아내의 온기가 없는 침실이 무척이나 낯설게 느껴졌다.

죽으면 괜찮을까. 그냥 죽어 버리면 이 허탈감과 공허함에서 벗어날 수 있을까.

"하……."

볼 아래로 굵은 눈물방울이 툭 하고 떨어졌다. 눈물은 닦으면 닦을수록 계속해서 쏟아져 나왔다. 결국, 나는 참았던 설움을 터트리듯 목을 놓아 울음을 터트렸다.

아내가 보고 싶다. 미치도록 아내를 안고 싶다.

아직도 이렇게 생생한데. 옆에 아내가 없다는 사실을 믿을 수가 없었다. 한참을 멍하니 눈물을 쏟고 나니 조금씩 정신이 돌아왔다. 자리에서 일어나 땅에 발을 디디니 차가운 한기가 몸을 타고 올라왔다. 문득 머리맡에 둔 정주의 사진이 보였다.

“박정주.”

낯선 여자의 이름을 불러 보았다. 분명 아내와 똑같은 얼굴이었지만 이 여자는 이수란이 아니라 박정주였다. 한참이나 사진을 바라보던 나는 휴대전화에서 알람이 울리자 그제야 시선을 옮겼다.

[열한 시에 이 경사 만나러 가자. 사진 꼭 들고 와.]

정연의 짧은 메시지를 물끄러미 들여다보았다.

‘부탁이야. 나를 잊지 말아 줘.’

아내의 목소리가 희미하게 들리자 정신이 퍼뜩 들었다.

이러고 있을 때가 아니야.

자리에서 일어나 화장실로 향했다. 시간을 보니 얼른 씻고 나가면 충분할 것 같았다. 나는 일부러 따뜻한 물이 나오기를 기다리지 않고 그대로 물을 끼얹었다. 시리도록 차가운 물이 피부에 닿자 그제야 조금 정신이 맑아지는 듯했다.

고개를 들어 거울을 보니 아주 형편없이 늙고 야윈 남자가 나를 바라보고 있었다. 나는 턱수염을 매만지다 면도기를 들어 깔끔하게 수염을 밀었다. 덥수룩한 수염이 사라지자 제법 사람처럼 보이긴 했지만, 얼굴은 오히려 더 야위어 보였다.

한동안 얼굴과 머리를 매만지던 나는 시간을 확인한 후 옷방으로 걸어갔다. 두껍고 커다란 겨울옷 중에서 제법 괜찮은 갈색 코르덴 재킷을 하나 집어 들었다. 그러고는 재킷 안주머니 속에 박정주의 사진을 넣었다. 가슴팍에 넣어둔 박정주의 사진에서 따뜻한 온기가 느껴지는 듯했다.

"다녀올게."

나는 아무도 없는 거실을 향해 인사했다. 텅 비어 버린 거실을 한참 동안 바라보았다. 돌아오는 대답은 없었다. 물론 대답을 기대한 것은 아니었지만 가슴이 시렸다. 나는 깊은숨을 힘껏 들이마신 후 현관문을 나섰다.

"포기하지 말자. 최주혁, 정신 차려라."

나는 엘리베이터 거울을 보면서 작게 중얼거렸다. 그러고는 나 자신을 나무라듯 오른쪽 뺨을 세게 내리쳤다. 눈이 번쩍 뜨일 만큼 아팠지만, 꽤 좋은 시도였다.

주차장에 다다르자 어둡고 습한 지하 냄새가 콧속으로 깊게 파고들었다. 나는 기침을 쿨럭이며 서둘러 차에 올라탔다. 시동을 걸자 거친 엔진음과 함께 가슴도 요동치기 시작했다. 마치 오늘이라도 당장 아내를 찾을 수 있을 것 같은 기분이 들었다.

*

파출소에 주차하고 내리자 멀리 정연과 이 경사의 모습이 보였다. 그녀는 진작에 도착해 있었던 듯 이 경사와 함께 담배를 피우고 있었다. 정연이 나를 발견하고 손을 흔들었다.

"안녕하십니까."

"아아, 전에 뵈었죠? 그…… 아내가 없어졌다고."

이 경사가 나를 향해 손을 내밀었다. 나는 그의 손을 마주 잡고 꾸벅 고개를 숙였다. 그는 옅은 회색 경찰 재킷을 입고 허름한 슬리퍼를 신고 있었다. 바짝 깎은 머리는 두피가 훤히 보일 정도로 시려 보였다. 이 경사는 나와 정연을 데리고 파출소 안으로 들어갔다.

파출소 안은 전과 똑같이 하얀 접수대와 2인이 앉을 수 있는 소파 두 개가 줄지어 놓여 있었다. 소파라고 해봤자 검은색 헝겊이 덮인 의자가 다였지만 잠깐 들렀다 가는 사람이 앉기에는 충분했다. 정연과 나는 소파에 앉아 얌전히 이 경사가 올 때까지 기다렸다.

"자, 일단 여기 커피 한 잔씩 하시고."

이 경사가 금방 타온 믹스 커피 두 잔을 내밀었다. 그리고 자신의 종이컵을 입에 문 채 수첩과 태블릿 PC 하나를 테이블 위로 올려주었다. 이 경사는 수첩의 중간 부분을 활짝 펼치고서 커피를 홀짝였다.

"그래서, 아내 사진을 찾았다고요? 이리 줘봐요."

이 경사가 나를 향해 손을 뻗었다. 나는 두말하지 않고 그에게 아내의 사진을 건넸다. 이 경사는 사진을 유심히 본 후 나에게 사진 속 인물에 대한 인적 정보를 물었다. 그는 내 말을 수첩에 꼼꼼히 적은 후 태블릿 PC의 전원을 켰다.

"일단 실종자 명단을 좀 봅시다."

이 경사는 경찰 인트라넷에 접속해 박정주의 이름을 검색했다. 그는 곧 수많은 동명이인 중에서 사진과 똑 닮은 여자를 찾아냈다.

"여기 있네. 이미 실종 신고는 되어 있고, 뭐 다른 건 접수된 게 없는데?"

이 경사가 태블릿 PC를 테이블에 내려놓고 나를 힐끔 바라보았다. 그러고는 조금 망설이는 기색으로 입을 열었다.

"다른 쪽으로도 좀 찾아봐야 할 것 같은데."

"다른 쪽이요?"

나는 이 경사가 말한 '다른 쪽'이 무슨 뜻인지 이해하지 못해 되물었다. 이 경사가 나를 힐끔 바라보더니 큼 하고 헛기침을 했다. 그는 나에게 마치 말하지 못하겠다는 듯 정연에게 눈치를 주었다. 그러자 정연이 잠시 머뭇거리며 먼저 입을 열었다.

"신원미상의 사건을 조회해 보는 거야. 박정주와 비슷한 체구와 혈액형……."

"……사망했다고 생각하시는군요."

내 말에 정연이 입을 꾹 다물었다.

"아니, 뭐 꼭 그렇다는 건 아니고. 좀 더 확대해서 찾아보자는 거죠."

이 경사가 우리 둘의 눈치를 살피며 달래듯 말했다. 그는 일단 정연에게 찾아보겠다며 얼버무린 후 황급히 자리를 떴다. 정연은 나를 가만히 바라보다 자리에서 일어났다. 그러고는 가자는 말과 함께 내 손을 잡고서 파출소를 나섰다.

"한 대 피울래?"

정연이 나에게 담배 한 개비를 권했다. 그러나 나는 정중히 거절하고서 그저 그녀의 옆에 가만히 서 있었다.

신원 미상의 사건.

머릿속에 정연의 말이 맴돌았다. 그녀와 이 경사의 말도 충분히 일리는 있었지만 역시나 받아들이기 쉽지 않았다. 그러다 문득 정연은 이미 이 과정을 알고 있었을 거란 생각이 들었다.

"정연 씨도 그랬나요?"

"그래. 받아들이기 힘들었지만."

정연이 담배 연기를 내뱉었다. 그러고는 눈살을 찌푸리며 다시 한번 깊게 연기를 들이마셨다. 그녀가 숨을 들이마실 때마다 담배 끝이 빨갛게 타올랐다. 그녀는 더는 나에게 아무런 말도 하지 않았다. 아마 그녀 역시 내 심정을 잘 알기 때문에 딱히 뭐라 할 말이 없을 거라 생각했다.

"일단 가자."

정연은 마지막 남은 담배 연기를 후 뱉고서 꽁초를 버렸다. 그러고는 흩날린 재를 털려 옷을 툭툭 털었다.

정연은 자연스레 내 차가 주차된 곳으로 걸음을 옮겼다. 우리는 나란히 차에 올라탔다.

"참, 보배는요?"

나는 차 시동을 걸려다 말고 정연을 바라보았다. 그녀는 안전벨트를 버클에 채우며 가만히 고개를 저었다. 그녀의 얼굴에서 걱정이 느껴졌다.

"모르겠어. 아침에 연락해 봤는데 통화가 되질 않아."

"메시지 보내봤어요?"

"응. 그런데 아직도 답이 없어. 이렇게 늦을 애가 아닌데."

재킷 호주머니에서 휴대전화를 꺼내든 정연은 보배의 이름을 검색해 통화 버튼을 꾹 눌렀다.

“안 받아.”

정연이 인상을 찌푸린 채로 휴대전화를 노려보았다. 여전히 신호는 가고 있었지만 보배는 전화를 받지 않았다. 정연이 불안한 듯 입술을 꽉 깨물었다. 그러고는 다시 한번 보배에게 전화를 걸었다. 그 순간 수화기 너머에서 작은 신음이 들렸다.

*

화원스로 오라고 해.

남자가 종이에 글씨를 휘갈겨 썼다. 그러고는 그 종이를 보배의 코앞까지 내밀었다. 낡은 의자에 위태롭게 앉아 가슴과 양발이 밧줄로 단단히 묶인 보배가 그 종이를 힘없이 받아들었다. 남자는 축 처진 보배의 얼굴을 들어 올리려 그의 머리칼을 움켜쥐었다.

“윽…….”

보배가 아픈지 눈살을 찌푸리며 신음을 내뱉었다. 남자는 ‘쉿’ 하는 소리와 함께 휴대전화를 내밀었다. 화면 속에는 정연의 이름이 보였다.

보배가 흐릿한 시선을 위로 올려 그를 바라보았다. 남자는 보배가 휴대전화를 받아들지 않자 강제로 그의 귓가에 휴대전화를 갖다 대었다.

– 여보세요? 보배야, 너 어디야?

휴대전화 너머로 정연의 목소리가 들렸다. 보배는 순간 울컥하는 감정에 숨을 흡 하고 참았다. 그러자 남자가 조용히 하라는 듯 집게손가락을 자신의 입술 위로 올렸다. 보배는 눈을 질끈 감고서 겨우 대답했다.

“정연 누나, 저 지금…….”

보배가 말을 하다 말고 망설였다. 머릿속에 오만가지 생각이 떠올랐다.

누나를 여기로 오라고 하면? 저 남자가 누나를 죽이지 않을까?

머릿속을 휘감는 섬뜩한 생각에 보배는 차마 말을 다 이을 수 없었다. 그러자 남자는 이미 예상했다는 듯 보배의 머리칼을 거칠게 휘어잡았다. 그러고는 무어라 휘갈겨 쓴 종이를 보배의 눈앞에 들어 보였다.

죽인다.

딱 세 글자였다. 갈고리처럼 위가 휘어진 모음과 세모처럼 쓴

'ㅇ'이 정연이 받았던 쪽지의 글씨와 똑같았다. 이를 알아챈 보배가 몸을 덜덜 떨었다. 허벅지에서 느껴지는 고통과 죽을지도 모른다는 공포감에 눈물이 줄줄 흘러나왔다.

– 여보세요? 보배야?

"누, 누나. 저 지금 화원이에요."

보배가 눈을 질끈 감고서 겨우 말했다. 말을 마치자마자 보배의 머리칼을 쥔 남자의 손에 힘이 빠졌다. 그러고는 잘했다는 듯 보배의 뒤통수를 부드럽게 쓰다듬었다.

– 화원? 우리도 그리로 갈게.

"네? 아, 아뇨! 누나……. 윽!"

보배가 순간적으로 타고 올라오는 통증이 외마디 비명을 내질렀다. 그러나 곧 남자의 손에 의해 그 비명은 차마 밖으로 나오지 못하고 그저 안에서만 맴돌았다. 보배가 바들바들 떨며 통증이 느껴지는 옆구리를 내려다보니 남자의 칼이 자신의 옆구리에 깊게 박혀 있었다.

죽을지도 모른다.

보배는 견딜 수 없는 통증에 자신도 모르게 몸을 덜덜 떨었다. 통증은 옆구리에서 타고 올라 곧 머리까지 도달해 점점 의식이 희미해졌다. 남자가 보배의 입에서 손을 떼고 그의 머리칼을 움켜쥐었다. 그러자 감았던 보배의 눈이 반쯤 강제로 떠졌다. 남자는 종이에 무어라 다른 글을 쓰고서 보배의 앞에 내밀었다.

어제 그 집에서 무엇을 찾았는지 물어봐.

보배가 올라오는 핏물을 쿨럭하고 내뱉었다. 그러자 남자가 그것을 피하려는 듯한 발짝 물러났다. 남자는 다시 한번 그 종이를 보배 앞에서 흔들었다.

"아……. 누나. 혹시 어제 그 집에서…… 뭘 찾았어요?"

- 여보세요? 보배야, 너 무슨 일 있는 거 아니지? 괜찮아?

보배의 말에 정연이 한껏 걱정스러운 목소리로 대답했다. 따스한 정연의 말에 감정이 복받쳐 오른 보배가 소리 없이 눈물을 줄줄 흘렸다. 그는 정연이 자신의 상황을 눈치채지 못하도록 숨을 가다듬었다.

보배가 흐릿한 눈으로 남자를 바라보았다. 보배의 시선이 그를 향하자 모자 속 그의 얼굴이 또렷이 보였다. 그는 이 상황이 그저 재미있다는 듯 웃고 있었다.

- 보배야? 내 말 들려?

정연이 재촉하듯 묻자 남자가 보배의 입에서 손을 뗐다. 그러고는 보배의 옆구리에 박혀 있는 칼의 손잡이를 움켜쥐고는 다른 한 손으로 아까 그 종이를 다시 들어 보였다.

화원으로 오라고 해.

"흑……. 누나, 정연 누나."

보배가 숨을 헐떡이며 말을 더듬었다. 칼을 쥔 남자의 손에 서서히 힘이 들어갔다. 보배는 신음을 내뱉지 않으려 이를 악물고 버텼다.

오면 안 돼.

"누나, 절대 화원에 오지 마요! 화원에……. 아악!"

남자가 보배의 말이 다 끝나기도 전에 휴대전화를 집어 던졌다. 그러고는 보배의 배에 꽂혀 있던 칼을 가차 없이 뽑아냈다. 그러자 그의 배에서 피가 분수처럼 쏟아져 나왔다. 보배가 고통스러운지 연신 비명을 질러댔다.

"시키는 대로 안 하면 벌 받지."

남자가 칼에 묻은 붉은 피를 보배의 옷에 쓱 닦으며 중얼거렸다. 그는 여전히 즐거운 듯 웃고 있었다. 남자는 콧노래를 부르며 칼을 바라보다 그 끝을 보배의 코앞에 겨눴다. 보배가 움찔하고서 두 눈을 질끈 감았다.

"어디까지 알아낸 거야? 무언가 찾은 거 맞지? 뭘 찾았어?"

칼끝이 보배의 코를 콕 찔렀다. 그러자 보배의 코끝에서 가느다란 피가 주룩 흘러내렸다. 보배의 어깨가 사시나무처럼 덜덜 떨렸다. 남자는 흐음 거리며 고개를 갸웃거리다 칼을 다시 거두었다.

"그 집에서 무언가를 찾은 거 맞지? 시간이 얼마 남지 않았어.

사람들이 계속 사라지고 있다고."

쯧 하고 혀를 찬 남자는 보배의 머리칼을 거칠게 잡고서 그의 얼굴을 뚫어져라 바라보았다. 보배가 겨우 눈을 뜨고 그의 시선을 마주했다. 보배의 입에서 굵은 선혈이 주룩 흘러내렸다.

"도대체…… 당신, 우리한테 왜 이러는 거야……."

보배가 뱉어낸 숨결에서 지독할 만큼 비린 피 냄새가 물씬 올라왔다. 남자가 얼굴을 찡그리며 보배에게서 살짝 떨어졌다. 이내 그는 웃음을 터트렸다. 보배가 놀란 눈으로 쳐다보았지만 남자는 아랑곳하지 않고 한참이나 더 웃더니 눈가에 맺힌 눈물을 훔치며 다시 입을 열었다.

"아직도 모르겠어?"

"무슨……."

보배가 거칠게 숨을 몰아쉬었다. 그러자 남자가 자리에서 일어나 보배의 뒤로 가서 섰다. 그는 상체를 살짝 굽혀 보배의 귓가에 작게 속삭였다.

"착각하지 마. '우리'가 아니야. '너희들'이지."

남자가 상처 난 보배의 허벅지를 발로 짓이겼다.

"아악!"

보배가 고통에 찬 비명을 내질렀다. 남자는 고통스러워하는 보배를 보면서도 고민하듯 고개를 갸우뚱거렸다.

"진짜 모르는 것 같기도 하고. 아직 정보를 전달받지 못했나 보지?"

"몰라! 진짜 모른다고!"

보배가 발악하듯 외쳤다. 남자는 그런 그를 물끄러미 바라보다 한숨을 푹 내쉬고서 두 손을 들었다. 그의 오른손에는 여전히 섬뜩한 칼이 들려 있었다.

"그래. 그런 것 같아. 정말 모르는 것 같네."

"도대체 왜 이러는 거야……. 왜!"

결국 보배가 울음을 터트렸다. 그의 큰 두 눈에서는 굵은 눈물방울이 쉴 새 없이 흘렀다. 남자는 그런 보배에게 다시 다가가 무릎을 굽혀 앉았다. 그러고는 손목에 찬 시계를 힐끔 보고서 혀를 끗찼다.

"곧 사라질 것 같으니 그냥 보여줄게."

남자가 보배의 머리에 손을 툭하고 얹었다. 그러고는 천천히 그의 고개를 돌려 어딘가를 바라보게 했다. 보배는 그의 손길에 따라 시선을 옮겼다.

"잘 봐."

보배의 뒤에 선 남자가 나지막이 말했다. 그의 말이 끝남과 동시에 구석에서 누군가의 신음이 들려왔다. 그 소리가 난 곳을 바라본 보배가 움찔했다. 보배의 두 눈동자가 급격히 떨리기 시작했다.

"아, 안 돼……. 안 돼!"

보배가 여자를 향해 몸을 움직였다. 묶여 있던 탓에 의자와 함께 넘어진 그는 그대로 바닥에 얼굴을 찧었다. 보배는 밀려오는 고통에도 아랑곳하지 않고 두 팔을 움직여 자신의 어머니가 있는 곳으로 필사적으로 기어갔다.

정숙은 실종되었을 때 모습 그대로였다. 똑같은 옷을 입고, 전혀 늙지도 않은 모습으로 가만히 누워 있었다.

정숙의 곁으로 성큼성큼 걸어간 남자는 그녀 옆에 가만히 쭈그려 앉았다. 그러고는 기어오는 보배를 보며 안쓰럽다는 듯 고개를 가로저었다.

"그러게 좀 일찍 찾지 그랬어. 나는 금방 찾을 수 있었는데."

남자가 더는 힘에 부치는지 기어오지 못하는 보배를 보며 혀를 찼다.

"으윽……."

남자는 마치 선심 쓰듯 자리에서 일어나 보배의 머리칼을 쥐고서 질질 끌고 왔다. 의자에 묶인 채 끌려오는 보배는 옅은 신음을 흘렸다. 남자는 보배를 정숙의 위로 내팽개치듯 던졌다.

"아……. 엄마, 엄마……."

보배가 눈물을 흘리며 정숙을 끌어안았다. 그토록 보고 싶어 했던, 찾아 헤맸던 정숙의 얼굴을 보자 순식간에 감정이 벅차올랐다.

"이것 참."

남자가 여전히 이해할 수 없다는 듯이 고개를 갸웃거렸다. 그에게는 더 이상 보배나 정숙의 모습은 눈에 들어오지 않는 듯했다. 그는 그들 옆에 쭈그려 앉은 채 멍하니 허공을 가만히 쏘아보았다.

"그 여자만 여전히 찾을 수 없단 말이야. 얼마나 꼭꼭 숨겨놨는지 도통 꺼내볼 수가 없어. 그년만 찾으면 끝인데."

남자가 한숨을 푹 내쉬었다. 그러고는 결심했다는 듯 자리에서 벌떡 일어나 둘을 바라보았다. 보배는 이미 죽음이 임박한 듯 눈동자가 풀려 있었다. 곧 그의 가느다란 숨결이 빠져나가자 보배의 가슴은 더 이상 움직이지 않았다.

"아니, 어쩌면 처음으로 돌아갔을지도 모르지."

남자가 보배와 정숙을 발로 툭 건드렸다. 둘 다 완전히 죽은 것을 확인한 남자는 등을 돌려 발걸음을 옮겼다. 그는 마지막으로 다시 한번 보배를 바라보며 작게 중얼거렸다.

"다음에 또 보자."

남자는 처음 나타났던 것처럼 다시 조용히 어둠 속으로 사라졌다.

*

"왜요? 무슨 일이에요?"

나는 정연의 안색을 살피며 조심스레 물었다. 보배와의 통화를 마친 정연은 불안한 듯 얼굴이 하얗게 질려 있었다.

"화원으로 가자."

"예? 지금요?"

"빨리!"

정연이 나를 재촉했다. 그녀의 다급한 목소리에 나는 더 묻지 않고 시동을 걸었다. 화원으로 향하는 내내 정연은 초조한지 손톱을 잘근잘근 깨물었다.

우리는 화원 근처 공터에 차를 대고서 서둘러 화원으로 향했다.

왠지 불안한 느낌이 드는데.

가슴속에서부터 불안감이 엄습해 왔다. 그러나 이는 나뿐만 아니라 정연도 똑같이 느끼는 것인지 그녀의 얼굴에도 불안감이 가득했다. 나는 화원의 입구 앞에서 멈추어 서서 숨을 골랐다. 그리고 떨리는 손으로 문고리를 잡아 돌렸다. 굳게 닫혀 있을 거라고 생각했지만 의외로 부드럽게 문이 열렸다. 마치 누군가 열어 놓은 것처럼.

"보배야?"

정연이 나를 제치고 먼저 건물 안으로 들어갔다. 그녀는 기다란 복도를 지나 늘 모이던 곳으로 걸어갔다.

"정연 씨?"

나도 곧 그녀의 뒤를 따라 화원으로 들어갔다. 그러나 그곳에는 아무도 없었다. 평소와 달리 화원에는 소름 끼칠 만큼 썰렁한 기운이 감돌았다. 나는 오싹한 느낌이 들어 두 팔을 가볍게 부여잡고서 화원을 둘러보았다. 하지만 크게 달라진 것은 없었다. 테이블과 의자, 화이트보드도 모두 그대로였다. 어느새 정연이 다른 방도 다녀왔는지 다시 화원 안으로 들어왔다.

"아무 데도 없어. 분명 화원에 있다고 했는데."

"전화해 볼게요."

나는 재빨리 휴대전화를 켜고 보배의 번호를 눌렀다. 그러고는 정연도 들을 수 있게끔 통화를 스피커 모드로 바꾸었다. 잠시 수신처를 찾는 듯한 침묵이 돌다 곧 화면에 '00:00'라는 숫자가 뜨며 통화 연결로 넘어갔다.

- 지금 거신 번호는 없는 번호이오니, 다시 한번 확인하시고…….

"하."

정연이 그대로 자리에 주저앉았다. 그녀는 괴로운 듯 머리를 감싸 쥐고 신음을 내뱉었다.

말도 안 돼. 장수에 이어서 보배도 사라졌다고?

나는 다시 한번 보배의 번호로 전화를 걸었다. 그러나 역시 없는 번호라는 말만 되풀이되었다.

보배가 사라졌다.

“내 탓이야. 혼자 있게 두면 안 됐는데.”

정연이 괴로운 목소리로 작게 중얼거렸다. 어느새 그녀의 목소리에는 울음이 뒤섞여 있었다.

나는 그녀의 곁으로 가 조용히 어깨를 감싸 쥐었다. 그렇게 굳세어 보이던 어깨는 생각보다 굉장히 왜소했다. 정연은 두 손으로 얼굴을 감싸 쥐고 한숨을 푹 내쉬었다.

“아직 확실한 건 아니잖아요. 장수 씨 딸처럼 시신을 본 것도 아니고.”

나는 애써 정연을 위로했다. 목소리 끝이 갈라져 있었다. 그러나 나 역시 보배가 이미 사라지고 없다는 것을 잘 알고 있었다.

도대체 누가, 어떤 이유로 모두를 사라지게 한 것일까.

그녀의 어깨를 잡은 손에 힘이 들어갔다. 순간 속에서 치솟는 분노를 어찌할 바를 몰라 벌떡 자리에서 일어났다.

진정하자. 침착하게 행동해야 해.

나는 언제부터 잘못된 것인지 곰곰이 떠올렸다. 어제부터? 아니면 오늘 아침부터인가? 보배의 행동이 언제부터 이상했던가. 그러나 아무리 떠올려도 별달리 이상한 점이 없었다. 어제 아내의 사진을 찾고 올라오는 길에 보배와 통화를 한 것이 전부였다. 그리고 어제 일을 궁금해하는 그에게 직접 만나서 이야기해 주겠다는 말

외에는 특별한 것이 없었다.

"정연 씨, 아까 보배가 뭐라고 하던가요?"

"아아……."

정연이 여전히 괴로운 목소리로 신음을 내뱉었다. 그녀는 쉽사리 감정이 진정되지 않는지 한참이나 바닥에 앉아 고개를 들지 않았다. 나는 정연이 진정될 때까지 묵묵히 기다렸다. 기다리는 동안 잠깐 앉으려 의자를 찾았지만, 왠지 꺼림칙한 기분에 그냥 테이블에 엉덩이만 걸치고 서 있었다.

시간이 얼마나 흘렀을까. 정연이 조금 진정된 듯 자리에서 일어났다. 그녀의 얼굴은 새빨갛게 달아올라 있었다.

정연은 숨을 거칠게 내쉬고서 창문 앞으로 다가갔다. 그녀는 창밖의 골목을 잠시 바라보다 천천히 말을 꺼냈다.

"화원이라고 했어. 그리고 화원에 오지 말라고도 했고."

"그리고요?"

"그리고……."

정연이 보배와의 통화를 떠올리는 듯 눈을 질끈 감았다. 직감적으로 이미 우리가 보배와 통화하고 있을 때 무슨 일이 벌어졌다는 것이 느껴졌다. 정연이 자신의 두 팔을 꽉 부여잡았다.

"어제 그 집에서 무엇을 찾았냐고 물었어."

순간 머릿속에 무언가 번뜩 스치고 지나갔다.

"혹시 보배에게 어제 우리가 했던 일들을 말했습니까?"

"아니. 오늘 만나서 이야기해 준다고……. 아."

정연도 역시 무언가 깨달은 듯 멍하니 나를 쳐다보았다.

우리 둘의 생각이 맞다면…….

"보배에게 정보를 빼내려고 한 거예요."

내 말에 정연이 멍하니 허공을 응시했다. 그녀가 이를 꽉 깨문 듯 턱이 움직였다. 정연의 어깨가 살짝 떨리는 것이 보였으나 나는 그것을 못 본 척 계속 말을 이었다.

"분명 보배를 협박했을 겁니다. 그리고 우리를 화원으로 오게 한 거예요. 정보를 뺏으려고요. 그런데 보배가……."

"오지 말라고 한 거야. 우리가 위험할까 봐."

정연이 낮은 목소리로 뒷말을 마저 이었다. 나는 고개를 작게 끄덕이며 정연의 앞에 섰다. 그녀는 아까보다는 훨씬 진정되었지만, 여전히 혼란스러운 듯 두 눈을 질끈 감고 있었다. 나는 그녀의 어깨에 부드럽게 손을 얹고 다시 물었다.

"혹시 우리가 어제 군포에 간 사실을 누구에게 말한 적 없어요?"

어제 군포에 간 사실을 아는 건 우리 둘과 보배가 전부였다. 그러나 보배는 우리가 그곳에서 어떤 것을 찾았는지 알지 못했다.

"있어."

정연이 고개를 번쩍 쳐들고 나를 올려다보았다. 눈물 맺힌 그녀의 눈이 반짝하고 빛났다. 그녀의 말에 내 머릿속에도 누군가의 실루엣이 스치고 지나갔다.

우리의 모든 상황을 알면서도 믿어준 단 한 사람.

"이종혁 경사."

우리 둘이 거의 동시에 말했다.

머릿속에 이 경사의 얼굴이 퍼뜩 떠올랐다. 이 경사는 내 아내가 사라졌다는 사실을 가장 처음으로 알린 사람이었고, 그는 정연의 상황도 이미 잘 알고 있다. 무엇보다 나는 그에게 하나밖에 없는 아내의 사진을 주었다.

심장이 바닥으로 쿵 하고 떨어지는 듯했다. 걷잡을 수 없는 불안감과 소름이 자꾸만 발끝에서부터 올라왔다.

"파출소로 가봐야겠어요."

나는 이 말만을 남기고서 서둘러 화원 밖으로 나갔다. 설마 하는 생각에 손끝에서부터 핏기가 가시는 느낌이 점점 강해졌다.

내가 차에 타자 정연도 조수석에 올라탔다.

"같이 가."

정연이 나를 바라보며 안전벨트를 맸다. 나는 작게 고개를 끄덕이고서 차에 시동을 걸었다. 파출소로 향하는 내내 우리는 서로 아무 말도 하지 않았다. 아니, 어떤 말도 할 수가 없었다. 가슴속에서 계속 설마 하는 생각과 심장이 쿵쿵 뛰었다.

골목을 돌아 멀리 파출소가 있는 거리가 보였다. 나는 신호 따윈 무시한 채 단숨에 파출소 주차장 안으로 들어갔다.

"이건……."

천천히 차에서 내린 정연은 믿을 수 없다는 듯 중얼거렸다. 뒤따라 내린 나 역시 눈앞에 펼쳐진 광경에 할 말을 잃었다.

파출소가 있던 자리에는 짓다가 만 건물이 폐허처럼 남아 있었고, 이 경사는커녕 사람 하나 찾아볼 수 없었다. 나는 건물 앞으로 걸어갔다. 찬바람이 건물 외관을 타고 불어왔다.

"말도 안 돼."

나도 모르게 자리에 털썩 주저앉았다. 공사 중인 흙바닥이 엉덩이에 그대로 느껴지자 그제야 실감이 났다.

아무도 믿으면 안 됐었는데.

*

남자가 거실에 놓인 소파에 다리를 꼬고 앉았다. 짙은 남색의 워커 아래로 섬뜩하게 붉은 핏물이 투둑하고 떨어졌다. 소파 등받이에 깊게 기댄 남자가 두 눈을 지그시 감았다. 그러고는 방금 사용한 듯한 예리한 칼을 꼭 쥔 채로 한숨을 푹 내쉬었다.

"흐음, 박정주라. 박정주……."

남자가 고민하듯 중얼거렸다. 고개를 뒤로 젖힌 그는 두 눈을 두어 번 깜박였다. 무표정한 그 얼굴에는 아무 감정 없는 인형처럼 보였다. 남자는 한참 동안이나 천장을 바라보았다. 그가 있는 문 씨의 집은 마치 시간이 멈춘 듯 모든 것이 멈춰 있었다.

남자는 발밑에 널부러져 있는 문 씨를 바라보았다. 한껏 찌푸려진 얼굴과 붉게 물든 몸. 남자는 끔찍한 몰골의 문 씨를 바라보면서도 아무런 표정도 짓지 않았다. 오히려 고민에 빠진 듯한 그는 문 씨 머리카락을 손으로 집었다.

"어디에 숨겼어?"

이미 숨이 끊어진 문 씨가 대답할 리가 만무했지만, 남자는 분명 문 씨에게 묻고 있었다.

"시간이 별로 없어. 도대체 어디에 숨긴 거야?"

남자의 목소리에서 약간의 초조함이 느껴졌다. 무표정한 그의 얼굴이 조금씩 일그러지기 시작했다. 그러고는 혀를 쯧 차며 자리에서 벌떡 일어났다. 남자는 바닥에 엎어진 문 씨를 보이지 않는 곳으로 발로 슥 밀고서 다시 소파에 앉았다. 소파에서 바라본 문 씨는 마치 버려진 짐짝처럼 구겨진 채로 바닥에 널부러져 있었다.

남자는 소파 등받이에 몸을 기댄 채로 편하게 앉았다. 그는 거실 창문을 물끄러미 바라보았다. 거실로 들어오는 햇살은 지금 이곳과 어울리지 않게 따사로웠다.

"도대체 어디 있니."

그는 무언가를 생각하듯 한동안 말없이 가만히 있었다. 수 분이 흐르고 나서야 남자가 자리에서 일어났다. 그는 검은 재킷의 지퍼를 목까지 올린 후 모자를 꾹 눌러썼다. 남자는 무언가를 결심한 듯 고개를 작게 끄덕였다.

"꼭꼭 숨어라, 머리카락 보일라."

〈진실을 말하다〉

3부

"박사님 말씀에 의하면, 연민과 슬픔, 공감력이 떨어지는 사람들은 해마의 스토리텔링이 어렵다고 하셨는데요. 구체적으로 어떻게 어렵습니까?"

찬용은 정 박사가 했던 말을 한 문장으로 정리한 후 질문을 던졌다. 어느새 찬용의 얼굴에도 왠지 모를 흥분이 어려 있었다. 그는 신지식에 흥미를 느끼는 듯했다. 이런 그의 생각을 눈치챘는지 정 박사가 작은 미소를 지었다.

"일단 그런 사람들은 이야기 자체에 크게 흥미를 느끼지 못해요. 아무리 새로운 기억을 준다고 한들, 그런 사람들은 '그래서 뭐?'에 그칠 확률이 높습니다."

"하긴, 애초에 그런 공감력이 있는 사람이라면 범죄를 저지르지도 않았겠죠."

정 박사의 말에 찬용이 고개를 끄덕이며 맞장구쳤다. 둘은 서로를 마주보며 낮은 소리로 웃음을 터트렸다. 찬용은 다시 이야기로 돌아가 그에게 궁금한 것들을 질문하기 시작했다.

"그럼 그 스토리텔링을 어떤 식으로 적용하는 건가요?"

정 박사는 찬용의 질문에 리모컨을 눌러 화면을 전환했다. 화면에는 해마를 중심으로 '기억 세포'와 '신규 기억 세포'라는 문구가 적혀 있었다. 화면을 바라보는 찬용의 눈이 반짝였다. 정 박사는 리모컨 버튼을 한 번 더 눌러 '나인'이라는 글자를 띄웠다. 이 글자는 해마와 신규 기억 세포 사이에 있었다.

"이 나인이 투여되면 해마를 자극하게 되고, 신규 기억을 온전히 받아들이게 됩니다."

"아, 이것 참 흥미로운 연구인데요. 그럼 나인이라는 물질이 강제로 기억을 생성하는 건가요?"

정 박사가 찬용이 말이 맞다는 듯 고개를 끄덕였다.

"비슷합니다. 정확히 말하자면 나인은 해마의 슬픔, 공포, 연민의 감정을 자극하는 물질이죠."

"그럼 어떻게 되죠?"

찬용이 짐짓 서두르는 기색으로 물었다. 그는 진심으로 궁금한지 정 박사를 뚫어지라 쳐다보고 있었다. 이것은 찬용뿐만 아니라 촬영하고 있는 모든 스태프도 똑같은 심정이었다.

정 박사가 침착한 어조로 조용히 말을 이었다.

"새로운 기억이 각인됩니다."

6

정연과 헤어진 후 집으로 돌아온 나는 한참이나 꼼짝도 하지 않고 소파에 가만히 앉아 있기만 했다. 어느새 집은 어두컴컴해졌지만 불을 켤 생각 따위는 들지 않았다. 그저 앞으로 어떻게 해야 할지에 대한 생각만 계속해서 떠올랐다.

박정주의 사진도 없다. 그리고 자신의 상황을 이해해 주고 공권력을 이용해 도와줄 수 있었던 유일한 사람도 사라졌다.

"하하, 말 그대로 시궁창이네."

나는 자조적으로 중얼거리고는 오른손 엄지와 검지로 두 눈을 지그시 눌렀다. 가슴속에서 무언가 계속 울컥하고 올라왔다. 애써 감정을 떨쳐내려 해도 그것은 불이 붙은 것처럼 자꾸만 가슴속을 맴돌았다.

"도대체 왜! 나한테 왜 이러는 거야!"

결국 나는 심한 욕설을 내뱉으며 앞에 있던 리모컨을 집어 던졌다. 플라스틱으로 된 리모컨이 바닥에 떨어지자 날카로운 소리가 온 거실을 울렸다. 분해된 리모컨이 볼품없이 거실 바닥에 뒹굴었다.

어째서 나에게 이런 일이 일어난 걸까.

나는 두 손 위로 얼굴을 파묻은 채 깊은숨을 내쉬었다. 아무리 숨을 쉬어도 좀처럼 진정되지 않았다.

수많은 사람 중에 왜 나에게 이런 일이 일어날까. 혹시 이게 꿈이 아닐까. 만약 이 말도 안 되는 상상이 그저 내가 잠에서 깨지 못해 계속 진행되고 있는 것이라면…….

"아냐, 그럴 리 없어."

나는 고개를 가로저으며 소파에 기댔다. 어디서부터 잘못된 것일까. 보배가 감쪽같이 사라지고, 이 경사도 사라졌다. 상황은 다시 처음과 같아져 버렸다. 아내를 찾을 수 있으리라던 희망도 장담할 수 없게 되었다.

애써 찾은 아내의 사진이 사라졌다는 데 생각이 미치자 속에서 울컥하고 무언가가 터져 나오는 것이 느껴졌다. 그러나 그것은 여전히 입 밖으로 나오지 못하고 그대로 속에 머물렀다.

"잠깐."

순간 번개가 치듯 머릿속에 무언가 스치고 지나갔다. 스쳐간 그것은 마치 불에 달군 듯 내 몸을 뜨겁게 만들었다. 나는 고개를 번쩍 쳐들고 앞을 응시했다. 비록 앞에는 아무것도 없었지만 무언가를 찾은 듯 시선이 또렷해졌다.

보배를 죽인 사람은 그에게서 어제 내가 얻었던 정보를 빼앗으려 했었고, 이 경사가 가지고 있던 사진과 정보를 가지고 사라졌다. 그리고 그가 가져간 사진은 내 아내 이수란이 아니라, 박정주다.

"과연 몰랐을까?"

머릿속이 온통 뒤죽박죽 엉켜 제대로 정리되지 않았다. 나는 황급히 방으로 달려가 종이와 펜을 가지고 나왔다. 서랍을 뒤져 그것들을 찾기까지 쉬이 마음이 진정되지 않고 몸이 덜덜 떨렸다.

나는 다시 소파에 앉아 종이를 테이블 위로 펼쳤다. 그리고 지금까지 일어난 일을 닥치는 대로 적기 시작했다.

1월 20일. 아내가 사라진 날. 아내의 모든 정보가
세상에서 사라졌다.

1월 21일. 거리에서 세영을 만나고, 정연, 장수, 보배를 만난 날.

1월 22일. 세영을 만나러 회사에 간 날.

1월 23일. 장수가 사라진 날.

1월 24일. 박정주의 사진을 찾은 날.

1월 25일. 보배와 이 경사가 사라진 날.

나는 일자별로 적은 종이를 물끄러미 바라보았다. 무언가 놓치고 있다는 느낌이 들었지만 그게 무엇인지 쉽사리 기억나지 않았다.

"뭘까. 뭘 빼먹었지?"

눈을 지그시 감고 혼잣말을 중얼거렸다.

다른 무언가가 있었나?

아무리 생각해도 떠오르지 않았다. 갑자기 머리가 지끈거리고 관자놀이가 아파왔다. 나는 양손을 들어 이마 옆을 꾹 눌렀다. 뿌옇게 가려진 무언가는 좀처럼 모습을 드러내지 않았고, 두통은 점점 더 심해져 왔다.

"바람 좀 쐬고 와야겠어."

문득 집 안이 너무 답답하다는 느낌이 들었다. 나는 커피라도 한 잔 사올 겸 잠시 외출해야겠다고 마음먹고 소파 한쪽에 아무렇게나 던져둔 재킷을 손에 쥐고 일어섰다. 그때 재킷 주머니에서 무언가 툭 하고 떨어졌다. 바닥을 보니 군포에서 나진이 준 건강즙 하나가 바닥에 떨어져 있었다. 검은 포장지에 금빛 테두리가 둘러진 그것.

'세영 과장님이 전해주래요.'

'곁에 있을 땐 몰랐는데, 없어지니까 갑자기 확 와닿죠?'

'잃어버렸던 개가 떠올라서요.'

'아무튼 선생님, 꼭 찾으세요. 꼭이요.'

귓가에 나진의 목소리가 메아리치듯 웅웅대며 울렸다. 그 목소리는 마치 동굴 속에서 울리는 것처럼 여러 개의 소리로 들렸고, 그의 말들이 한꺼번에 쏟아져 들렸다.

나는 쿵쾅대는 가슴을 손으로 누르며 그것을 바라보았다. 바닥에 떨어진 즙이 왠지 모르게 움직일 것 같은 느낌이 들었다. 떨리는 손으로 그것을 집어 들자 그제야 나진의 목소리가 멈추었다.

"잠깐만."

나는 재킷을 그대로 바닥에 두고 서랍장으로 다가가 펜과 종이를 꺼내들었다. 펜과 종이를 찾아낸 나는 무언가를 적어 내려갔다. 그리고 의심은 점점 확신이 되어갔다.

"이날부터 계속 만났었어……."

나는 나진을 만난 날짜를 체크했다. 세영의 회사에서 그를 처음 만난 후, 계속해서 나진을 마주쳤다. 생각해 보면 나에게 군포 주소를 전달해 준 것도 그였다.

그가 나와 연관이 있나?

"설마."

눈을 휘둥그레 떴다. 머릿속에서 훤칠하게 생긴 그가 사람 좋게 웃던 모습이 떠올랐다. 나진은 늘 웃으며 나에게 먼저 다가왔고, 친절한 사람처럼 대했다. 하지만 우연이라고 하기에는 나진을 너무 많이 마주쳤다는 생각이 들었다. 게다가 나진은 늘 나를 먼저 발견하고 알은체했다. 정작 나는 단 한 번도 그를 발견한 적이 없었다. 이건 무엇을 뜻하는 것일까.

"만약 나진 씨가 감시자라면?"

장수와 보배를 살해한 범인을 떠올렸다. 머릿속에 그려지는 범인의 모습은 영화 속의 범인처럼 검은 모자를 푹 눌러써 얼굴이 보이지 않았다. 잔혹하고 미치광이 같은 그와 단정한 나진의 이미지가 쉽사리 겹쳐지지 않았다.

"침착하게……. 처음부터 해보자."

나는 처음부터 다시 생각해 보기로 했다. 아주 처음부터, 그러니까 이 세계가 현실이 아닌 어느 다른 공간이라는 가정을 세웠다. 애초에 아내가 흔적도 없이 사라진 것부터가 현실 세계에서 일어날 수 없는 일이었으니까.

나는 머릿속에 떠오르는 것들을 닥치는 대로 적기 시작했다.

"아내가 사라지고 나서부터 이 이상한 공간이 열린 거야."

아내가 사라지고 난 후의 일들을 떠올렸다. 아내가 돌아오지 않아 온 집안에 전화를 돌렸고, 그중 맞는 번호는 어머니뿐이었다. 어머니는 당연히 아내를 기억하지 못했고, 그다음 날에는 아내의 친구인 세영을 만났다.

"그 후에는 정연 씨와 장수 씨, 보배를 만났고."

나는 정연과 장수, 보배의 이름을 적고 그 옆에 '새로운 인물'을 적었다. 그들은 나보다 훨씬 더 오래전에 실종자들을 잃어버린 상태였다.

이번에는 정연을 처음 만난 날, 그녀가 나에게 설명했던 단어들을 쭉 적었다.

실종자. 찾는 자. 전달자. 감시자, 그리고 범인.

"그중에 전달자는 이 경사와 세영 씨 같은 사람들이야. 나에게 정보를 주려는 사람. 그리고 감시자는 전달자와 나 사이에서 정보를 차단하고 범인에게 정보를 주는……."

잠깐, 범인에게 정보를 주는? 그럼 내가 정보를 가지고 있다는 것을 아는 사람?

머릿속에 정연의 얼굴이 퍼뜩 떠올랐다. 내가 가진 정보는 정연도 똑같이 알고 있다. 나는 쪽지 내용을 그녀에게 그대로 말했고, 정연은 흔쾌히 나와 함께 그 주소로 동행해 주었다.

만약 정연이 나를 감시하는 감시자라면? 그녀가 나에 대한 정보를 범인에게 주는 거라면?

정연은 제일 먼저 장수의 시신과 쪽지를 발견했고, 보배와 마지막으로 통화한 유일한 사람이었다.

"……아냐. 아냐, 그럴 리 없어."

그녀의 행동과 표정, 말을 봐서는 정연은 절대로 그럴 사람이 아니다. 적어도 정연만큼은 그렇게 믿고 싶었다.

한동안 멍하니 있다 두 손으로 뺨을 살짝 감쌌다.

정신 차려야 해.

나는 '새로운 인물' 맨 아래에 나진의 이름을 적고서 펜 끝으로 그 이름을 톡톡 쳤다. 검은 잉크가 나진의 이름 위로 수채화같이 퍼졌다.

그가 나를 감시하고 있는 사람이라면? 내가 가진 정보를 범인에게 건네는 인물 중 하나라면? 만약 쪽지를 준 게 세영이 아닌 나진이라면?

머릿속에 그날의 상황이 떠올랐다. 카페에 혼자 앉아 있는데 나진이 다급하게 달려와 나에게 군포 주소를 건넸다. 그는 그저 세영의 쪽지를 나에게 전달했을 뿐, 별다른 행동이나 기색은 보이지 않았다.

나는 종이 위에 휘갈겨 쓴 나진의 이름을 지긋이 바라보았다.

만약 그가 내 상황을 알고 있고 나를 도와주든, 범인을 도와주든 둘 중에 하나라면?

아무리 생각해도 도저히 명확한 해답이 나오지 않았다. 질문은 꼬리에 꼬리를 물고 늘어났으나 마지막은 늘 '왜?'라는 하나의 물음으로 끝났다.

"도대체 왜 나진 씨가 나에게 쪽지를 준 것일까."

만약 나진이 감시자였다면 세영의 쪽지를 받고서 무조건 열어 보았을 터였다. 그러면 자신이 직접 가면 되지 않은가.

문득 아까부터 마음 한구석을 묘하게 긁고 있던 질문을 떠올렸다.

만약 쪽지를 준 게 세영이 아닌 나진이라면……. 혹시 내가 그곳에 꼭 가야 하는 이유가 있던 걸까.

나는 그곳에서 내가 얻은 것이 무엇인지를 떠올렸다. 장모님과 똑같은 정숙을 보았고, 그녀의 딸인 박정주가 어떻게 실종되었는지를 들었다. 그리고 문 씨는 나에게 딸을 찾아달라며 사진을 주었다.

"사진."

순간 심장이 바닥으로 쿵 떨어지는 느낌과 함께 땅이 꺼지는 듯한 기분이 들었다. 나는 가쁜 숨을 조금씩 잘게 내뱉고서 얼굴을 감싸 쥐었다.

장수는 살해당하기 며칠 전 자신의 앞에 딸이 나타났다고 했다. 분명 범인이 어디선가 지원의 얼굴을 확인하고 장수를 유인했을 것이다. 보배를 살해한 범인 역시 동일인물이라면 남은 인원은 정연과 나.

그중에서 범인은 박정주의 사진을 가지고 갔다. 그렇다면 그의 다음 목표는, 이수란.

"아내를 찾고 있는 거야."

어금니가 부득하고 갈렸다. 잔뜩 힘이 들어간 주먹은 어느새 하얗게 질려 있었고, 손끝에서부터 찬 기운이 올라왔다.

나는 자리에서 일어나 거실 베란다로 걸어갔다. 어둑해져 달빛만 어슴푸레 들어오는 거실에 그림자가 크고 짙게 어렸다. 창문을 열고 쌀쌀한 밤공기를 깊게 들이마셨다. 그러고는 아주 간만에 시리도록 푸른 하늘을 바라보았다. 짙은 남색의 하늘에는 옆구리가 움푹 들어간 초승달과 구름이 보였다.

"도대체 뭘 원하는 거야, 당신."

*

아침에 되자 알람이 울리기도 전에 눈이 번쩍 떠졌다. 잠깐 잠이 들었지만, 온통 머릿속은 그간의 일들과 앞으로 해야 할 일들이 되풀이되며 나를 괴롭혔다. 잠에서 깰 즈음에는 그들의 목소리도 또렷하게 들리는 듯했다.

한참이나 밖을 돌아다닌 나는 근처 카페에 자리를 잡고 앉았다.

거리는 여전히 사람 하나 없이 텅 비어 있었다. 카페 주인은 나에게 진한 아메리카노 한 잔을 건네고서 다시 카운터로 돌아갔다. 나는 행여나 그녀가 내 수첩을 볼세라 반도 펼치지 않고 그것을 들여다보았다.

아내가 사라진 지 일주일. 겨우 찾은 아내의 사진이 이 경사와 함께 사라졌다. 이미 군포에도 다시 가보았지만, 문 씨의 집은 원래 없었던 것처럼 텅 빈 공터였다. 파출소가 사라지고 나서부터 문 씨의 집도 그럴 거라는 생각은 했었지만, 막상 눈으로 확인하니 상실감이 물밀듯 밀려왔다.

여전히 아내의 사진은 없다. 아니, 나에게는 없다.

"분명 아내의 사진을 가지고 있을 거야."

나는 그려지지도 않는 범인의 얼굴을 떠올리며 중얼거렸다. 그의 모습은 언제나 검은 안개로 둘러싸여 잘 보이지 않았다.

테이블 위로 뽀얀 김을 내뿜는 커피잔을 들었다. 커피를 한 모금 들이켜려는데 멀리서 카페 주인의 시선이 느껴졌다. 주인은 카운터 앞에서 물끄러미 나를 바라보고 있었다.

감시자? 아니면 일반 사람?

나는 그녀의 시선을 피하지 않았다. 몇 초 동안 서로 눈을 마주하자, 결국 주인이 내 시선을 먼저 피했다. 그러고는 언제 그랬냐는 듯 웃는 얼굴로 간간이 들어오는 손님을 마주했다.

아니, 애초에 이 공간에 일반 사람이 있나.

나는 남은 커피를 후룩 털어놓고서 자리에서 일어났다. 수첩을 재킷 안에 넣자마자 주머니에서 작은 진동음이 울렸다.

[어디야?]

정연의 메시지였다. 나는 무어라 답을 할까 고민하다, 혹시나 하는 생각에 그저 상투적인 메시지를 보냈다. 그 후로 몇 번인가 그녀에게서 답장이 왔지만, 굳이 읽지는 않았다.

조심해서 나쁠 건 없어. 어쩌면 정연도 사라질지 모르니까.

나는 씁쓸한 생각을 하며 카페를 나섰다. 시린 바람이 불어와 하얀 입김을 흩날리게 만들었다. 한기에 몸을 한차례 부르르 떨고서 지퍼를 목까지 끌어 올렸다.

종종걸음으로 주차한 곳까지 걸어가자 아직 따뜻한 보닛 위에 작은 고양이 한 마리가 앉아 있었다. 한 살도 채 되지 않은 듯한 작은 고양이는 노란 털을 반짝 빛내며 나를 쳐다보고 있었다. 내가 가까이 다가가자 고양이는 순식간에 주차장 구석으로 숨었다.

나는 한동안 고양이가 숨은 곳을 바라보다 차에 올라탔다. 그러고는 내비게이션 목적지에 세영의 회사를 찍었다.

쪽지를 준 사람이 세영인지 나진인지 확인해야 해.

나는 운전대를 잡고 세영의 회사로 차를 몰았다. 도로에는 차도 없어 금방 그 건물 앞에 도착했다. 회사 건물로 오자 그제야 사람들이 눈에 띄기 시작했다. 나는 지하로 들어가 차를 주차하고 엘리베이터 앞에 섰다.

세영에게 먼저 물어보자.

나는 어떻게 질문할지 머릿속에 상황을 돌려보며 엘리베이터를 기다렸다. 세영이 있는 출판사 층에 멈춰 있던 엘리베이터가 지하로 내려왔다. 문이 열리자 꽤나 익숙한 얼굴의 여자가 보였다.

가장 처음에 보았던 감시자. 세영의 회사에서 마주쳤던 여자였다. 그녀는 나와 세영이 있는 회의실에 들어와 순식간에 세영의 기억을 왜곡시켜 아내를 기억하지 못하게 만들었다.

여자는 세영과 비슷한 커트 머리에 검은색 목폴라를 입고 있었다. 그녀가 엘리베이터 안에서 나를 뚫어져라 바라보았다. 나는 그 시선을 모른 척하고 엘리베이터에 올라탔다.

나를 기억하고 있군.

여자는 지하에 도착했음에도 내리지 않고 가만히 엘리베이터 안에 서 있었다. 그러고는 '닫힘' 버튼을 꾹 눌렀다. 옆에서 그녀의 시선이 적나라하게 느껴졌다.

"어머, 내 정신 좀 봐. 서류를 두고 왔네."

마치 내가 들으라는 듯 큰소리로 말한 여자는 세영의 출판사가 있는 층의 버튼을 눌렀다. 그녀는 내 얼굴을 한번 쳐다보고서 그대로 엘리베이터 벽에 기대어 섰다. 뒤에서 여자의 시선이 고스란히 느껴졌다. 나는 아랑곳하지 않은 채 그저 앞만 바라보았다.

이윽고 층이 다다르자 맑은 전자음과 함께 엘리베이터 문이 열렸다. 여자는 내가 내리기 전까지 먼저 움직이지 않았다. 나는 여자보다 먼저 내려 세영의 회사로 걸어갔다.

뒤에서 따라오는군.

문에 비치는 유리를 보니 여자가 내 뒤에 바짝 붙어 있었다. 그녀는 구두를 신고 있었음에도 발소리 하나 내지 않고 조용히 따라왔다. 나는 땀이 흥건하게 밴 손바닥을 재킷에 쓱 문지르고서 출입문 앞에 섰다. 그러자 여자도 내 옆으로 와 걸음을 멈추었다.

“아, 제가 열어드릴게요.”

내가 사무실 초인종을 누르려 하자 여자가 싱긋 웃으며 말했다. 그녀는 자신의 사원증을 버튼에 가져다 댔다. 언뜻 본 사원증에는 그녀의 이름인 ‘박경혜’가 적혀 있었다. 반듯하게 빗어 올린 머리와 뽀얀 얼굴이 지금과는 사뭇 달라 보였다.

나는 아무렇지 않게 웃으며 꾸벅 고개를 숙였다. 그녀는 나보다 먼저 사무실 안으로 들어갔다. 그런 후 갑자기 걸음을 멈추고는 나를 돌아보았다. 그녀는 시원한 미소를 띠며 나에게 물었다.

“누구 만나러 오셨어요?”

“박세영 과장님을 뵈러 왔습니다.”

“왜요?”

"개인적인 일입니다."

"아."

여자의 얼굴이 작게 일그러졌다. 그러나 곧 다시 원래의 모습으로 밝은 미소를 지어 보였다.

"지금 안 계실 텐데. 잠시만요. 여기서 기다리세요."

여자는 사무실 한쪽 구석에 놓여 있는 테이블을 가리키고는 어디론가 사라졌다.

나는 세영을 기다리며 천천히 사무실 안을 둘러보았다. 사무실 자리에 있는 직원은 고작해야 세 명. 그리고 여자가 들어간 개별 사무실과 임원 사무실로 보이는 곳에 두 명. 사무실은 꽤나 넓었고 책상도 많았지만 그에 비해 사내 인원이 너무 적었다. 무엇보다 외부 사람이 사무실 안으로 왔음에도 아무도 나를 쳐다보지 않는다는 점이 이상했다.

나는 여자가 가리킨 테이블에 앉아 가만히 기다렸다.

세영이 없다고 했으니 나진을 데리고 오겠지.

"어? 선생님. 여긴 어쩐 일이세요?"

역시, 내 예상이 맞았다.

개별 사무실 문을 열고 밖으로 나오던 나진이 알은체를 하며 나에게 다가왔다. 흰 셔츠에 카키색 조끼를 입은 그가 환히 웃으며 나에게 손을 내밀었다. 나는 그의 손을 마주 잡고 살짝 미소 지으며 대답했다.

“세영 씨 좀 만나러 왔어요.”

“아, 박 과장님 출장 가셔서 지금 사무실에 없는데. 일단 커피라도 한잔하실래요?”

나진은 능숙한 태도로 나를 한 회의실로 안내했다. 그가 안내한 곳은 내가 이곳에 처음 온 날 세영과 대화를 나누었던 바로 그곳이었다. 나는 타원형의 기다란 테이블 사이로 삐져나온 의자 하나를 빼고 털썩 앉았다. 회의실은 오랫동안 사용하지 않은 것인지 냉기가 맴돌았다. 곧 나진이 커피잔 두 개를 들고 회의실 안으로 들어왔다.

“자, 여기 커피 좀 드세요. 밖에 많이 춥죠?”

“그러게요. 날이 얼른 좀 풀려야 할 텐데.”

우리는 얼마간 일상적인 이야기를 하며 커피를 마셨다. 잠깐의 침묵이 지나간 후, 나진이 본격적으로 말을 꺼냈다.

“그런데 박 과장님은 왜요? 무슨 일 있으세요?”

“아뇨. 저번에 나진 씨가 저한테 줬던 쪽지 때문에요.”

내 말에 순간 나진이 커피잔을 입가로 가져가려다 멈칫했다. 나는 그 순간을 놓치지 않고 그를 가만히 바라보다 다시 아무렇지 않게 말을 이었다.

“그 주소가 무엇인지 물어보려고 해도 연락이 통 안 되더라고요."

"아아. 박 과장님 지금 해외 출장 중이라서 그럴 거예요. 이번에 새로 나오는 여행서 때문에 취재하러 가셨거든요."

나진이 하얀 이를 드러내며 활짝 웃었다.

그에게서 왠지 모를 묘한 경계심이 느껴졌다. 그는 더는 별다른 말은 하지 않고 그저 커피만 들이켰다. 나는 커피잔을 바라보다 다시 입을 열었다.

"저번에 군포에서 만났던 작가는 어떤 작가입니까?"

내 질문에 나진이 조용히 커피잔을 내려놓았다. 잔이 테이블을 치는 소리가 마치 폭발음처럼 크게 들렸다. 그는 가만히 내 얼굴을 바라보고 있었다. 어느새 나진의 얼굴에는 웃음기가 사라지고 없었다. 하얗고 고운 얼굴이 딱딱하게 굳자, 마치 죽은 인형처럼 느껴졌다.

"후후. 그건 기밀입니다."

조금 전의 딱딱한 표정은 온데간데없었다. 나진은 꾸며낸 듯 다시 여유로운 표정으로 대답했다. 나는 그런 그의 시선을 피하지 않고 집요하게 질문하기 시작했다.

"책 내용도 아니고, 작가를 물어본 것뿐인데. 너무 빡빡하게 구시네요."

"작가님이 워낙 신중하셔서요. 대중에게 알려지길 원하지 않으세요."

"작가가요? 아니면 여기가요?"

내 말에 나진이 내 얼굴을 빤히 쳐다보았다. 그는 가증스럽게도 영문을 모르겠다는 얼굴로 나를 바라보고 있었다. 나 역시 한참을 그의 눈을 피하지 않고 마주했다. 결국 나진이 한숨을 푹 내쉬며 입을 열었다.

"이번에 신작 출시하는 소설 작가님이에요. 꽤나 하드한 스릴러를 쓰시는 분이세요. 굉장히 잔인하고 잔혹한 소설이죠."

"그렇군요. 그 작가님도 꽤나 외진 곳에 사시나 봐요. 거기 가보니까 아무 것도 없던데."

"보통 그런 예술적 감각이 있는 작가님들이 조용한 곳을 좋아해요."

굉장히 잔인하고 잔혹한 소설을 쓰는 작가라고 하지 않았나.

나진은 그런 글을 '예술'이라고 칭했다. 등 뒤로 식은땀이 흘러내리는 걸 느꼈다.

내 얼굴에 떠오른 긴장을 읽은 걸까. 나진이 픽 하고 웃음을 터트리며 몸을 뒤로 젖혀 앉았다. 그러고는 팔짱을 낀 상태로 책상을 바라보았다. 그의 얼굴에서 알 수 없는 미소가 떠올랐다.

"선생님."

나진이 나지막이 나를 불렀다.

"군포에 사는 작가님이 어떤 소설을 썼는지 아세요? 아직 출간되지 않은 건데 선생님께만 미리 말씀드릴게요. 대신 어디서 발설하시면 안 돼요."

나는 평정심을 유지하려 애쓰며 대꾸했다.

"제가 미리 알아도 되는 건가요?"

"안목이 있으신 것 같으니까요."

내 물음에 나진이 어깨를 으쓱 올리며 웃었다. 그는 이야기를 들려주려는 듯 의자를 조금 앞으로 당겨 앉았다. 나진이 분위기를 잡자 이상하게 회의실이 오싹하게 추워졌다.

나진은 말하기 전에 목을 가다듬더니, 마치 비밀스러운 이야기를 해주는 사람처럼 목소리를 낮췄다.

"처음에는 주인공이 자신의 기억을 의심하면서부터 시작해요. 하루아침에 달라진 세상에 혼란스러워하고 또 극도의 공포감을 느끼면서 모든 것들을 의심하기 시작하죠."

나진이 재킷 안쪽에서 볼펜을 꺼내 손가락으로 핑그르르 튕겼다. 그러고는 테이블 위에 뒹굴고 있던 종이를 끌어와 '주인공'과 '기억'을 적었다. 나진은 내가 잘 듣고 있는지 확인하는 듯 나를 바라보며 말을 이었다.

"그러다 문득 자신이 이 세계가 아닌 다른 곳에서 온 것 같은 느낌을 받게 돼요."

그의 말에서 묘한 위화감이 느껴졌다. 나진의 목소리는 낮지만 부드러웠고, 그의 발음 또한 깔끔하고 정확했다. 나는 그의 말이 끝날 때쯤에 적당히 고개를 끄덕이며 듣는 시늉을 했다.

뭘까. 이 위화감.

나진은 계속해서 말을 이었다.

"그런데 사실 주인공의 기억이 왜곡된 기억이었던 거예요. 애초에 존재하지도 않은 기억인데, 갑자기 그 기억이 진실이라고 믿게 된 거죠."

나진이 앞에 있는 종이를 집어 들었다. 그러고는 종이를 반으로 접어 책상 위로 세웠다. 그 종이는 접힌 부분에 힘을 받아 책상 위로 꼿꼿이 섰다. 나진은 마치 그 옛날의 초능력 쇼처럼 오른손으로 양 두 뺨을 어루만진 후 종이 사이를 휙 갈랐다. 그러자 손동작 때문에 생긴 바람에 종이가 넘어질 듯 말 듯 휘청였다.

도대체 뭘 하는 거야.

나는 도무지 알 수 없는 그의 행동에 그저 가만히 나진을 바라보기만 했다. 나진은 아랑곳하지 않고 이야기를 계속 이어가며 계속 이 행동을 반복했다.

"그러다 주인공은 자기 기억이 사실이 아닌 것을 알게 돼요. 자신의 가족, 친구가 아예 없었던 것들인 거죠. 그렇게 자신의 진짜 기억을 되찾은 순간……."

나진의 말끝에 맞추어 드디어 종이가 뒤로 넘어갈 듯 휘청였다.

얇은 종이는 금방이라도 넘어갈 것처럼 위태롭게 움직였다. 그런데 종이가 완전히 뒤로 넘어가는 순간, 이상하게도 종이가 딱 멈추었다.

"세상이 멈춰 버린 겁니다."

뒤로 넘어가던 종이가 갑자기 시간이 멈춘 것처럼 책상 위에 섰다. 그 종이는 접힌 부분의 끝점만 책상에 닿은 채 비스듬하게 서 있었다. 힘없이 펄럭이던 종이가 마치 단단한 플라스틱으로 변한 듯했다.

순간 오싹한 소름이 온몸을 훑고 지나갔다. 나는 놀란 얼굴로 나진을 바라보았다. 그러자 그는 그럴 줄 알았다는 듯 쿡쿡 웃었다. 나진은 한동안 내 얼굴을 바라보다 오른손을 올려 엄지와 중지를 부딪쳐 딱 하는 소리를 냈다. 그러자 종이가 뒤로 넘어갔다.

"그리고 주인공은 자살하고 끝. 어때요? 잘 팔릴 것 같아요?"

나진이 종이를 다시 펴고 씩 웃었다. 늘 같은 미소였지만 왠지 모르게 오싹하고 섬뜩한 느낌이 들었다. 나는 애써 당황한 티를 내지 않으려 숨을 작게 내쉬었다. 무릎으로 올린 두 손이 조금씩 떨려왔다. 마치 범접할 수 없는 맹수 앞에 선 듯 엄청난 중압감이 느껴졌다. 나진은 여전히 재미있다는 듯 나를 바라보고 있었다.

나는 마음을 진정시키고 그를 똑바로 바라보았다. 그러자 이번에는 나진이 의외라는 표정을 지었다. 문득 그가 말한 내용의 책의 제목이 궁금해졌다.

"책 제목이 뭡니까?"

나진의 눈동자를 똑바로 바라보았다. 눈 속에 담긴 나진은 미동도 없이 그저 가만히 웃고 있었다. 그는 나를 향해 어깨를 으쓱 올려 보였다.

"글쎄요. 아직 정하지 않았어요. 워낙 작가님이 제목에 신중하셔서요."

나진이 나를 향해 빙긋 웃었다. 살짝 코를 찡그리고 웃는 그 모습은 매력적으로 보일 법도 했지만, 지금은 왠지 모르게 차갑고 위험한 느낌이 들었다.

나는 그의 시선을 마주하고서 남은 커피를 털어 마셨다. 다 식어 빠진 커피가 입안으로 들어오자 조금 마음이 진정되는 듯했다.

"나중에 박 과장님 오시면 연락드리라고 할게요."

나진은 이 말을 끝으로 자리에서 일어났다. 그러고는 문을 향해 고개를 비스듬히 기울였다. 나는 그의 말뜻을 알아채고 자리에서 일어났다. 그가 잠시 사무실 밖을 쳐다볼 무렵, 나는 몰래 나진이 사용한 종이를 챙겨 주머니에 넣었다.

"그럼, 조심히 들어가세요."

나진은 늘 그랬듯이 나를 문 앞까지 배웅해 주었다. 내가 엘리베이터에 올라타자 그제야 나진이 싱긋 웃으며 고개를 꾸벅 숙였다. 문이 닫히는 그 순간까지도 우리는 서로에게서 눈을 떼지 않았다.

엘리베이터 문이 닫히고 혼자 남자, 그제야 막혔던 숨이 뻥 하고 트이는 기분이 들었다.

"하……."

나는 엘리베이터 난간을 잡고 몸을 숙였다. 심장이 미칠 듯이 뛰었다. 덜덜 떨리는 손과 다리는 몸을 지탱할 수 없을 만큼 힘이 빠졌다.

위험했어.

나진이 손가락을 튕기는 그 순간, 갑작스러운 공포가 온몸을 휘감아 올라왔다. 마치 뱀이 내 몸을 꽁꽁 둘러싸고 쳐다보는 그런 느낌이었다.

지하에 내린 나는 떨리는 두 다리를 끌고 간신히 차로 향했다. 나는 겨우 차에 올라타 핸들에 머리를 박고 숨을 몰아쉬었다. 나진을 만나고 오니 내가 파악하지 못한 무언가 있는 게 확실하다는 생각이 들었다.

"자신의 진짜 기억……."

나진이 말해준 소설 이야기가 떠올랐다. 나진은 그 소설을 통해 무슨 말을 하고 싶었던 걸까.

한참 동안 생각에 잠겨 있을 무렵 주머니의 휴대전화에서 작은 진동이 느껴졌다. 또 정연이겠거니 하고 확인한 메시지는 전혀 다른 사람에게서 온 것이었다.

[주혁 씨, 저 찾았다면서요? 그 쪽지 제가 준 거 맞아요.]

기가 막힌 타이밍이 아닌가.

나도 모르게 실소를 터트렸다. 때마침 세영에게서 온 메시지는 의심이 풀리기는커녕 오히려 의구심만 더욱 증폭시켰다. 차에 시동을 걸고 핸들을 꽉 쥐었다. 마음속에서 의구심이 점점 확신으로 변해갔다.

"아, 종이."

나올 때 챙겼던 나진의 종이를 떠올렸다. 나는 주머니에서 그것을 꺼내들고 완전히 펼쳤다. 그러고는 나진이 적은 글씨를 유심히 바라보았다. 모음 끝단은 갈고리처럼 휘어 있었고 'ㅇ'은 세모처럼 각진 모양이었다.

확실했다. 나진의 글씨체는 정연이 보여준 쪽지와 똑같았다.

7

하원 시간이 되자 아이들이 우르르 유치원을 빠져나왔다. 대개는 유치원 통학차 쪽으로 뛰어갔지만, 일부 몇몇은 부모가 데리러 왔는지 저마다 우렁찬 목소리로 정확하지도 않은 '엄마'를 외쳤다. 남색 코트에 노란 가방을 걸친 아이들은 마치 갓 태어난 병아리처럼 종종걸음으로 여기저기 뛰어다녔다.

규민이도 저랬는데.

정연이 멀찌감치 서서 아이들을 바라보며 미소 지었다. 그녀는 꽤 추운 날씨에 두꺼운 재킷을 입고 벽에 기대어 서 있었다. 짧은 커트 머리는 단정히 귀 뒤로 넘겨 꼭 아나운서 머리처럼 깔끔하게 보였다

아이들을 보는 정연의 얼굴은 슬퍼 보이기도 했고, 또 즐거워 보이기도 했다. 정연은 잠시 큰 숨을 한번 들이마셨다가 내쉬고서는

뒤로 돌아섰다. 그녀가 숨을 내쉴 때마다 하얀 입김이 모락모락 피어올랐다. 정연은 유치원을 등진 채 조용히 걷기 시작했다.

“도대체 어디서 뭘 하는 거야?”

정연이 여전히 울리지 않는 휴대전화를 붙들고서 눈살을 찌푸렸다.

아침부터 주혁과 연락이 되지 않았다. 어디서 뭘 하고 다니는지 물어보아도 답변도 없자 괜히 짜증이 밀려왔다. 혹시나 좋지 않은 생각을 하고 있을까 봐 덜컥 겁이 났다.

어제 충격이 큰 것 같던데.

흙바닥에 주저앉아 있던 주혁의 모습이 떠올랐다. 그는 세상을 잃은 듯한 표정으로 바닥에 앉아 멍하니 파출소가 있던 공터만 바라보고 있었다. 주혁에게서 견딜 수 없는 상실감과 절망이 느껴졌다.

정연은 가슴이 답답한지 두어 번 가슴을 문지르고서 한숨을 푹 내쉬었다. 어느새 그녀의 코는 찬바람에 빨갛게 얼어 있었다.

골목을 빠져나와 큰 대로변을 걸었다. 평일 낮이라 그런지 몇몇 지나가는 사람들 말고는 거리가 텅 빈 듯 한산했다. 그녀는 구석진 전봇대로 걸어가 잠시 멈추어 섰다. 그러고는 담배를 꺼내려 주머니를 뒤적였다.

“아……. 없네.”

정연이 눈썹을 찡그리며 중얼거렸다. 문득 반나절 만에 한 갑을 다 피웠다는 것을 깨달았다. 그러면 안 된다고 생각하면서도 정연은 계속해서 담배를 입에 물었다. 그나마 이 독한 담배 연기가 자신의 상황을 조금이나마 잊게 해주었다.

"꼭 이럴 때 없단 말이야."

항상 담배는 가장 필요한 순간에 없었다. 꼭 한 개비만 있거나 아니면 텅 빈 껍데기만 남아 있었다. 마치 어제 파출소처럼.

정연은 혀를 쯧 차며 주위를 둘러보았다. 건너편에 작은 편의점이 보였다.

"어서 오세요."

편의점 안으로 들어서자 직원이 기계적인 어조로 인사를 건넸다. 고작해야 스무 살 정도 되어 보이는 직원은 정연 쪽은 쳐다보지도 않은 채 휴대전화 게임에만 몰두해 있었다. 정연도 그런 그를 크게 신경 쓰지 않고 음료 냉장고로 향했다. 반듯하게 나열된 음료 중에서 적당한 것을 골라 담고 있는데 갑자기 뒤에서 소란스러운 소리가 들렸다.

"아, 저 성인이라니까요!"

남자가 난감하다는 투로 카운터 앞을 서성였다. 짙은 밤색 코트에 서류가방을 옆구리에 낀 그는 거의 울 듯한 얼굴로 발을 동동 굴렀다. 그러나 편의점 직원은 여전히 무표정한 얼굴로 고개를 가로저었다.

"신분증 보여주세요."

"저기요. 어리게 봐주신 건 고맙지만, 저 서른도 넘었어요. 진짜라니까요?"

"원칙이라서요. 신분증 없이는 담배 구매 안 됩니다."

직원이 단호하게 그에게 말했다. 그러자 남자가 허 하는 실소와 함께 한숨을 푹 내쉬었다. 정연이 음료를 가지고 그의 뒤에 섰다. 가까이서 보니 남자의 키는 생각보다 훨씬 더 컸다.

어떤 상황인지 알 만하네.

정연은 카운터 위에 놓인 담배를 슬쩍 바라보았다. 자신이 피우는 것과 동일한 브랜드의 담배였다. 하얀 배경에 푸른 원형이 칠해진 담배는 주인 없이 그저 카운터 앞에 덩그러니 놓여 있었다. 편의점 직원이 남자의 뒤로 정연을 힐끔 바라보았다.

"먼저 계산하시겠어요?"

직원의 말에서 남자에게 어서 비키라는 느낌이 다분히 느껴졌다.

"아, 네."

정연이 대답하자 앞의 남자가 군말 없이 자리를 비켜주었다. 그는 여전히 미련을 버리지 못한 듯 정연의 옆을 서성였다. 정연은 집어온 음료를 카운터에 올리고서 직원 뒤의 담배 진열장을 가리켰다.

“아, 더원플러스 한 갑…….”

그때 옆에서 자신을 뚫어져라 바라보는 남자의 시선이 느껴졌다. 그의 두 눈은 자신의 담배까지 사달라고 이야기하고 있는 듯했다. 정연은 모른 척할까 하다 그 눈빛이 하도 애절해 마음을 바꿨다.

“두 갑 주세요.”

옆에서 남자의 숨길 수 없는 미소가 느껴졌다. 직원이 조금 의심스러운 눈빛으로 정연을 바라보았다. 그러나 별말 없이 뒤에서 담배 한 갑을 꺼내 원래 꺼내져 있던 것과 같이 건넸다. 직원은 남자와 똑같이 정연에게도 신분증을 요구했다.

“신분증 보여주세요.”

“네?”

정연이 놀란 듯 되물었다. 차마 마흔이 넘은 자신에게도 신분증을 요구할 거라고는 생각하지 못한 물음이었다. 하지만 직원은 당연한 절차라는 듯 그녀에게 손을 내밀었다. 아무래도 사장이 교육을 단단히 시킨 듯했다.

“말씀드렸지만 원칙이라서요. 신분증 주세요.”

직원의 말에 정연이 가방에서 지갑을 꺼내 들었다. 신분증은 도통 꺼낼 일이 없어 지갑 안쪽 깊숙한 곳에 넣어두었다. 정연이 잘 빠지지 않는 신분증을 겨우 꺼내 직원에게 건넸다. 직원은 그 신분증을 들고 사진과 정연의 얼굴을 확인하듯 번갈아 쳐다보았다.

정연은 직원이 자신의 신분증을 확인할 동안 지갑에 넣은 규민의 사진을 물끄러미 바라보았다. 유치원 운동회 때 같이 찍은 사진이었다. 규민은 노란 개나리 앞에서 활짝 웃고 있었다. 활짝 웃고 있는 아이의 모습을 보자 괜히 속이 또 쓰려왔다.

"자, 여기요."

직원이 심드렁한 얼굴로 신분증을 돌려주었다. 그는 기계처럼 빠른 속도로 계산을 마치고 다시 자리에 앉았다. 그러고는 다시 휴대전화 게임에 빠져 더 이상 정연에게 관심을 주지 않았다.

정연은 담배를 챙겨 들고 남자를 힐끔 바라보았다. 그는 정연이 자신에게 담배 한 갑을 줄 것이라고 믿는 듯 정연에게 꾸벅 고개를 숙였다.

둘은 편의점에서 나와 잠깐 마주 섰다. 정연이 그에게 담배 한 갑을 건넸다.

"여기요."

"고맙습니다. 하필 오늘 지갑이 없어서 곤란했어요."

남자가 활짝 웃으며 담배를 받아 들었다. 그가 주머니에서 만 원을 꺼내자 정연이 거스름돈을 줄 현금이 없다고 말했다. 실제로 현금보다는 카드를 많이 사용하니 정연의 지갑에는 천 원짜리 한 장도 남아 있지 않았다. 남자는 괜찮다며 정연의 손에 만 원짜리 지폐를 직접 쥐여주었다.

"그냥 다 받으세요. 저 진짜 필요했거든요."

남자가 하얗고 고른 이를 드러내며 활짝 웃었다. 그는 그렇게 사고 싶어 했던 담배를 뜯지도 않은 채 주머니에 넣었다.

너무 많은데.

정연은 만 원짜리 지폐를 보며 고민했지만 더는 실랑이하기 싫어 그대로 주머니에 집어넣었다. 새로 산 담배를 뜯자 정갈하게 정렬된 담배 스무 개비가 눈에 들어왔다. 정연은 그중 가운데에 있는 담배 한 개비를 꺼내 입에 물었다. 몇 번이나 부싯돌 긁히는 소리가 나서야 정연의 담배에 빨간 불씨가 올라왔다.

"아이가 담배 피우는 거 싫어하지 않아요?"

남자가 깔끔하게 정돈된 눈썹을 위로 찡긋하고서 말했다. 그는 여전히 웃는 얼굴로 정연을 바라보고 있었다.

"네?"

갑작스러운 말에 정연이 놀라 되물었다. 그러자 남자는 정연의 가방을 손으로 가리키며 다시 말했다.

"아까 지갑에서 남자아이 봤거든요. 보려고 한 건 아닌데, 옆에서 기다리다가 우연히 봤어요."

"아아."

정연이 이제야 이해했다는 듯 고개를 끄덕였다. 정연은 피식 웃고서 담배 연기를 후 내뱉었다. 정연의 입술 사이로 흘러나온 연기가 구름처럼 공중에 퍼졌다.

"싫어하겠죠."

"적당히 피우세요. 그럼 오늘 감사했습니다."

남자가 기분 좋은 웃음소리를 내며 말했다. 그는 반듯한 허리를 숙여 정연에게 인사했다. 예의 바른 그 모습에 정연도 얼떨결에 고개를 숙였다. 남자는 더는 말 걸지 않고 유유히 사라졌다.

어디선가 본 것 같은데. 낯이 익어.

큰 키의 남자가 거리를 걷자 마치 화보를 보는 것처럼 그에게 저절로 시선이 갔다. 남자는 신호등을 건너 어느 건물 안으로 들어갔다.

정연은 그가 간 곳을 한동안 바라보다 얼마 남지 않은 담배를 비벼 껐다. 입안이 적당히 쓴 게 싱숭생숭한 마음이 조금 진정되는 것 같았다. 정연이 다시 길가로 나가려 발걸음을 떼자 주머니에서 약간 진동이 느껴졌다.

[정연 씨 어디예요?]

이제야 주혁에게서 메시지가 왔다. 정연은 잠시 걸음을 멈추고 답장을 보냈다.

[화원 근처야. 주혁 씨는 도대체 어디야?]

정연이 메시지를 보내고 다시 주머니에 손을 넣었다. 그러자 금방 주혁에게서 답장이 왔다.

[저도 화원으로 갈게요. 거기서 만나요.]

*

화원은 여전히 어둡고 차가웠다. 문을 열고 안으로 들어가자 정연이 미리 도착한 듯 밝은 불빛이 보였다. 나는 그 불빛을 따라 화원 안으로 들어갔다.

축축하고 썩은 곰팡이 냄새. 이상하게 화원에서 이런 냄새가 맴돌았다. 일전에는 이 공간에서 느껴본 적 없는 냄새였다. 피비린내 같기도 하고 무언가가 썩는 듯한 냄새인 것 같기도 했다.

"왔어?"

정연이 내 발소리를 듣고 고개를 들었다. 정연은 두꺼운 재킷을 입고 화원 의자에 앉아 있었다. 하룻밤 새 그녀의 얼굴이 몰라보게 야위어 보였다. 나는 고개만 꾸벅 인사한 후 정연의 맞은편에 앉았다.

"좀 어때?"

"괜찮아요?"

우리는 동시에 서로의 안부를 물었다. 그러자 정연이 풉 하고 작은 웃음을 터트렸다. 나도 따라서 조용히 웃고는 테이블 위에 있는 그녀의 손을 바라보았다. 작고 가는 손가락이 죽어 버린 나뭇가지처럼 앙상했다.

정연은 테이블을 손가락으로 작게 두드리며 먼저 말을 이었다.

"난 괜찮아. 주혁 씨는 어때?"

"혼란스럽지만 괜찮습니다. 괜찮지 않다고 해서 해결될 것도 아니고요."

내 말에 정연이 고개를 끄덕이며 후후 웃었다. 정연의 웃음은 조금 초연해 보이기까지 했다. 처음 봤을 때 그 분위기에 압도당할 만큼 굳세고 강한 정연은 점점 지쳐가는 듯했다.

모든 사람을 다 잃었으니까.

나보다 훨씬 더 오래전부터 함께했을 장수와 보배가 떠올랐다. 장수는 그의 딸과 처참하게 살해되었고, 보배는 감쪽같이 사라졌다. 오랫동안 함께했던 동료를 잃는 기분은 어떨지 감히 상상도 되지 않았다.

나는 정연의 손을 물끄러미 바라보다 헛기침을 했다.

"오늘 군포에 다시 다녀왔어요."

"그래?"

정연이 그럴 줄 알았다는 듯이 대답했다.

“그런데 없어졌더라고요. 파출소처럼요.”

“……그래.”

정연과 내 시선이 허공에서 마주쳤다. 그녀의 눈빛에 걱정이 느껴지자 나는 괜찮다는 의미로 어깨를 쓱 올렸다. 그러자 정연이 안심한 듯 작게 숨을 내쉬었다. 그녀는 손가락을 꼼지락거리며 아무런 말도 하지 않았다.

나는 그녀에게 오늘의 일을 말할까 고민했다. 정연이 감시자일까 하는 고민보다는, 혹시 정연도 위험해지지 않을까 하는 생각 때문이었다. 그러다 문득 나에게도 정연밖에 없다는 것을 깨달았다. 선택권이 없었다. 정연에게 모든 것을 사실대로 말하기로 했다. 나는 오늘 나진을 만난 이야기를 꺼냈다.

“좀 전에 세영 씨 회사에 다녀왔어요.”

“거기를? 왜?”

정연이 짐짓 놀란 듯 눈을 동그랗게 떴다. 나는 그녀에게 주머니에 있는 쪽지를 꺼내 건넸다.

“군포 주소잖아.”

“네. 그 쪽지를 누가 준 건지 확인하려고 다녀왔어요.”

정연이 그 쪽지를 물끄러미 바라보더니 궁금한 표정을 지었다.

“그래서? 뭐 좀 알아냈어?”

"일단 세영 씨한테 메시지를 받긴 했어요. 자기가 보낸 게 맞다고요."

"직접 만나지는 않고?"

정연이 고개를 갸웃거렸다. 그녀는 의심스러운 얼굴로 다시 쪽지를 바라보았다. 그 쪽지에는 여전히 군포의 주소가 적혀 있었다. 주소의 글씨는 비율이 일대일인 것처럼 작고 둥근 느낌이 났다.

나는 천천히 고개를 끄덕이고서 계속 말을 이었다.

"저번에 군포에서 만났던 남자 기억해요? 제가 세영 씨 직장 동료라고 했던 그 남자."

"차 앞에서 주혁 씨랑 이야기했던 남자? 정확하진 않지만, 기억은 나."

정연이 기억을 떠올리려는 듯 눈살을 조금 찌푸렸다. 나는 나진의 인상착의를 설명하려고 그의 얼굴을 떠올렸다. 서글서글한 눈매와 단정한 옷차림 그리고 산뜻한 향수.

"키는 저보다 조금 크고 머리는 짧아요. 얼굴형은 약간 동그랗고 눈은 외꺼풀이지만 크고요. 꽤 호감형이에요. 그리고……."

"잠깐. 왜 그래? 그 남자, 무언가 있는 거야?"

나진의 얼굴을 설명하는데 정연이 도중에 말을 끊었다. 그녀는 여전히 이해가 되지 않는다는 얼굴이었다.

나는 어떻게 설명해야 할까, 하다가 종이에 적었던 일주일간의 일들을 자세히 설명했다. 그리고 일이 발생할 때마다 나진을 만난 것까지 모두 그녀에게 털어놓았다. 이야기를 듣는 정연의 얼굴이 점점 딱딱하게 굳어갔다. 그녀는 나의 말을 모두 믿는 듯 심각한 얼굴로 입술을 꽉 깨물었다.

나는 나진이 하얀 종이 사이로 손을 가로질렀던 것을 떠올렸다.

한순간이지만 세상이 멈춘 듯한 느낌. 과연 그저 느낌뿐이었을까.

"정연 씨, 저번에 범인이 남긴 쪽지 가지고 있어요?"

"그래. 여기."

정연이 지갑 속에서 쪽지를 꺼내어 나에게 내밀었다. 나는 주머니 속에서 나진이 적은 종이를 꺼냈다. 그 두 종이를 대조해 보니 역시나 특징적인 것들이 똑같이 일치했다.

"주혁 씨?"

"글씨가 똑같아요. 제가 만났던 그 남자와 범인의 글씨체가."

"그럼…… 그 남자가 범인이라는 거야?"

글씨체로만 본다면 나진이 범인임은 확실했다. 게다가 아내가 사라진 다음부터 계속 마주쳤고, 그는 늘 내 주위를 맴돌았다. 하지만 '도대체 왜?'라는 질문에는 여전히 대답을 할 수가 없었다.

"주혁 씨?"

정연이 내 이름을 조용히 불렀다. 그녀는 순간 딴생각하는 나를 바로잡으려는 듯 내 눈앞에 손을 휘휘 내저었다. 나는 퍼뜩 정신을 차리고 다시 말을 이었다.

"그러니까…… 조심하시라고요."

"흐음."

정연이 내 말에 작은 숨을 내쉬고서 등을 기대앉았다. 그러고는 다리 한쪽을 꼬고는 고민하듯 고개를 비스듬히 기울였다.

어떻게 조심해야 하는지 말해줘야 하는데 쉽사리 입이 떨어지지 않았다. 장수의 사건을 토대로 보면 분명 범인은 우리를 유인할 것이다. 그것도 우리가 거부할 수 없는 치명적인 약점을 들이밀면서.

나는 한동안 말하길 망설이다가 결국 하기 힘든 말을 꺼냈다.

"절대 따라가지 마세요."

"뭐라고?"

정연이 잘못 들은 듯 되물었다. 갑자기 목구멍에 무언가가 걸린 듯 선뜻 말이 나오지 않았다. 나도 할 수 없는 일을 어떻게 정연에게 하라고 할 수 있을까 하는 생각이 들었다.

나는 한번 숨을 흡 들이마시고서 겨우 입을 다시 뗐다.

"규민이가 보이더라도 절대 따라가면 안 됩니다."

"무슨……."

나는 차마 그녀의 눈을 마주하지 못하고 시선을 떨구었다. 정연의 얼굴을 보지 않아도 그녀가 어떤 표정을 짓고 있을지 알 수 있었다.

“장수 씨도 처음에는 지원이가 먼저 모습을 보였다고 했어요. 분명 범인은 우리의 약점을 알고 있을 겁니다. 우리에게 실종자의 모습을 보여주면 위험하다는 걸 알면서도 따라갈 거라는 것을 잘 알고 있어요.”

어려운 일이라는 건 나 역시 잘 알고 있었다. 내 앞에 아내가 나타난다면 나 또한 그냥 지나칠 수 있을 리 없었다.

“힘들겠지만……. 따라가면 안 돼요.”

화원에 무거운 침묵이 맴돌았다. 정연은 아무 말도 하지 않고 묵묵히 내 말을 듣고만 있었다. 고개를 들어 그녀를 힐끔 바라보았다. 정연은 예상보다 담담한 표정을 짓고 있었다. 그녀는 이마 위로 흘러내린 머리를 두 손으로 쓸어 넘기고서 한숨을 푹 내쉬었다.

“그래, 알겠어.”

“네?”

“알겠다고.”

뜻밖의 수긍에 눈을 크게 떴다. 정연은 순순히 내 말을 듣고 고개를 끄덕였다.

“주혁 씨 말이 맞아. 이제 당신과 나만 남았으니까 또다시 나타나겠지.”

정연이 검지를 입술로 가져가 잘근 깨물었다. 그녀는 무언가를 떠올리는 것처럼 허공을 응시했다.

“문제는 어떻게 실종자들을 쉽게 찾았냐 이거야. 우리는 단 하나의 단서도 찾지 못했는데, 범인은 어떻게 실종자들을 이토록 빨리 찾을 수 있었을까?”

나 역시 그것에 대해 고민했지만, 별달리 떠오르는 건 없었다.

우리는 서로 다른 생각을 하며 한동안 침묵했다. 그 순간 호주머니에 넣어 두었던 휴대전화가 울렸다. 퍼뜩 정신을 차리고 확인해 보니 스팸 문자메시지였다. 나는 메시지를 삭제했다. 그러자 텅 빈 휴대전화 화면 속의 디지털시계가 눈에 들어왔다. 벌써 일곱 시가 넘어 있었다. 시간을 의식한 탓일까. 갑자기 허기가 느껴졌다. 아내가 사라지고 제대로 된 식사를 한 것도 언제인지 기억도 나지 않았다.

“저녁이나 먹을래요?”

나는 괜히 혼자 들어가는 집이 싫어 정연에게 물었다. 그러자 정연이 의외라는 듯한 표정을 지었다. 정연은 잠시 고민하는 듯하다 씩 웃고서 고개를 끄덕였다. 환하게 웃는 그녀의 얼굴은 처음 보는 것 같았다.

“소주나 한잔하자.”

우리는 화원 복도를 지나 밖으로 나왔다. 아직 이른 시간임에도 불구하고 밖은 벌써 어두컴컴했다. 나는 주머니에 손을 찔러 넣은 채로 묵묵히 정연을 따랐다. 그녀는 자주 가는 식당이 있는 듯 능숙하게 골목을 빠져나갔다. 도로변으로 나오자 정연이 멀리 있는 가게를 하나 가리켰다.

"저기 괜찮지?"

"네. 좋아요."

우리는 천천히 가게를 향해 걷기 시작했다. 숨을 쉴 때마다 하얀 입김이 모락모락 피어올랐다. 나는 목을 잔뜩 움츠린 채 정연의 뒤를 따랐다. 가게에 도착하자 콧속으로 고소한 돼지기름 냄새가 물씬 풍겨왔다.

우리는 가게 주인의 안내를 따라 적당한 자리를 잡았다. 고깃집에서 나는 고소한 기름 냄새에 허기가 느껴졌다.

"소주? 맥주? 아니면 섞어서?"

정연이 나를 보며 물었다. 그녀는 주문을 받는 직원에게 간단하게 삼겹살 3인분을 시키고 소주를 추가했다. 정연의 질문에는 이미 소주가 기본으로 깔려 있는 듯했다.

"저는 상관없어요."

"그럼 소주 먹어. 술은 써야지."

정연이 장난스럽게 코를 찡그리며 웃었다. 곧 직원이 밑반찬과 소주를 들고 와 테이블 위에 내려놓았다. 직원이 건넨 소주병을 받아든 정연은 마치 광고에서 보던 것처럼 그것을 흔들었다. 정연의 손놀림에 푸른 병 안에서 작은 회오리가 하얗게 일어났다. 꽤나 많이 해본 듯한 솜씨였다.

"처음이네. 우리가 같이 밥 먹는 건."

사실 군포에서 차 안에서 먹은 김밥이 처음이라고 말하려 했지만 나는 그저 고개만 끄덕였다. 정연이 잔에 소주를 가득 채우고 자연스레 나에게 술병을 넘겼다. 그녀의 잔에 술을 가득 따르자, 정연이 그대로 잔을 들고 나를 바라보았다.

"뭐 해? 짠해야지."

"아, 네."

나는 마치 직장 상사를 모시는 것처럼 두 손으로 잔을 받들고 그녀의 잔을 부딪쳤다. 소주를 들이켜자 식도에서부터 그것이 어디를 훑고 지나가는지 그대로 느껴졌다. 빈속에 먹은 소주는 생각보다 쓰지 않았다. 정연은 쉬지 않고 잔을 채웠다.

주당의 냄새가 나는군.

우리는 연거푸 석 잔을 들이키고 나서야 다 익은 고기를 먹기 시작했다. 오랜만에 맛보는 고기는 기름에서부터 고소한 맛이 올라와 후각과 미각을 동시에 자극했다. 우리는 한동안 말없이 술잔을 기울이며 묵묵히 배를 채웠다.

"규민이는 혼자 키웠어요?"

나는 문득 느낀 궁금함에 술잔을 내밀며 정연에게 물었다. 이 질문이 실례라는 것은 그녀의 표정을 보고서야 깨달았다. 정연은 잠깐 멈칫하더니 술잔을 부딪치며 조용히 고개를 끄덕였다. 정연의 표정은 왠지 쓸쓸하고 조금 슬퍼 보였다.

"이혼했어."

"아, 죄송합니다. 제가 눈치 없게 굴었네요."

"괜찮아. 이미 오래된 일이고, 기억도 잘 안 나."

정연은 아무렇지 않은 듯 복스럽게 쌈 하나를 싸서 입에 넣었다. 나는 더는 그녀에 관해 물어보지 않고 그저 타는 고기만 뒤적였다. 우리는 시시콜콜한 일상 이야기만 하며 술잔을 기울였다.

한참을 그렇게 먹고 있는데 문득 뒤에서 나오는 텔레비전의 뉴스 소리가 귓가에 또렷이 들려왔다.

"중범죄자들에 대한 솜방망이 처벌에 시민들이 광화문에서 시위를 벌이고 있습니다. 이는 최근 수감된 김 씨가 10년 전부터 저지른 연쇄살인을 자백하면서부터 시작되었는데요. 2심 판결에 의하면 10년 전, 피해자 서 씨와 그의 딸 서 양을 살해한 건은 공소시효가 지난 사건이라며, 판결할 수 없다는 법원의 말에 시민들의 분노가 불붙듯 퍼졌었죠."

여자 아나운서의 말소리가 선명하게 귀에 박혔다. 갑자기 주위 소음이 아득해지며 심장이 쿵쾅거렸다. 나는 고기를 집고 있던 집게를 우뚝 멈추었다.

"왜 그래?"

정연이 의아한 얼굴로 나를 바라보며 물었다. 나는 대답도 하지 않고 뒤를 돌아 텔레비전을 바라보았다. 텔레비전에는 〈진실을 말하다〉라는 프로그램이 방영되고 있었다. 깔끔한 정장을 입고 상황을 설명하던 여자는 특수효과로 띄워진 상황을 손으로 가리키며 카메라를 바라보았다. 마치 나를 쳐다보고 있는 것 같았다.

"에이, 밥맛 떨어지게."

갑자기 주인이 투덜거리며 리모컨을 들었다. 그러고는 채널을 바꾸어 어디선가 본 듯한 교양 프로그램을 틀었다. 주인은 채널을 한번 훑고서는 리모컨을 가지고 그대로 주방으로 들어갔다. 언뜻 주인이 나를 힐끔 쳐다보는 것 같았다.

"이봐, 주혁 씨."

정연이 내 팔뚝을 살며시 잡았다. 나는 그제야 정신을 차리고서 다시 몸을 제자리로 돌렸다. 정연이 미간을 살짝 찌푸린 채로 나를 바라보고 있었다.

"왜 그래? 뭐 있었어?"

정연이 나에게서 집게를 살며시 빼앗아 들며 물었다. 나는 쿵쾅대는 심장을 잠재우려 앞에 있는 소주를 벌컥 들이켰다. 정연이 놀란 눈으로 나를 쳐다보았다. 손발이 차갑게 식어가는 것이 느껴졌다. 그 저린 듯한 느낌은 점점 머리까지 올라와 이내 두통까지 만들어 냈다. 나는 테이블에 두 팔을 올리고서 관자놀이를 꾹 눌렀다.

"잠시만요, 잠깐만……. 생각 정리되면 말할게요."

나는 술병을 들어 다시 잔을 채웠다. 찰랑이는 잔을 보며 아까의 텔레비전 화면을 떠올렸다.

10년 전 피해자 서 씨와 그의 딸 서 양. 이상하게 저 사건에서 묘한 괴리감이 느껴졌다. 한참 전에 일어난 일인데 왜 자꾸 불안한 마음이 드는 걸까.

"뭐지, 이 느낌은."

나도 모르게 중얼거리며 고개를 가로저었다. 머릿속에 생각하고 싶지 않은 것들이 떠올랐다.

10년 전 일이잖아. 장수 씨는 고작해야 사흘 전에 사라졌어.

떨리는 손으로 휴대전화를 집어 들었다. 인터넷 창 하나를 켠 후 초록색 배너가 보이자마자 장수의 이름을 검색했다. 화면에는 그와 똑같은 이름이거나 아니면 비슷한 이름의 인물 정보만 수십 페이지가 나왔다. 눈으로 확인하고서야 겨우 안도의 한숨을 내쉬었다.

그렇지. 그럴 리가 없지.

"아녜요. 그냥 혹시나……."

나는 정연에게 술잔을 내밀며 멋쩍게 웃었다.

텔레비전 속 사건이 장수의 사건일 리가 없다. 사건 발생 시간도, 장소도 모두가 일치하지 않는다.

나는 이상한 듯이 바라보는 정연의 시선을 마주하며 술잔을 들이켰다. 그때 쓴 소주와 함께 보배의 목소리가 머릿속에 울렸다.

'이상해요. 그렇게 큰 사건인데 기사 하나 없다는 게.'

마시던 술잔을 멈칫하고 세웠다. 보배의 목소리가 생생하게 울리자 다시금 가슴이 쿵쾅대며 뛰기 시작했다. 무엇인가 자꾸 놓치고 있는 듯한 느낌이 들었다.

아이가 잔혹하게 살해된 사건인데 기사도 없다. 사건이 발생했던 날부터 모든 뉴스 사이트를 뒤져도 단 한 개의 유사 사건도 찾을 수 없었다. 10년 전의 저 사건처럼, 범인이 밝혀진 후 기사가 뜬 것처럼, 이것도 범인이 없기 때문에 그런 것일까 하는 생각도 들었다.

잠깐, 그럼 그 저 사건의 10년 전 기사는 있나?

나는 마시던 술잔을 단숨에 비우고 내려놓았다. 정연은 여전히 내가 이상한 듯 내 행동을 물끄러미 바라보고 있었다. 나는 혹시나 정연이 기억할지 몰라 일단 그녀에게 먼저 물었다.

"정연 씨, 아까 텔레비전에서 나왔던 사건 알아요?"

"언뜻 뉴스로 보기만 했는데. 왜? 뭐라도 떠올랐어?"

정연이 어깨를 으쓱 올리며 말했다. 그녀는 여전히 영문을 모르겠다는 표정을 짓고 있었다. 어느새 그녀의 눈에는 걱정스러움이 묻어 있었다.

나는 고개를 끄덕이고서 다시 휴대전화를 들었다. 이번에는 뉴스란에서 그 사건을 검색하기 시작했다. 텔레비전에 나왔던 만큼 그날의 사건은 수십 개가 검색되었다.

"도대체 왜 그러는 거야?"

어느새 정연이 의자를 가지고 와 내 옆에 딱 붙어 앉았다. 나는 정연도 볼 수 있도록 휴대전화 화면을 가운데로 놓고 스크롤을 움직였다. 몇 번이나 뉴스의 헤드라인을 거치고서야 자세하게 묘사된 기사 하나를 발견했다. 정연은 더는 캐묻지 않고 내가 하는 행동을 가만히 지켜만 보았다.

나는 한 기사를 클릭했다. 기사는 정확히 10년 전, 1월 30일에 기재된 것이었다.

동현동 부녀 변사 사건, 소름 끼치는 범행

지난 1월 23일, 동현동 한 주택에서 40대 서 씨와 그의 딸 서 양(10)이 살해된 채로 발견되었다. 서 씨는 복부에 자상을 입은 채 출혈 과다 및 쇼크로 사망하였고, 그의 딸인 서 양은 경부압박으로 질식해 숨진 것으로 밝혀졌다. 특히 서 양은 시신이 발견되기 전에 이미 실종신고를 한 상태였으며, 어떻게 다시 집으로 돌아왔는지는 아직 조사 중에 있다.

경찰은 주변의 목격자를 토대로 유력 용의자로 지목된 동네 이장 이 씨를 추적 중이며 자세한 수사 내용은 내일 31일에 발표할 예정이다.

스크롤을 내리며 기사를 훑어보았다. 곧 우리는 마지막 기자가 올린 사진을 보고 그 자리에서 얼어붙었다.

"이게 무슨……."

기사 아래에는 서장수의 딸, 지원이 활짝 웃는 얼굴이 첨부되어 있었다. 실종 당시의 나이며, 상황까지 분명 이 아이의 얼굴은 장수가 보여준 사진과 똑같은 아이였다.

순간 무엇인가 떨어지는 날카로운 소리에 흠칫 몸을 떨었다. 정연이 쥐고 있던 젓가락이 바닥으로 떨어지면서 난 소리였다. 그녀는 새파랗게 질린 얼굴로 내 휴대전화를 집었다. 그러고는 몇 번이나 그 기사를 읽었다. 휴대전화를 잡은 그녀의 가녀린 손이 덜덜 떨렸다.

"말도 안 돼. 말도 안 된다고!"

정연이 버럭 소리를 지르며 자리에서 일어났다. 분노와 흥분이 가득한 목소리가 식당 안을 메우자 밥을 먹던 사람들이 저마다 우리를 쳐다보았다. 나는 부들부들 떠는 정연의 손을 살며시 잡았다. 그러자 정연이 놀랐다가 나를 보고서 다시 자리에 앉았다.

정연을 잡은 내 손도 조금씩 떨렸다. 어느새 손끝은 하얗게 질려 차가웠고, 손바닥에서는 식은땀이 흘렀다. 나는 테이블에 있던 잔을 입에 털어 넣고서 정연의 어깨를 잡았다. 아직도 혼란스러워하는 정연이 불안한 눈동자로 나를 마주했다.

"말도 안 돼. 어째서 10년 전의 사건에 장수와 지원이가 있는 거야? 장수는……!"

나는 황급히 말하는 정연의 입을 손으로 막았다. 주위 사람들이 우리를 주시하고 있었다. 나는 흥분한 정연을 데리고 가게 밖을 나왔다. 그러고는 그녀에게 담배 한 대 피우고 있으라며 다독이고는 다시 가게 안으로 들어가 서둘러 계산을 하고 그녀의 곁으로 갔다.

정연은 떨리는 손으로 담배를 쥐고 있었다. 그녀는 숨조차 고르게 쉬지 못하고 담배 연기를 내내 끊어서 내뱉었다. 하얀 정연의 얼굴이 더 하얗게 질렸다.

나도 그녀의 옆에 서서 담배 한 개비를 물었다. 언제부터 피웠는지 모르겠지만 왠지 지금 이 순간이 담배를 피우기 적절한 타이밍이라는 생각이 들었다. 올라오는 취기에 담배까지 더해지자 점점 머리가 웅웅댔다.

그러니까 사흘 전, 장수가 죽었던 건 사실 10년 전 사건이라는 거지.

나는 담배 연기를 길게 후 내뱉고서 쓴 침을 삼켰다. 갑자기 먹었던 고기가 다시 올라올 것 같았지만 겨우 참고서 고개를 흔들었다.

이제야 상황이 맞네. 그렇게 끔찍하고 잔혹한 사건인데 기사 하나 없었던 이유는 바로 저거였어. 이미 장수 씨는 없는 사람이었던 거야.

"하."

인정하고 싶지 않았지만 이게 사실이었다. 나는 담배를 입에 문 채로 주머니에서 휴대전화를 꺼냈다. 그러다 문득 정연이 옆에 있다는 것을 깨닫고 그녀를 먼저 살폈다.

"괜찮아요?"

내 물음에도 정연은 아무 말이 없었다. 그녀는 그저 담배만 뻑뻑 피워댈 뿐 초점 없이 허공만 바라보고 있었다. 어느새 그녀의 발밑에는 세 개의 담배꽁초가 떨어져 있었다.

"정연 씨!"

보다 못해 정연의 어깨를 흔들었다. 그러자 정연이 그제야 퍼뜩 정신을 차리고 나를 바라보았다. 그녀의 눈가가 촉촉이 젖어 있었다.

"아……. 그래. 미안. 좀 흥분했지."

정연이 그녀의 어깨에 올린 내 손을 조용히 밀어냈다. 그러고는 한 번 더 담배를 깊게 들이마셨다. 그녀는 좀 진정이 된 듯 담배를 한 개비 더 꺼내 물고 나에게 물었다.

"주혁 씨는 괜찮아?"

그녀의 물음에 나는 그저 고개만 끄덕였다.

괜찮지 않다.

장수의 기사를 보고 난 뒤부터 머릿속에 혹시나 하는 생각이 자꾸만 맴돌았다. 그리고 그 생각은 보배의 기사를 보고서 더 확고해졌다. 보배는 장수와 마찬가지로 그의 집 안에서 어머니와 함께 처참하게 살해된 상태로 발견되었다고 적혀 있었다. 이는 장수 사건보다 3년이 지난 후의 사건이었다. 우리는 한동안 아무 말 없이 그저 허공만 바라보았다.

손에 쥔 휴대전화를 다시 주머니에 집어넣었다. 오래 켜놓아서 그런지 휴대전화에서 따뜻한 열이 느껴졌다. 나는 차마 머릿속의 생각을 입 밖으로 꺼내지 못했다. 이것은 정연을 위해서라기보단 나를 위한 것이기도 했다. 말하게 되면 진실이 될까 봐 무서웠다.

혹시 나와 아내도 이미 죽은 사람이 아닐까.

그 후 우리는 말없이 담배만 뻑뻑 피워대다 집으로 헤어졌다. 나는 정연이 택시를 타고 가는 것을 보고 나서야 집으로 돌아왔다. 현관에서 바라보는 거실은 달빛도 들어오지 않아 암흑처럼 어두웠다.

거실에 불을 켤 새도 없이 그대로 바닥에 주저앉았다. 온몸에서 피가 빠져나가는 듯한 느낌이 들었다. 집 안의 어둠은 나를 잠식할 것처럼 짙었고, 주위는 내 숨소리마저 들릴 정도로 고요했다. 그제야 가슴이 위아래로 요동치며 숨이 막혀 왔다.

"도대체 원하는 게 뭐야!"

거실에서 발악하듯 소리를 내질렀다. 그러나 아무도 없이 텅 빈 이곳에는 대답해 주는 이 없이 조용하기만 했다. 나는 바닥에 쓰러져 하염없이 목을 옥죄었다.

차라리 죽고 싶다. 내가 이미 죽은 인간이라면 이 순간 그냥 다시 죽고 싶었다.

“으억, 흐어억…….”

내 입에서 숨이 막혀 헐떡거리며 앓는 소리가 새어 나왔다. 벌겋게 달아오른 얼굴에는 굵은 힘줄이 튀어나왔고, 숨을 쉬지 못하자 눈동자도 점점 새빨갛게 변했다. 정신이 아득해지는 것이 느껴졌다. 눈앞에 보이는 사물들이 점점 흐릿해질 때가 되어서야 나도 모르게 손에 힘이 풀렸다.

“헉, 헉.”

거친 숨을 내쉬고서 자리에 그대로 누워 버렸다. 혼자 죽을 수도 없는 이 사실이 말도 안 되게 괴로웠고 고통스러웠다. 양 관자놀이에서는 땀인지 눈물인지 알 수 없는 물들이 줄줄 흘러내렸고, 연신 비명 같은 신음만 새어 나왔다.

한참을 바닥에 몸을 웅크리고 차오르는 감정을 내뱉었다. 애꿎은 심장은 눈치 없이 방망이질해댔고, 코도 제멋대로 숨을 쉬었다.

차라리 모든 것이 꿈이었으면. 아니, 애초에 아내가 아닌 내가 사라졌으면.

멍하니 어둠을 응시하고 있을 무렵, 주머니에서 미약한 진동이 느껴졌다. 휴대전화를 확인할 힘도 없었다. 휴대전화는 한 번이 아닌 여러 번 연속으로 울린 후에야 잠잠해졌다.

나는 간신히 주머니에 손을 넣어 휴대전화를 꺼냈다. 화면에는 정연의 메시지가 가득했다. 정연은 나와 그녀 자신에 관한 기사는 찾을 수 없었다고 적었다. 나보다 훨씬 더 충격이 컸을 정연은 이미 정신을 차린 듯 담담해 보였다.

"볼품없다, 나……."

나는 그대로 팔을 들어 올려 두 눈을 가리고는 크게 숨을 내쉬었다.

그래, 나보다 한참 가녀리고 작은 정연도 이렇게까지 애를 쓰는데.

나는 코를 들이마시고는 다시 화면을 들여다보았다. 화면에는 정연이 메시지를 작성하는 중인지 말풍선이 떠올랐다. 그녀는 메시지를 썼다 지우기를 반복하는 듯 꽤나 오랫동안 창에 머물렀다. 곧 평소보다 큰 메시지 하나가 화면에 나타났다.

[장수를 살해한 용의자야.]

그녀의 메시지를 받고 몸을 벌떡 일으켰다. 정연이 보낸 메시지에는 다 늙어빠진 중년 남자의 사진이 첨부되어 있었다.

"……김난석."

나는 사진에 적힌 그의 이름을 되뇌었다. 그는 비쩍 마른 살가죽 아래로 광대가 도드라졌고, 날카로운 눈매를 가지고 있었다. 덥수룩하게 난 수염은 하얗게 세어 있었고, 마치 오랫동안 방치된 노인처럼 볼품없었다. 그 사진의 아래에는 사건 당시의 김난석 사진이 같이 첨부되어 있었다.

'키는 저보다 조금 크고 머리는 짧아요. 얼굴은 약간 동그란 형에 눈은 외꺼풀이지만 크고요. 꽤 호감형이에요. 그리고…….'

"말도 안 돼."

나는 믿을 수 없는 눈으로 젊은 시절의 김난석을 바라보았다. 동그란 얼굴형에 외꺼풀이지만 큰 눈. 조금 짧은 머리는 단정해 보였고, 위로 올라간 입꼬리는 부드러운 인상을 만들었다.

"이 새끼……."

그의 젊었을 적 사진에는 나진이 활짝 웃고 있었다.

〈진실을 말하다〉 3부

"새로운 기억이 각인된다고요? 이것 참 흥미롭네요."

찬용이 짐짓 놀란 듯 눈썹을 씰룩였다. '새로운 기억'이라는 말에 찬용이 눈을 반짝였다. 그의 얼굴에 흥미롭다는 표정이 떠올랐다. 그는 종이에 '해마의 스토리텔링'을 적고서 고개를 갸웃거렸다. 어느새 그는 정 박사의 이야기에 몰두한 듯 대본도 잊은 채 자신이 궁금한 내용을 묻기 시작했다.

"그럼 온전히 그 새로운 기억을 받아들이게 되는 건가요?"

"설마요."

정 박사가 단호하게 고개를 저었다. 그는 자세를 낮추어 이번에는 두 손을 가지런히 모아 테이블 위로 올렸다.

"모든 세포가 그렇듯이 외부에서 강제로 들어온 것들에게는 일단 거부반응이 일어납니다. 외과 수술과 똑같아요. 새로운 몸, 새로운 세포가 들어오면 원래 세포들이 잔뜩 긴장하게 됩니다. 마치 새로운 것이 정착하지 못하게요."

정 박사의 눈이 마치 먹잇감을 찾은 맹수처럼 번뜩였다.

“새로운 기억도 마찬가지입니다. 해마의 기억세포가 새롭게 각인된 기억을 없애려고 해요. 아주 집요하게 말이죠.”

8

택시는 생각보다 빨리 정연의 집 근처에 다다랐다. 택시 기사가 백미러를 통해 그녀를 힐끔힐끔 쳐다보았지만 별달리 말을 걸거나 하지는 않았다. 그저 안색이 좋지 않은 정연을 살피려는 듯 그녀를 관찰하곤 했다.

정연은 어두운 얼굴로 그저 휴대전화 화면만 바라보았다. 장수나 보배와는 다르게 자신과 주혁의 이름은 인터넷에 나오지 않았다.

아직 사건이 일어나지 않아서일까.

지끈거리는 두통에 정연이 화면을 껐다. 앞 유리창을 바라보자 멀리 자신의 집이 보였다. 술도 깰 겸 조금 걷는 게 좋겠다는 데 생각이 미친 정연은 기사에게 여기에 세워달라고 말했다.

요금을 지불한 후 택시에서 내리자 찬 공기가 그녀의 폐 안으로 잔뜩 들어왔다. 그제야 머리가 조금 맑아지는 것 같았다.

어지럽다. 그냥 주저앉아 버릴까.

정연은 멍하니 거리를 바라보며 눈을 깜빡였다. 그렇게 몇 분을 가만히 서 있던 그녀는 다시 천천히 걸음을 옮겨 걷기 시작했다. 동네는 주변 상가들과 술집으로 환했고, 간간이 바쁘게 걸어가는 사람들이 보였다. 과연 저 사람들이 실존하는 인물이 맞는 걸까 하는 의문이 들었지만, 지금은 아무런 생각도 하고 싶지 않았다.

가로등 불빛을 바라보던 정연이 주머니에 손을 꽂고 멈춰 섰다. 얼큰하게 올라오는 취기에 속이 울렁거렸다. 금방이라도 토할 것 같았다. 정연은 아른거리는 불빛에 어지러움을 느끼며 허리를 꼿꼿이 세웠다.

순간 머릿속에 살해된 장수의 딸인 지원이 떠올랐다. 처참하게 살해된 채 쓰러져 있던 작은 여자아이. 핏물이 웅덩이가 되어 고여 있었고, 초점 없는 눈동자는 생기라고는 하나 없이 멍했었다. 그 아이는 마지막으로 무엇을 보았을까.

"욱."

정연이 결국 참지 못하고 근처 가로수에 속을 게워냈다. 지나가던 사람들이 저마다 힐끔거리며 정연을 바라보았다. 정연이 그대로 쭈그려 앉았다. 얼굴을 감싸 쥔 그녀에게서 울음을 참는 소리가 목구멍을 타고 올라왔다.

규민이도 그렇게 되었을까. 그렇게 처참하고 잔혹하게…….

자꾸만 떠올리고 싶지 않은 생각들이 머릿속을 가득 메웠다. 지원의 얼굴이 규민으로 바뀌고, 고통에 몸부림치는 여자아이는 그보다 더 어리고 연약한 남자아이로 바뀌어 머릿속을 어지럽혔다.

"차라리 나를 죽이지. 그냥 나를 죽이지!"

정연이 얼굴을 두 손바닥 사이로 파묻고 울부짖듯 소리쳤다.

그 작은 아이가 도대체 무슨 죄가 있어서, 무엇을 그리도 잘못했길래 이리도 지독한 상황을 만들어 내는 걸까.

정연은 한참 동안 쭈그리고 앉아 울분을 토해냈다.

차가운 기온 탓인지 정연의 몸에서 따끈한 증기가 피어올랐다. 그러나 그 증기는 빠르게 식어갔고, 어느새 손끝이 파랗게 질리기 시작했다. 정연은 숨을 한번 길게 내뱉고서 자리에서 일어났다. 뻐근한 무릎 사이로 짜릿한 전기가 흘렀다.

정연은 몇 번 머리를 세차게 흔든 후 다시 걸었다. 힘없이 터벅터벅 발을 옮기는 정연에게서 쓸쓸함과 고독함이 느껴졌다.

얼마나 걸었을까. 실낱같은 음성이 그녀의 귓가를 파고들었다.

"엄마!"

멀리서 엄마를 부르는 남자아이의 목소리가 들렸다. 정연이 본능적으로 고개를 돌렸다. 그곳에는 규민이만 한 남자아이가 뒤에 있는 여자를 향해 손짓하고 있었다. 엄마라고 불린 여자는 웃으며 아이가 있는 곳으로 뛰어갔다. 정연은 그 둘을 멍하니 바라보았다.

규민아.

남자아이가 엄마의 손을 꼭 잡고서 활짝 웃었다. 방금 사탕을 먹었는지 입술에는 진득한 침이 가득 묻어 있었고, 엄마는 그런 모습마저 사랑스럽다는 듯 웃으며 아이의 입술을 닦아 주었다. 갑자기 가슴속에서 비수가 꽂힌 듯 날카로운 통증이 느껴졌다.

"엄마!"

이번에는 다른 아이의 목소리가 뒤에서 들렸다. 규민의 것과 똑 닮은 목소리에 정연이 자신도 모르게 뒤를 돌아보았다. 이내 정연의 눈이 점점 커다래졌다.

"규민아."

그녀가 바라본 곳에는 그토록 보고 싶었던 규민이 손을 흔들고 있었다.

"엄마!"

"말도 안 돼……."

정연이 홀린 듯 규민에게로 걸어갔다. 정연의 입술이 덜덜 떨렸다.

"아니야. 규민이가 아니야."

정연은 말은 아니라고 하면서도 눈으로는 계속해서 그 아이를 좇았다. 자신과 똑 닮은 눈매와 코. 분명 규민이었다.

못 볼 것을 본 사람처럼 새하얗게 얼굴이 질린 정연은 더듬더듬

아이에게로 걸어갔다. 아이는 가만히 그녀를 바라보다 어서 오라는 듯 뒤로 물러났다. 규민은 춥지도 않은지 얇은 유치원 재킷만 걸치고 있었다.

심장이 미친 듯이 뛰기 시작했다. 손만 뻗으면 닿을 것 같은 그 거리에 정연이 발걸음을 빠르게 놀렸다. 그러나 규민은 더 빨리 오라는 듯 계속해서 손짓하며 뒤로 물러났다.

"규민아!"

정연이 갈라진 소리로 울부짖었다. 그녀의 입에서 뜨거운 입김이 모락모락 피어올랐다. 어느새 정연의 얼굴에는 눈물이 줄줄 흘러내리고 있었다.

"엄마, 빨리 와!"

골목으로 들어가는 입구에 멈추어 선 규민은 정연을 향해 손짓했다. 정연은 단숨에 아이에게로 뛰어가려 속도를 내기 시작했다. 하지만 규민은 그녀가 다가오면 올수록 점점 더 뒤로 물러났다. 마치 유인하는 것처럼.

정연의 걸음이 차차 느려졌다. 이내 정연이 우뚝 멈춰 섰다. 헐떡거리는 숨 사이로 뜨거운 입김이 새어 나오고 땀이 비 오듯 흘렀다. 정연의 눈에 아이가 들어간 골목의 입구가 보였다. 어둑한 골목에는 이미 규민이는 온데간데없이 사라지고 없었다. 정연은 그 앞에서 멈추어 서서 숨을 골랐다. 골목에서 섬뜩하고 소름 끼치는 기운이 느껴졌다.

"규민아……."

정연이 힘없이 아이의 이름을 불렀다. 그러나 아이는 더는 대답하지 않았고, 골목에는 쥐죽은 듯 조용한 침묵만이 맴돌았다. 정연이 흐르는 눈물을 손바닥으로 슥 닦았다. 그러자 이미 얼굴에 얼어붙은 눈물이 사락 떨어졌다. 서서히 정신이 돌아왔다.

아이가 실종된 지 3년. 규민이는 그때 그 모습 그대로였다. 전혀 성장도 하지 않았고, 입은 옷도 그대로였다.

"하……. 이 개새끼."

정연이 고개를 들며 욕설을 내뱉었다. 문득 주혁의 말이 떠올랐다. 규민이가 보여도 절대로 따라가지 말라던 그의 말, 바로 이런 상황을 말한 것 같았다.

정연이 경계하듯 골목 입구를 벗어났다. 정연은 찢어지는 가슴을 부여잡고 입술을 꽉 깨물었다. 눈물을 훔치는 정연의 모습이 점점 흐릿하게 사람들 속에 섞여 사라졌다.

"와, 이걸 버티네."

골목 속에서 낮은 남자의 목소리가 들려왔다. 남자는 규민이 모습을 감춘 어둠 속에서 마치 귀신처럼 소리도 없이 나타났다. 그는 휘파람을 불며 손뼉을 쳤다.

"저 여자 만만치 않네. 그치?"

남자가 옆에 있는 규민의 머리를 쓰다듬었다. 아이는 아까와는 달리 무표정한 얼굴로 가만히 그의 옆에 서 있었다. 아이의 눈은 또렷한 생기도 없었고, 움직임도 없었다. 마치 만들어진 인형처럼 그저 남자의 옆에 가만히 있을 뿐이었다.

남자가 규민의 손을 잡았다.

“가자, 엄마한테.”

남자는 아이를 데리고 천천히 걷기 시작했다. 그는 쿡쿡거리며 작은 웃음을 터트렸다. 그의 웃음은 처음에는 속삭이는 듯 작았지만 시간이 갈수록 큰소리로 변했다. 끝내 그는 폭소하듯 웃으며 눈가에 맺힌 눈물을 슥 닦았다.

“재미있어. 언제 깨어나도 재미있단 말이야.”

남자가 알 수 없는 말을 중얼거렸다. 그는 자신의 두 손을 바라보았다. 그러고는 무언가를 꼭 쥐는 것처럼 몇 번이나 주먹을 쥐었다 폈다를 반복했다. 그는 하얗게 질린 손바닥을 보며 입술을 비죽 위로 올렸다.

“하나씩 사라질 때마다 기억이 돌아오고 있어.”

*

언제 잠이 들었는지도 모를 만큼 오랜만에 깊은 잠에 빠져들었다. 어둠 속에서 둥실 떠오르는 몸을 그대로 맡기고 있으니 어머니의 배 속처럼 포근하고 따뜻한 느낌이 났다. 한참 동안 눈을 떠도 아무것도 보이지 않는 어둠을 헤엄칠 무렵, 몸이 아래로 추락하는 듯 철렁이는 느낌이 났다.

얼마 지나지 않아 쿵 하는 소리와 함께 눈앞에 어느 가정집이 펼쳐졌다. 깨끗한 흰색 벽과 가구들이 깔끔하게 놓인 집에는 곳곳에 아이와 엄마의 사진이 군데군데 진열되어 있었다.

어깨까지 오는 머리칼을 단정하게 푼 상태로 남자아이를 껴안고 있는 여자. 단번에 누군지 알아챘다. 정연이었다.

정연 씨네 집인가.

갑자기 몸이 마음대로 움직였다. 내가 움직일 때마다 발밑에서 무언가 끈적한 것이 떨어지는 소리가 났다. 발바닥이 젖은 느낌이 나질 않고 둔탁한 것을 보니, 아직 신발을 신고 있는 듯했다. 내려다본 바닥에는 붉은 잉크 같은 자국이 온 곳곳에 퍼져 있었다.

"제발……. 제발 살려주세요."

안방에서 여자의 흐느끼는 소리가 들렸다. 그 소리에 몸이 자동으로 안방으로 움직였다. 하얗게 칠해진 방문을 열자 정연이 규민을 껴안은 채 울고 있는 모습이 보였다. 잔뜩 생채기가 난 얼굴은 안쓰러울 정도로 겁에 질려 있었다. 정연이 나를 발견하고 비명을 지으며 더욱 구석으로 숨었다.

"돈이라면 다 드릴게요. 그러니까 제발, 제발 살려주세요. 신고도 안 할게요."

정연이 벌벌 떨면서 무릎을 꿇고 빌었다. 규민은 이미 정신을 잃은 듯 그녀의 옆에 힘없이 쓰러졌다.

살려달라니?

나는 어안이 벙벙한 채로 물었다. 그러나 그 물음은 입 밖으로 새어 나오지 못하고 속으로만 맴돌았다. 정연의 시선이 점점 위로 올라갔다. 그녀는 올라간 내 팔을 보고서 다시 한번 날카로운 비명을 내질렀다. 그러나 그 비명이 채 끝나기도 전에 정연은 힘없이 바닥에 무너졌다. 내 오른손에 단단히 감겨 있는 공업용 망치에서 그녀의 머리 살점이 뚝뚝 떨어졌다.

눈을 한 번 더 깜빡이자 공간이 바뀌었다. 어두운 야산에 홀로 서 있던 나는 갑자기 밀려오는 불안감에 주위를 둘러보았다. 빛이라고는 하늘의 달밖에 없는 곳에서, 나는 비옷을 입고 가만히 서 있었다.

바스락거리는 비닐 소리와 함께 손이 움직였다. 삽을 든 내 손은 연신 땅을 파기 시작했다. 돌이 걸리면 맨손으로 돌을 파헤쳐 밖으로 옮겼고, 나무뿌리가 걸릴 때면 준비한 톱으로 모조리 그것들을 다 잘라내었다.

무엇을 위해 땅을 파는가.

의문투성이인 채로 그저 남자의 관점에서 모든 광경을 바라보던 나는 곧 삽질을 멈추고 구덩이에서 올라왔다. 그는 단단히 잠긴 캐리어를 열어 검은 비닐봉지 하나를 꺼냈다. 봉지는 무엇이 들어 있는지 제대로 들기도 힘들 정도로 무거웠다. 기껏해야 내 상반신만 한 크기의 봉지는 왠지 소름 끼치고 서늘한 기운을 풍겼다.

나는 그 봉지를 힘겹게 구덩이로 끌고 왔다. 바닥에 질질 끈 탓에 봉지가 찢어져 안에 든 내용물이 하나씩 흘러내리기 시작했다. 벌어진 봉지 사이에 위태롭게 걸쳐 있던 내용물이 흙바닥에 툭 떨어졌다. 자세히 들여다보니 잘린 손가락이었다.

이게 뭐야.

나는 오싹한 소름에 뒷걸음질 치려고 했지만, 내 몸은 자연스럽게 떨어진 그것을 주워들었다. 봉지는 구덩이 안으로 짐짝처럼 버려졌다. 매듭으로 묶인 봉지가 느슨하게 풀어지자 거기서 사람의 얼굴이 보였다.

잔뜩 피에 얼룩지고 굳게 닫힌 눈. 그리고 갸름한 얼굴.

아내, 수란이었다.

*

"안 돼!"

소스라치게 놀라 눈을 번쩍 떴다. 경기를 일으키듯 몸을 떨자 발끝에서부터 피가 올라오는 것이 느껴졌다. 거친 숨을 연거푸 몰아 쉬고 난 후에야 익숙한 침실 천장이 보였다. 시간은 벌써 새벽 다섯 시가 되어 있었다.

아까부터 요란스럽게 울리는 휴대전화를 겨우 집어 들었다. 어둠 속에서 화면이 밝게 빛나자 순간적으로 시야가 뿌옇져 보이지 않았다. 인상을 찌푸린 채 가늘게 눈을 뜨니 화면에 떠 있는 정연의 이름이 보였다.

"네, 정연 씨. 무슨 일이에요?"

나는 갈라진 목소리를 가다듬으려 헛기침했다. 한참이나 대답을 기다렸지만, 수화기 너머에서는 아무런 말도 없이 그저 침묵만 맴돌았다.

"정연 씨?"

순간 정신이 번쩍 들었다. 간간이 들려오는 거친 숨소리에는 숨길 수 없는 울음이 섞여 있었다.

"정연 씨, 무슨 일이에요? 지금 어딥니까?"

다급한 목소리로 그녀를 재촉했다. 그러나 정연은 한동안 말없이 흐느끼기만 하다 겨우 입을 열기 시작했다.

- 주혁 씨…….

"네, 말해요. 지금 어디예요? 제가 갈게요."

정연의 목소리는 힘없이 처져 있었고, 간간이 가래 끓는 소리가 났다. 불안한 마음에 나도 괜히 손끝이 달달 떨려왔다. 갑자기 꿈 속에서 본 정연이 떠올랐다.

– 미안해. 따라가지 않으려고 했는데……. 규민이가…….

망치로 머리를 맞은 듯 띵 하고 울렸다. 정연이 기침을 하며 무언가 뱉는 소리가 났다. 직감적으로 그녀의 상태가 좋지 않다는 것이 느껴졌다.

나는 황급히 자리에서 일어나 거실로 뛰어나갔다. 소파에 대충 던져두었던 재킷을 집어 들고 서둘러 집을 나섰다. 아직 잠이 깨지 않은 탓에 몇 번이나 벽에 부딪혔지만 아픈 느낌은 전혀 들지 않았다. 오히려 부딪히면 부딪힐수록 정신이 번쩍 들었다.

"정신 차려요. 제가 지금 정연 씨 집으로 갈 테니까 절대로 전화 끊지 말아요."

– 주혁 씨, 규민이가 온통 칼에 찔렸었어. 피는 자꾸 나는데, 사람은 없고…….

정연이 결국 엉엉 울음을 터트렸다. 그녀는 몇 번이나 기침하고 울기를 반복했다. 거친 그녀의 숨소리가 점점 작아지는 것이 느껴졌다. 나는 단번에 주차장으로 내려가 차에 시동을 걸었다.

"진정해요. 지금 바로 갈게요. 알겠죠?"

– 그런데……. 규민이가 죽었어. 난 아무것도 못하고 규민이가 죽어 버렸어.

"정연 씨! 더는 말하지 말아요. 제가 갈게요!"

정연은 계속해서 두서없이 말을 이었다. 이미 정연도 제정신이 아닌 것이 틀림없었다. 그녀의 목소리는 무언가를 머금은 것처럼 연신 잠겨 있었고, 이따금 내뱉는 무언가는 속에서 올라오는 피 같았다. 손발이 덜덜 떨려왔다.

나는 신호 따윈 아랑곳하지 않고 계속해서 달렸다. 정연의 집은 여기서 크게 멀지 않았다.

– 주혁 씨 말이 맞았어.

"정연 씨, 제발 아무 말도 하지 말아요. 가서 들을게요. 네? 조금만 버텨줘요."

점점 정연의 숨이 꺼져가고 있는 것이 느껴졌다. 나도 모르게 눈에서 눈물이 줄줄 흘러내렸다.

멀리 다세대 주택들 사이로 정연의 집이 보였다. 누군가가 앞서서 들어간 듯 이미 대문이 열려 있는 상태였다.

– 군포에서 본 그 사람이 맞아.

"정연 씨!"

한 다세대 주택 앞에 차를 멈춰 세운 나는 튕기듯이 차에서 달려나가 단숨에 계단을 뛰어 올라갔다. 정연의 집 앞에 선 나는 문을 마구 두드렸다. 사방이 고요한 가운데 내가 문을 두드리는 소리만 공허하게 울려 퍼졌다.

– 그 사람 본 적 있었어. 아주 예전에……. 장수가 사라진 날 마주쳤었어.

"정연 씨, 나예요. 문 열어요. 네? 저 지금 바로 앞에 와 있어요."

나는 닫혀 있는 정연의 집 문을 쾅쾅 두드렸다. 그러나 그 문은 열릴 생각도 하지 않고 움직이지도 않았다. 나는 하는 수 없이 도어록을 강제로 뜯어냈다. 그러고는 열린 틈 사이로 문을 열었다. 집 안으로 발을 들이기 전부터 지독한 피비린내가 풍겼다.

"주혁 씨……."

"정연 씨!"

희미한 목소리를 찾아 거실로 들어서자 벽에 기댄 정연이 보였다. 그녀는 온통 피투성이인 채로 겨우 눈을 뜨고서 버티고 있었다. 정연은 힘없이 휴대전화를 바닥에 떨구었다. 그녀의 옆에는 그토록 찾아 헤매던 규민이 누워 있었다.

정연의 얼굴에서 굵은 눈물 줄기가 흘러내렸다. 그녀가 쿨럭하고 기침하자 입에서 나온 붉은 선혈이 주변으로 튀었다. 나는 정연의 곁으로 다가가 얼른 119에 전화를 걸었다.

"주혁 씨, 미안해. 혼자 둬서 미안해……."

"제발 아무 말도 하지 말아요. 지금 병원에 가요. 조금만 버텨요. 네?"

정연의 입에서 비릿한 피 냄새가 가득 올라왔다. 정연이 남은 내 손을 잡았다. 앙상한 그 손에서 차가운 체온이 느껴졌다. 어느새 나도 덜덜 떨면서 그녀의 손을 꽉 쥐었다. 정연은 무언가를 계속 찾으려는 듯 자꾸만 손을 움직였다.

"제발요. 정연 씨, 정신 차려요! 이렇게 가면 안 됩니다. 이렇게……!"

내 손을 잡은 정연의 손에서 힘이 탁하고 풀렸다. 반쯤 감긴 눈은 초점 없이 허공을 바라보았고, 겨우 버티던 고개도 아래로 떨구었다.

"도대체 왜!"

나는 짐승처럼 그녀를 잡고 울부짖었다. 힘없이 축 늘어진 정연이 이리저리 흔들릴 때마다 온 바닥에 피가 튀었다. 그녀를 품에 안으면 안을수록 깊은 상실감이 목구멍으로 울컥 치솟았다.

"정연 씨……. 정연 씨……."

하염없이 정연의 이름을 불렀다. 마지막으로 남아 있던 정연이 죽어 버리자 참을 수 없는 허탈감이 밀려 올라왔다. 나는 한참이나 그녀를 품에 안고 가만히 있었다. 온몸을 타고 오르는 냉기가 정연의 몸에서인지 바닥에서인지 모를 정도로 차가웠다.

"이 개새끼……."

입에서 낮은 욕지거리가 흘러나왔다. 정연을 죽인 범인을 갈기갈기 찢어 버리고 싶은 생각이 들었다. 그녀와 똑같이 수십 번의 칼로 찌르고, 그녀가 느낀 고통을 그대로 느끼게 해주고 싶었다.

어금니를 꽉 깨물자 으득하고 이 갈리는 소리가 났다.

나는 겨우 정연을 품에서 놓아주고서 바닥에 가지런히 뉘였다. 그리고 규민도 들어 그녀의 옆에 뉘여주었다. 죽어서 만난 아이는 정연과 꼭 닮은 코를 가지고 있었다. 아이의 얼굴을 가만히 쓰다듬던 나는 문득 무언가 이상함을 느끼고 정연의 손을 가만히 응시했다. 정연의 한 손에는 쪽지가 꼭 쥐여져 있었다.

찾았어?

범인의 글씨체였다. 그는 이번에도 아무렇게나 휘갈긴 글씨로 쪽지를 남기고 사라졌다.

"죽인다. 이 새끼, 잡아서 죽여 버린다."

두 눈이 벌겋게 충혈된 상태로 중얼거렸다. 머릿속에 여유만만하게 웃고 있는 나진이 떠올랐다.

그 새끼가 틀림없어.

분명 자신을 나진이라고 소개한 그 남자는 기사 속의 김난석이었다.

나는 바닥에 떨어져 있던 정연의 소도를 집어 들었다. 그것은 정연이 몇 번 휘둘렀는지 빨갛게 물들어 있었다. 나는 한참 동안 서서 둘을 바라보다 정연의 집을 빠져나왔다. 이제 정연과 규민도 세상에서 사라졌다.

내 소란 때문인지 같은 층의 주민인 듯한 한 중년 여성이 빼꼼 고개를 들이밀고는 방 안을 살펴보고 있었다. 나는 그 사람을 밀어내고 그대로 밖으로 나왔다.

"저 양반, 텅 빈 집에서 뭣 하는 거람?"

등 뒤로 여자가 말하는 것이 들렸다.

나는 곧장 나진이 있는 출판사로 차를 몰았다. 이미 출근 시간이 한참 지나 건물에는 사람들이 가득했다. 사람들은 피범벅이 된 나를 겁먹은 눈으로 쳐다보았다. 나는 아랑곳하지 않고 정연이 들고 다니던 소도를 품에 안은 채 이를 바득 갈았다.

"어? 주혁 씨?"

출판사 층에 내리자마자 세영이 보였다. 해외 출장을 갔다던 그녀는 어느새 돌아와 있었다. 세영이 나를 보고 놀란 표정을 지었다. 나는 그녀에게 인사도 하지 않은 채 그대로 사무실로 들어갔다.

"어머, 주혁 씨!"

놀란 세영이 내 이름을 다시 불렀으나, 나는 들은 척도 하지 않고 사무실만 두리번거렸다.

이 여자도 분명 가짜일 것이다. 이 모든 것이 가짜. 그리고 그 시작은 그놈이겠지.

나는 사무실 안을 샅샅이 돌아다녔다. 나진이 있을 법한 회의실은 다 뒤졌지만 그는 보이지 않았다. 어느새 사무실 사람들이 전부 겁에 질린 표정으로 나를 주시하고 있었다.

"그 새끼 어디 있어!"

미친놈처럼 고래고래 소리를 질렀다. 갈라진 내 목에서 비릿한 피 맛이 느껴졌다. 멀리서 나를 향해 두려운 듯 바라보고 있는 세영이 보였다. 나는 성큼성큼 그녀에게 다가갔다.

"나진, 이 새끼 어디 있어요?"

"주, 주혁 씨. 일단 진정 좀 하고……."

"그 개새끼 어디 있냐고!"

품 안의 소도를 꺼내 들자 세영이 하얗게 질린 얼굴로 비명을 질렀다. 두 눈을 부릅뜨고 연신 눈알을 굴리자 세영이 겁을 먹은 듯 울먹였다. 얼마 지나지 않아 출입문 문이 열리고 그토록 기다렸던 나진이 안으로 들어왔다.

그는 늘 그렇듯 단정한 차림인 채로 여유롭게 커피 하나를 들고 있었다. 나를 발견한 나진의 눈이 둥그렇게 떠졌다.

"어? 선생님……."

"이 개새끼야!"

나는 무작정 나진에게 덤벼들었다. 나진이 놀란 얼굴로 뒷걸음질 치며 바닥에 커피를 쏟자, 바닥은 온통 검은 물 범벅이 되었다.

그는 빠른 몸놀림으로 내가 휘두른 칼을 피했다. 나진이 놀란 얼굴로 나에게 양 손바닥을 들어 내보였다.

"지, 진정하세요. 선생님. 갑자기 왜 이러세요?"

"왜 죽였어! 왜!"

내가 한 번 더 칼을 휘두르자 이번에는 나진이 몸을 낮추어 피했다. 허공을 가른 칼은 콘크리트 벽을 강하게 내리쳐 바닥에 떨어졌다. 칼을 쥐었던 손에 벼락을 맞은 듯 찌릿한 통증이 올라왔다. 나는 떨어져 있는 칼을 다시 쥐었다. 멀리서 나진이 조금 겁먹은 얼굴로 방어하듯 자세를 낮추고 있는 것이 보였다.

죽여 버릴 거야. 죽일 거야.

온통 머릿속에 저 남자를 죽이겠다는 생각만 맴돌았다. 놀란 표정을 짓고 있는 나진의 얼굴을 갈기갈기 찢어 버리고 싶었다.

나는 나진에게 달려가 그의 멱살을 잡았다. 그에게서 풍기는 향수 향이 거북하게 느껴졌다.

"윽……. 왜, 왜 이러십니까!"

"닥쳐! 이 가증스러운 새끼! 이 살인자 새끼!"

나진이 인상을 찌푸리며 내 손을 잡았다. 그는 곧 내 손을 뿌리치고서 한 발자국 뒤로 떨어졌다. 나진은 숨이 막힌 듯 벌게진 얼굴로 쿨럭하고 기침을 내뱉었다. 그는 도저히 영문을 모르겠다는 얼굴로 나를 바라보고 있었다.

"그 불쌍한 사람을 왜 죽였어! 왜!"

나는 다시 나진에게 달려들어 그를 넘어뜨렸다. 칼을 그의 얼굴에 들이밀자 나진이 다급하게 내 손을 막아냈다. 나는 칼을 내던지고 그의 몸뚱이 위에서 연신 그를 내리눌렀다.

"도대체 무슨 말을……!"

"네가 죽였잖아. 정연 씨랑 규민이를 네가 죽였잖아!"

내가 발악하듯 외치자 나진이 후 하고 숨을 내쉬며 나를 밀쳤다. 내가 다시 달려들자 이번에는 나진이 내 위로 올라와 내 목과 가슴을 눌렀다.

"내가 죽였다고?"

어느새 본래의 침착한 얼굴로 돌아온 그는 아무도 보지 못할 정도로 작게 웃고 있었다. 그의 뜨거운 숨결이 코앞까지 느껴졌다.

"이미 죽은 사람인데 어때서."

"뭐……?"

"어차피 죽은 사람인데 뭐가 어때서?"

나진이 히죽 웃으며 내 목을 꾹 눌렀다. 그의 말에 등줄기에서부터 분노가 치솟아 올라왔다. 나는 그가 누르는 팔을 힘껏 밀어내려 힘을 주었다. 그러나 힘이 얼마나 센지 나진은 좀처럼 밀려나지 않았다.

나진이 보일 듯 말 듯 고개를 가로저으며 혀를 쯧 찼다.

"이봐. 시간이 별로 없어. 이제 곧 깨어난다고."

나진이 나만 들을 수 있는 목소리로 작게 중얼거렸다.

"……뭐라고? 무슨 말을 하는 거야?"

뜻밖의 말에 나는 반격하는 것도 잊고 그를 멍하니 바라보았다. 그러자 나진은 쿡 웃으며 내 위에서 떨어졌다. 그는 나를 내려다보며 다시 조금 전의 그 놀란 표정을 지었다. 마치 아무 일도 없었던 것처럼 겁에 질린 척하는 나진을 보자 속에서 참을 수 없는 구역질이 올라왔다.

"이 개새끼가!"

바닥에 나뒹굴고 있던 칼을 쥐고 다시 그에게 달려들었다. 그러나 나진은 이미 예상이라도 한 듯 가볍게 내 몸을 피해 벽으로 달아났다. 한 번 더 그에게 돌진하려고 하는데 뒤에서 낯선 목소리가 들렸다.

"칼 내려!"

뒤이어 날카로운 총성 두 발이 울렸다. 어느새 들이닥친 경찰이 나를 향해 총구를 겨누고 있었다.

"칼 내려!"

경찰이 잔뜩 긴장한 얼굴로 다시 외쳤다. 그는 여차하면 방아쇠를 당길 요량인지 총을 더욱 단단히 고쳐쥐었다.

"틀렸어요. 제가 아니라 저 사람에게 총을……. 억!"

내가 미처 말을 다 하기도 전에 뒤에서 누군가가 내 팔목을 내리쳤다. 그 덕에 쥐고 있던 칼이 바닥에 떨어지고, 요란한 쇳소리가 울렸다. 나는 타고 올라오는 통증에 팔목을 잡고 비틀거렸다. 그러자 경찰들은 날랜 몸짓으로 다가와 나를 제압하고 바닥에 엎드리게 했다. 두어 명의 남성이 동시에 짓누르자 숨도 쉴 수 없을 정도로 압박감이 느껴졌다.

"제가 아닙니다! 저, 저 사람이에요! 저 사람이……!"

경찰은 내 말을 다 듣지도 않고 손에 수갑을 채웠다. 내가 아무리 아니라고 소리쳐도 이들은 들은 척도 하지 않았다. 결국 나는 힘없이 경찰차에 끌려 탔다.

"제가 아닙니다! 제 말 좀 들어보세요!"

"조용히 하세요! 자세한 것은 경찰서가서 말하세요. 알겠습니까?"

조수석에 앉은 경찰이 두 눈을 부릅뜬 채로 나를 노려보았다. 그는 나를 위아래로 훑으며 혀를 쯧 하고 찼다. 언뜻 그의 입에서 '미친놈'이라는 단어가 들리는 듯했다.

"젠장!"

나는 거칠게 몸을 뒤로 기대어 앉았다. 여기서 더 할 수 있는 것은 없었다. 입술을 잘근거리며 씹자 입속에서 비릿한 피 맛이 느껴졌다. 창밖으로 빠르게 지나가는 건물을 보니 가슴이 답답해지기 시작했다.

나는 묵묵히 밖을 바라보며 더는 말을 잇지 않았다. 머릿속에는 나진을 어떻게 처리해야 할지에 대한 생각만 가득했다.

"자, 내립시다."

차가 경찰서 주차장에 멈춰 섰다. 운전석에서 내린 경찰이 뒷좌석 문을 벌컥 열었다. 그는 내 팔을 강하게 움켜쥐고는 나를 일으켰다.

그대로 경찰서로 끌려 들어온 나는 경찰서 한쪽에 마련되어 있는 구치소에 처박혔다. 연한 옥빛이 나는 쇠창살 사이로 먼저 와 있던 나진과 세영이 경찰과 대화를 주고받는 것이 보였다.

"정말 저럴 사람이 아닌데 도대체 왜……."

세영이 나를 바라보며 눈물을 흘렸다. 그녀의 얼굴은 눈물 때문에 화장이 번져 얼룩덜룩했다. 나진은 그런 그녀의 어깨를 부드럽게 토닥이고 있었다. 둘의 앞에 마주 앉은 경찰은 조서를 쓰는 것처럼 그들이 하는 말을 빠짐없이 기록했다.

"다 거짓말이에요! 저 남자가 살인자라고요!"

나는 유치장 쇠창살을 거칠게 흔들며 외쳤다. 내 말에 경찰서 안의 모두가 나를 쳐다보았다.

"저 남자가 장수 씨를 죽이고, 보배도 죽였어요! 정연 씨도 저 새끼가 죽인 거라고요!"

경찰서 안에 내 목소리와 쇠창살을 흔드는 소리가 가득 울려 퍼졌다. 그러자 세영이 겁을 먹은 듯 어깨를 움츠렸다. 조서를 꾸미던 형사가 한숨을 쉬며 나에게 다가왔다. 커다란 덩치에 얼굴 가득 흉터를 가진 그는 험악한 눈빛으로 나를 노려보았다. 형사는 내 바로 코앞에 서서 낮게 으르렁거렸다.

"지금 선생 처지가 어떤 줄 알아요? 살인 미수입니다, 살인 미수. 흉기를 사람한테 휘둘렀다고요."

"그건 저 남자가 먼저……!"

형사는 내 말은 더 들을 가치도 없다는 듯 손을 휘휘 내저었다. 그러고는 한 번만 더 소리 지르면 바로 감방에 보내 버린다는 협박과 함께 다시 자리로 돌아갔다.

말도 안 된다. 내가 이렇게 갇혀 있다니. 정작 벌을 받아야 할 사람은 나진인데.

"이, 이봐요. 저 사람이 범인이라고요. 10년 전에 서장수와 서지원을 살해한 남자라고요. 저 남자가 김난석이라고요!"

어느새 걸걸하게 쉬어빠진 목소리로 울부짖으며 외쳤다. 그러자 내 말이 통한 것인지 담당 형사가 의심스러운 얼굴로 나진을 힐끔 바라보았다. 그는 나와 나진을 번갈아 바라보다 한숨을 푹 내쉬며 다시 나에게 걸어왔다. 쇠창살 사이로 보이는 그의 눈이 한층 더 매섭게 빛났다.

"이봐요. 내가 아는 그 김난석이 맞다면 그 사람은 지금 쉰 살이 넘었습니다. 그런데 저 남자가 김난석이라고요?"

"그건……!"

형사의 논리 있는 말에 순간 할 말을 찾지 못하고 입을 합 다물었다. 뒤에서 나진이 쿡쿡 웃는 것이 보였다.

"그, 그건 설명할 수 없지만, 김난석의 젊었을 때 사진을 보라고요! 저 남자와 똑같이 생겼어요. 그리고 저 남자는 항상 나를 따라다녔단 말입니다!"

"이봐요, 선생."

내 발악에도 형사는 여전히 의심스러운 표정을 짓고 있었다. 곧 그는 알겠다는 표시로 고개를 끄덕이며 내 앞에서 손뼉을 한번 쳤다. 어찌나 그 소리가 큰지 온 경찰서에 그 박수 소리가 울려 퍼졌다. 모두가 나와 형사를 바라보고 있었다.

그는 한 번 더 손뼉을 치고서 손바닥을 비볐다. 두껍고 튼튼한 손바닥에서 마치 쇠가 긁히는 듯한 소리가 났다. 형사는 내 정신을 집중시키려는 듯 나를 똑바로 마주보고서 조용히 입을 열었다.

"혹시 마약합니까? 아니면 정신 질환 있어요?"

"아녜요! 아닙니다!"

"그럼 도대체 무슨 말을 하는 겁니까! 대낮에 남의 직장에서 흉기를 휘두르고 죽이려고 하지를 않나, 지금은 말도 안 되는 헛소리를 하고 있잖아요!"

틀렸어. 이 형사는 내 말을 전혀 믿지 않고 있다.

"제기랄!"

나는 거친 욕을 하고서 쇠창살에서 떨어졌다. 도무지 방법이 떠오르지 않았다. 나진이 확실한데, 아무런 증거도 없다.

한편 나진과 세영은 진술을 다 끝냈는지 자리에서 일어났다. 세영이 밖으로 나가면서 나를 힐끔 바라보았다. 그녀의 얼굴에는 공포와 원망이 가득했다. 세영은 눈물 젖은 눈으로 나를 한번 보고서 경찰서를 휙 빠져나갔다.

"선생님."

언제 다가온 것인지 나진이 내 앞에 서 있었다.

"너 이 새끼……!"

다시금 분노가 끓어오른 나는 참지 못하고 그와 나 사이를 가로막은 쇠창살을 거칠게 흔들었다. 나진은 놀라지도 않았는지 연신 빙글빙글 미소를 지어 보였다. 그는 어깨를 으쓱하고는 주변에 놓여 있던 의자 하나를 유치장 앞으로 끌고 와 나를 마주보고 앉았다.

"진정해요. 그렇게 하다간 모두가 다 쳐다본다고요. 그렇게 주목받고 싶어요?"

나진이 나를 비웃듯 히죽 웃으며 말했다. 그는 등받이에 몸을 깊숙이 기대며 다리를 꼬고 앉았다.

"기억났어요?"

"아까부터 무슨 말을 하는 거야? 뭐를 기억해야 하는데!"

"아내를 왜 죽였는지."

"……뭐?"

나진의 말에 나도 모르게 창살에 이마를 쾅 하고 찧고 말았다. 그러나 나진은 여전히 여유로운 표정으로 나를 바라보고 있었다.

"당신이 죽였잖아요. 직접."

그가 상체를 살짝 구부리며 깍지 낀 두 손을 무릎에 올렸다. 나는 대답하지 않고 그를 매섭게 노려보기만 했다. 그는 내가 말한 적 없는 아내에 대해서도 알고 있었다.

"너……. 도대체 뭐 하는 놈이야."

"아직도 제 정체가 궁금한 거예요?"

나진이 의외라는 듯한 표정을 지으며 눈썹을 치켜떴다. 그러고는 검지로 자신을 가리키며 피식 웃었다. 그의 태도는 믿기지 않을 만큼 여유로웠다.

"도대체 왜 이러는 거야!"

결국 내가 또다시 참지 못하고 거칠게 소리쳤다. 범인이 눈앞에 있는데도 잡을 수 없으니 피가 거꾸로 솟는 듯한 느낌이 들었다. 숨소리가 점점 거칠어지고 입에서는 침이 줄줄 튀었다. 나진은 그런 나를 물끄러미 바라보다 다시 조용히 입을 열었다.

"처음에는 이상하다 싶었어요. 내가 만든 스토리에는 당신은 없었거든요. 거기에는 아내가 죽은 남자의 설정 따위는 없었어요. 왜냐하면, 그들은 내가 아내를 죽였다는 사실을 몰랐거든요."

"뭐?"

나진은 정말로 이상하다는 듯한 표정을 짓고서 고개를 갸웃거렸다. 아까부터 하는 그의 말은 하나도 이해되지 않았다. 하지만 그는 내 반응 따윈 필요 없다는 듯 계속해서 말을 이었다.

"그런데 그거 알아요?"

나진이 자신의 턱을 매만지며 눈을 동그랗게 떴다. 그러고는 스스로 두 손을 바라보며 묘한 표정을 지었다.

"점점 저다워지고 있어요. 처음 눈을 떴을 때는 단 한 번도 느껴본 적 없는 감정이 가득했거든요. 유치원 애들만 보면 막 눈물이 날 것 같고, 하교하는 초등학생만 봐도 가슴이 아프고, 지나가는 중년 여성만 봐도 막 답답하고. 이런 감정 알아요? 가슴이 칼로 난도질당하는 기분이라고나 할까. 정말 끔찍했다니까요."

나진이 자신의 왼쪽 가슴을 문지르며 중얼거렸다. 그는 마치 지금 이 순간 아픔을 느끼는 것처럼 눈썹을 모은 채 인상을 찌푸리고 있었다.

"그런데 갑자기 이런 생각이 드는 거예요. 내가 왜 이런 감정을 느껴야 하지? 무엇을 위해서? 내가 왜 그것들 때문에 이런 감정을 느껴야 하지? 그러다 뭘 깨달은 줄 아세요?"

"……."

"다 죽이면 되겠다. 내 눈에 보이지 않게 다 죽여 버리면, 이런 감정을 느낄 필요가 없겠구나. 그렇게 결심한 순간 당신들에 대한 정보가 물밀듯이 들어왔어요. 그러다 장수라는 남자를 처음 본 순간……."

과거를 회상하던 나진의 눈이 탁하고 풀렸다.

"나를 옭아매던 감정 하나가 폭발적으로 쏟아져 나왔어요. 미친 듯이 가슴이 아프고, 숨도 쉬지 못했어요. 분명 몸은 아프지 않은데, 정신을 차릴 수도 없을 정도로 그냥 아팠어요."

"……그래서 죽였나? 장수 씨를 죽이면 괜찮아질 것 같아서?"

"실제로도 괜찮아졌죠. 다행이에요. 쓸데없는 짓을 한 게 아닌가 싶었거든요."

"이 개새끼야!"

감정을 억제할 수 없었다. 나는 앞에 있던 쇠창살을 거세게 흔들었다. 귀가 아플 정도로 요란한 소리가 경찰서 안을 가득 메웠다. 그러나 경찰서 안 그 누구도 나와 나진을 쳐다보지 않았다. 그들은 마치 영혼 없는 인형처럼 묵묵히 책상에 앉아 있을 뿐이었다.

나진은 그런 나를 보며 비릿한 미소를 머금었다. 그의 눈빛을 볼 때마다 오싹거리는 한기가 느껴졌다. 나도 모르게 침을 꼴깍 삼켰다. 나를 바라보는 저 눈빛. 수많은 사람을 죽여본, 살인자의 눈빛이었다.

"그런데 선생님을 보면 제일 더러운 기분이 들어요. 그것도 아주 찝찝한 기분. 지금까지 당신들을 수없이 죽여 봤는데, 선생님은 달라요. 마치 산산조각을 내서 찢어 발겨버리고 싶을 정도로 아주 기분이 더러워. 이게 무슨 느낌인 줄 알려나."

"닥쳐. 내가 나가면 너부터 죽일 거야. 그 나불대는 주둥이부터 조져 버릴 거야."

"흐음. 선생님, 신기한 거 보여줄까요?"

나진이 갑자기 격앙된 목소리로 물었다. 그는 고개를 돌려 경찰들을 바라보았다. 저마다 맡은 임무에 집중한 듯 모두는 연신 바쁜 기색을 띠며 움직였다. 나진이 철장에서 조금 떨어졌다. 그러고는 오른손을 들어 중지와 엄지를 맞부딪혀 딱 소리를 냈다.

"어때요? 저번에도 봤었죠?"

나진이 활짝 웃으며 두 팔을 벌렸다. 그러고는 마치 제품을 소개하는 사람처럼 나에게 경찰서 안의 사람들을 보라며 고갯짓했다.

나는 멍하니 그가 하라는 대로 뒤를 바라보았다. 바쁘게 움직이던 사람들이 일순간 멈춘 것처럼 꼼짝도 하지 않았다. 나에게 으름장을 놓았던 담당 형사는 전화기를 쥔 채 그대로 굳어 버렸고, 진술서를 쓰던 여경은 키보드 위에 가만히 손을 올린 채로 멈춰 있었다. 벽에 걸린 시계를 보니 초침은 움직임을 멈춘 채 제자리에 멈춰 있었다.

"어때요? 이제 감이 와요?"

나진이 경찰서를 둘러보며 웃었다.

"이게 무슨……."

믿을 수 없는 상황에 입을 떡 벌렸다. 세상이 멈춘 듯 모두는 그 자세 그대로 굳어 있었고, 아무런 소리도 인기척도 나지 않았다. 이 공간에는 오직 나와 나진만이 살아 숨 쉬고 있었다.

나진은 나에게 잠시만이라는 말을 하고서 담당 형사에게로 걸어갔다. 모든 것이 멈춰 버린 공간에서 나진만 움직이고 있었다. 마치 밀랍인형들 사이에 살아 있는 사람처럼 나진이 기괴하게 보였다. 그는 형사의 재킷 주머니를 뒤지기 시작했다.

"어디 보자, 여기 있을 텐데."

그는 한동안 형사의 옷을 뒤적이다 이번에는 다른 순경의 옷을 뒤지기 시작했다. 단정한 제복을 입고 가운데 책상에 앉은 그의 주머니를 뒤지자 나진이 찾았다는 말을 하며 활짝 웃었다. 그의 손에는 작은 열쇠꾸러미가 들려 있었다.

"내보내 줄게요."

나진이 유치장 자물쇠에 열쇠를 꽂으며 말했다.

"무슨 꿍꿍이야!"

나는 그가 열어준 유치창 문에서 멀찍이 떨어졌다. 이해할 수 없는 그의 행동에 잔뜩 경계한 상태로 그를 바라보았다. 그러나 나진은 괜찮다며 나에게 손짓을 했다.

"괜찮아요. 나와요. 여기서 끝낼 생각은 없어요."

나진이 나를 안심시키듯 유치장에서 멀리 떨어졌다. 그래도 내가 좀처럼 나오지 않자 한숨을 푹 내쉬고서 이번에는 경찰서 맨 끝으로 걸어갔다.

"것 참, 의심 많으시네. 됐죠?"

나진이 경찰서 벽에 붙는 것을 보고 나서야 조금씩 밖으로 나왔다. 내가 유치장을 나와도 아무도 나를 쳐다보지 않았다. 멀리서 나진이 킥킥하고 웃음을 터트렸다.

"거봐요, 괜찮다니까. 얼른 가보지 그래요? 제 선물이 마음에 들어야 할 텐데."

"너……. 도대체 무슨 생각이야."

"별 뜻 없어요. 그냥 마지막 선물이기도 하고, 또 어차피 다시 만나게 될 테니까."

나진이 어깨를 으쓱 올리며 대답했다. 여전히 꿍꿍이를 알 수 없는 그의 태도에 선뜻 발이 움직여지지 않았다. 오히려 압도당하는 위압감에 다리가 덜덜 떨려왔다. 내가 계속 망설이자 나진이 한숨을 푹 내쉬었다.

"전 항상 당신이 싫었어요. 겁도 많고, 소심하고. 내가 무언가를 원할 때마다 나를 옭아맸던 당신 말입니다. 이건 된다, 안 된다, 이러쿵저러쿵……."

나진이 담당 형사에게로 걸어갔다. 그는 형사의 주머니에서 작은 권총을 하나를 꺼내 들었다.

"안 가면 진짜 쏴요?"

끔찍한 총성이 울리며 내 옆의 콘크리트가 파스스 부서졌다. 내가 놀라 얼어붙어 있자 나진이 이번에는 내 다리에 총구를 겨누었다. 그는 내가 미처 반응할 틈도 없이 방아쇠를 당겼다.

"으악!"

나는 놀라 나자빠지며 바닥에 엎드렸다. 머리 위로 연신 총성이 울려 퍼졌다. 나진은 정말로 나를 맞히기라도 할 것인지 계속해서 총을 쏴댔다. 엄청난 소음과 정신없는 상황에 나는 납작 엎드려 볼품없이 바닥을 기었다.

"얼른 가라니까."

어느새 내 발끝까지 다가온 나진이 지루하다는 어조로 중얼거렸다. 그는 마지막이라는 말과 함께 내 팔에 총을 겨누어 쐈다. 끔찍한 고통이 팔을 파고들자 절로 비명이 나왔다. 왼팔이 불타는 것처럼 화끈거리고 붉은 피가 여기저기 흩날렸다.

나는 팔을 부여잡고 재빨리 경찰서를 뛰쳐나왔다. 아무도 나를 잡는 사람도 없었다. 흘러내리는 피에 정신이 아득해져 갔다. 불이 데인 듯한 팔은 손가락도 움직이지 못할 만큼 아파왔다.

"으윽……."

나는 결국 바닥에 쓰러져 거친 숨을 몰아쉬었다. 줄줄 흘러내리는 피는 찬 기온에 얼어붙어 마치 갑옷처럼 딱딱하게 굳어갔다. 나는 다시 자리에서 일어나 차도로 몸을 옮겼다. 한참을 비틀거리며 걷고 나서야 겨우 택시 하나를 잡아탔다.

택시 기사는 내 상태를 보고서도 놀라지 않았다. 나는 거친 숨을 토해내며 재킷을 벗어 팔을 묶었다. 다행히 스치기만 한 것인지, 살가죽만 조금 찢어졌을 뿐 총알이 박혀 있지는 않은 듯했다.

"크흠."

택시 기사가 헛기침을 하며 침묵을 깼다. 그는 백미러를 통해 마치 나를 탐색하는 것처럼 바라보고 있었다. 그러나 내가 아무런 반응도 하지 않자 그는 다시 운전에 집중하기 시작했다.

나는 깊은 숨을 크게 들이마셨다. 아까부터 나진의 목소리가 자꾸만 머릿속에 울렸다. 그의 말은 시점도, 주체도 모든 것이 이상할 정도로 뒤틀려 있었다. 나진은 아주 오래전부터 나를 알고 있던 것처럼 말했다. 그리고 그는 나를 증오하고 있었다.

택시는 빠르게 달려 곧 아파트 단지 안으로 들어갔다. 기사가 나를 한 번 더 바라보았지만, 나는 개의치 않았다. 왠지 모르게 시간이 촉박하다는 느낌이 들었다. 누군가 나를 쫓기라도 하는 것처럼 심장이 뛰고 식은땀이 비 오듯 쏟아졌다. 나는 서둘러 택시에서 내려 아파트 현관으로 들어갔다.

"허억, 허억……."

별로 걷지도 않았는데도 숨이 턱까지 차올랐다. 나는 엘리베이터 벽에 기대어 숨을 골랐다. 한 층 한 층 올라가는 시간이 마치 천 년처럼 길게만 느껴졌다. 집 앞에 다다르자 갑자기 맥이 탁 풀려다리가 후들거렸다.

“조금만……. 조금만 더 가면 돼.”

나는 피범벅이 된 손으로 도어록 비밀번호를 눌렀다. 잠금이 해제되었다는 경쾌한 소리가 들리자 나는 힘없이 문고리를 잡아 돌려 빨려 들어가듯 집 안으로 몸을 들이밀었다. 밝은 햇살이 들어오는 집은 따뜻한 온기가 느껴졌다.

“하…….”

나는 신발도 벗지 않은 채 안으로 들어왔다. 집에 오자 왠지 모를 안도감이 느껴지며 힘이 쭉 빠졌다. 쓰러지듯 제자리에 주저앉은 나는 기다시피 하며 거실로 향했다.

문득 모든 것이 익숙한 집안에 단 한 개의 이상한 물건이 눈에 띄었다. 검은 플라스틱 캐리어였다.

그가 준비한 선물이 저것일까.

캐리어를 보자 본능적으로 도망치고 싶은 생각이 들었지만 겨우 억누르며 자리에서 일어나 캐리어 앞으로 다가갔다.

갑자기 심장이 쿵쿵 뛰며 숨이 가빠지기 시작했다. 캐리어에서 소름 끼치는 냉기가 느껴졌다.

설마…….

꿈에서 보았던 장면이 떠올랐다. 캐리어에 있는 검은 봉지 하나. 그리고 그 안에 있는 것은…… 사람이었다.

나는 떨리는 손으로 캐리어를 집어 들었다. 그것을 바닥에 눕히자 쿵 하고 묵직한 소리가 거실 바닥을 울렸다. 캐리어는 자물쇠나 비밀번호 따윈 걸려 있지 않은 채 지퍼만 달랑 달려 있었다.

천천히 손을 뻗어 캐리어 지퍼를 열었다. 지퍼가 서로 빗겨가며 열리는 소리가 귀를 파고들었다. 서서히 안의 내용물이 보이자 속에서 구역질이 올라올 것 같았다. 검은 봉지로 둘러싸인 무언가가 지독한 냄새를 풍기며 그 안에 들어 있었다.

말도 안 돼.

나는 팔에 입은 총상 따위는 까맣게 잊어버린 채 검은 봉지를 힘겹게 꺼내 들었다. 묵직한 그것은 안에 액체도 차 있는지 찰랑이는 소리도 들렸다. 꽁꽁 매듭이 묶인 그것을 한동안 손으로 풀려고 하다 결국 가위를 가지러 주방으로 갔다. 그때 쿵 하는 소리와 함께 검은 봉지가 힘없이 바닥에 엎어졌다. 그리고 풀린 매듭 사이로 검은 머리칼이 비죽 솟아났다.

"아, 아아……."

바닥 위로 가위를 떨구었다. 쨍그랑하는 요란한 소리가 울렸지만 나는 그저 멍하니 검은 머리통만 바라보았다. 잔뜩 피에 절어 덩어리진 그 머리카락은 구태여 확인하지 않아도 누구의 것인지 알 것 같았다.

'여보! 제발 그만해!'

'잘못했어. 여보……. 제발, 제발…….'

'크……. 끅……. 여보…….'

온몸이 덜덜 떨려왔다. 환청 같은 여자의 소리가 두개골을 울리며 나를 괴롭히기 시작했다. 머릿속에 떠오르는 기억은 단 한 번도 겪어 본 적 없는 기억들이었다. 아내의 괴로워하는 표정과 온통 피멍이 든 얼굴이 마치 직접 본 것처럼 생생하게 떠올랐다.

나는 아내의 머리칼을 강하게 쥐고 흔들었고, 그녀의 작은 얼굴을 사정없이 후려쳤다. 축 늘어진 아내를 보고서 낄낄 웃기도 했고, 발로 차기도 했다. 결국, 폭력에 버티지 못한 아내의 숨이 끊어지고 나서야 그녀의 얼굴을 자세히 들여다보았다. 아내는 형체도 알아볼 수 없을 만큼 부어 있었다.

"말도 안 돼!"

나는 깨질 듯한 머리를 부여잡고 바닥에 주저앉았다. 금방이라도 검은 봉지에 있는 시체가 살아 움직일 것만 같았다. 비죽 솟아난 손가락에는 지난날 노점상에서 사준 싸구려 반지가 끼워져 있었다.

"제 선물 어때요? 마음에 들어요?"

언제 들어온 것인지 나진이 내 옆에 나란히 쭈그려 앉았다. 그는 이 상황이 마음에 든다는 뜻으로 연신 콧노래를 부르고 있었다. 그는 내 입에서 흘러나오는 신음을 들으며 내 등을 부드럽게 쓰다듬었다.

"그날도 이랬죠. 당신은 안 된다고 했지만, 저는 결국 해냈어요.

저는 아내를 죽였고, 당신은 사라졌죠. 다시는 내가 하는 일에 방해하지 못하도록 말이에요. 그런데 그 기억까지 가지고 사라졌을 줄이야. 정말 놀랐어요. 만약 그날 당신이 아닌 내가 사라졌다면, 내가 사람을 죽이는 일도 없었겠죠?"

"너 도대체 뭐야!"

터져 나오는 분노에 옆에 있던 나진의 멱살을 쥐었다. 그는 순순히 나에게 멱살을 잡힌 채 웃음을 터트렸다. 나는 그 모습에 더 약이 올라 급기야는 주먹으로 그의 얼굴을 내리쳤다. 몇 번이나 내리치자 그의 단정한 얼굴도 조금씩 헝클어져 갔다.

"이 악마 새끼……!"

나는 나진의 멱살을 흔들며 고래고래 소리 질렀다. 입가에 피를 흘린 채 웃는 그의 얼굴은 섬뜩하고 기괴하기 짝이 없었다. 그는 흥분한 나를 가만히 바라보다 내 옷깃을 마주 잡았다. 그의 눈에서 시퍼런 살기가 느껴졌다.

"그런데 진짜 슬픈 거 맞아요?"

"뭐……?"

나진의 입에서 비릿한 피 냄새가 올라왔다. 그는 내 눈을 똑바로 바라보며 조용히 웃었다.

"아직도 당신이 진짜 피해자라고 생각해?"

〈진실을 말하다〉
3부

'새로운 기억'이라는 말에 찬용이 눈을 반짝였다. 그의 얼굴에는 흥미로운 기색이 가득했다. 그는 종이에 '해마의 스토리텔링'을 적고서 고개를 갸웃거렸다. 어느새 그는 정 박사의 이야기에 몰두한 듯 대본도 잊은 채 자신이 궁금한 내용을 묻기 시작했다.

"그럼 그 해마의 스토리텔링이라는 건 정확히 어떻게 이루어지는 겁니까?"

찬용의 눈이 호기심으로 반짝였다. 정 박사는 그의 질문에 잠시 고민하듯 안경을 슥 올려 고쳐 썼다. 그러고는 본격적인 설명을 하기에 앞서 허리를 꼿꼿이 펴고 자세를 바로잡았다. 조명을 받아 날카롭게 빛나는 은테가 유달리 반짝거렸다.

"가정을 한번 해보죠. A라는 범죄자가 B, C, D를 살해하고 수감되었다고 가정해 보겠습니다. 그리고 그 A에게 우리는 하나의 스토리북을 줍니다. 바로 A가 살해했던 피해자들의 관점에서 만든 이야기죠."

"이야기만 들어서는 감이 잘 오지 않는데요."

정 박사가 미리 준비한 프린트물을 꺼내 들었다. 가장 맨 앞장의 제목에는 '사라진 사람들'이라는 제목이 적혀 있었다.

"스토리북은 수감자의 의견도 반영해서 하나의 소설책처럼 만듭니다. 가장 오래 걸리는 작업이기도 해요."

"정확히 어떤 내용으로 이루어져 있나요?"

찬용이 이해하지 못했다는 투로 다시 물었다.

"피해자, 또는 소중한 사람을 잃은 유가족이 화자가 되어 이야기를 이끌어나가는 내용입니다. 아무런 증거도, 정보도 없이 갑자기 사라진 사람들을 찾는 거죠. 우리가 보통 책을 읽으면 장면 하나하나를 머릿속에 그리게 되지 않습니까? 그들이 알고 있는 기억과 배경을 바탕으로 이야기는 구체적인 이미지가 되는 거예요."

"상상하는 거군요."

"맞습니다. 그게 포인트예요."

정 박사가 중지와 엄지를 비틀어 딱 소리를 냈다. 그는 조금 흥분한 얼굴로 계속해서 말을 이었다.

"그리고 우리는 '왜?'라는 질문을 계속 하게끔 유도하는 겁니다. 왜 사라졌을까, 왜 죽였을까 같은 질문 말이죠. 그러면 수감자는 그 주인공들에게 감정이 들어가면서 나라면 어떻게 실종자들을 찾을까, 왜 이런 일이 벌어졌을까를 계속 상상하는 겁니다."

정 박사의 말에 순간 녹화장이 찬물을 끼얹은 듯 침묵에 휩싸였다. 갑자기 그에게서 알 수 없는 섬뜩한 기운이 느껴졌다. 그는 이런 분위기와는 달리 사람 좋은 미소를 지어 보이며 계속 말했다.

"그렇게 피해자들의 입장으로 사건을 바라보게 되는 겁니다."

"아……."

찬용이 입을 떡 벌리고 정 박사를 바라보았다. 애초에 단 한 번도 상상해 본 적 없는 그의 말에 오싹하고 소름이 끼쳐왔다. 찬용은 마른 침을 꿀꺽 삼킨 후, 감독을 바라보았다. 감독은 여전히 그에게 계속 진행하라는 제스처를 취했다.

꽤나 자극적인 이야기는 방송을 타고 흘러나와 빠르게 대중들에게 퍼졌다. 감독은 정 박사의 말을 한마디도 빠짐없이 담으며 이번 방송은 대박이라고 생각했다.

찬용은 옆에 있는 물을 한 모금 들이켠 후 목을 가다듬었다.

"그러고 나서는요? 수감자들이 그렇게 스토리북의 내용에 빠지면 그때는 어떻게 합니까?"

"그때 그 기억을 해마에 주입하는 겁니다. 이 나인을요."

박사가 화면에 다시 나인의 이미지를 띄웠다. 해마와 새로운 기억 사이에 들어간 그것은 부가 설명으로 '공포, 연민의 신경전달물질'이라고 적혀 있었다. 정 박사는 그것을 바라보며 설명을 이어갔다.

"이 물질이 들어가면 뇌에서 공포와 연민, 그리고 공감을 할 수 있는 신경전달물질이 활성화됩니다. 한마디로 해마를 자극하는 거죠. 그러면 비정상적으로 공감력이 높아지고 쉽게 감정을 느끼는 상태로 변하게 됩니다."

"그렇다는 건……."

찬용이 말끝을 흐렸다. 정 박사는 그의 말을 눈치챈 것인지 먼저 고개를 끄덕였다.

"스토리북의 등장인물에 완벽히 이입됩니다."

“그게 무슨 말이야…….”

나진의 말에 눈을 휘둥그레 떴다. 그의 말뜻을 이해할 수 없었다. 그럼 누가 피해자란 말인가.

모두가 피해자였다. 나도, 내 아내도. 장수 씨도, 정연 씨도, 보배도. 모두가 피해자였다. 우리는 아무런 죄 없이 가족을 잃어버렸고, 아무 이유 없이 살해당했다. 그런 우리가 피해자가 아니면 도대체 누가 피해자란 말인가.

나는 파르르 떨리는 입가를 겨우 진정시키고 나진을 바라보았다. 무엇이라도 말 좀 해보라고 외치고 싶었지만, 이상하게 입이 떨어지지 않았다. 나를 바라보는 나진의 눈빛에서 무언가 익숙한 느낌이 들었다. 기분 나쁘지만 묘하게 익숙한 눈빛. 그리고 그 눈빛에서 느껴지는 짜릿한 감정.

나진은 아까의 여유로운 모습과는 달리 무표정한 얼굴로 나를 바라보고 있었다. 그가 내 손을 휙 쳐내자 바람에 나부끼는 종이 인형처럼 몸이 휘청였다. 나진은 홀가분한 얼굴로 자신의 주름진 셔츠를 손으로 툭툭 털어냈다.

멍한 눈으로 그저 나진을 바라보기만 했다. 그의 말이 귓가를 웅웅 맴돌았다. 그러나 그는 별다른 대답은 하지 않고 어디론가 향했다. 신발을 신은 채 거실로 가는 그의 발밑에서 또각거리는 신발굽 소리가 낭랑하게 울렸다.

나진이 거실에 놓인 검은 봉지 입구를 열기 시작했다. 꽉 동여매진 봉지는 잘 풀리지 않는지, 그가 눈살을 찌푸리며 그것을 잡아 뜯었다.

“웩. 역시 다 썩었네.”

나진은 코를 막으며 봉지 안을 뒤적였다. 그가 봉지를 헤집을 때마다 바닥에 검게 썩어 버린 핏물이 줄줄 흘렀다. 그는 마음에 들지 않는지 봉지를 다시 바닥에 내팽개치고는 거실 소파에 자리를 잡고 앉았다.

“그게 무슨 말이냐고!”

대답해 주지 않는 그에게 버럭 소리 질렀다. 나진은 동요도 하지 않고 그저 앞에 있는 물티슈를 꺼내 손을 닦기만 했다. 그는 바닥에 엎어진 나를 한번 쳐다보고서는 픽 하고 웃었다.

“이 사람들을 이해할 수 있을 줄 알았어요?”

나진이 바닥에 휴지를 휙 던졌다. 그는 깍지를 낀 손을 배 위에 올린 채 다리를 테이블 위에 올렸다.

"왜? 여태껏 잘 숨어 놓고. 지금 와서 피해자 흉내를 내면 속죄하는 기분이 들 거라고 생각했던 겁니까?"

나진이 나지막이 중얼거렸다. 아주 작은 말소리였지만 그의 말은 귀에 박히듯 또렷하게 들려왔다. 그는 한동안 거실 벽을 멍하니 바라보다 다시 자리에서 일어났다.

"말도 안 되지. 안 그래?"

나진이 나에게 저벅저벅 걸어왔다. 그는 품에서 경찰서에서 가지고 온 총을 꺼내 들었다. 총구가 머리 위로 느껴지자 숨이 컥 하고 막혀왔다.

이건 꿈이야.

나진의 얼굴에서 승리의 웃음이 번졌다.

"자, 다음에는 누구로 만날래요?"

〈진실을 말하다〉

3부 쉬는 시간

정 박사가 흘러내린 안경을 조심스레 벗었다. 조금 얼룩진 안경알을 닦아낼 무렵, 옆에서 찬용의 시선이 느껴졌다. 그는 무어라 할 말이 있는 듯 정 박사의 눈치를 보고 있었다.

찬용이 앞에서 대본을 정리하며 후 하고 숨을 크게 내쉬었다.

"정말이지 여태껏 수많은 이슈를 다뤄봤지만, 이렇게 흥미로운 주제는 처음입니다."

정 박사가 그의 칭찬에 허허 하고 웃었다. 박사는 다 닦은 안경을 고쳐 쓰고서 편하게 의자에 몸을 기대어 앉았다.

"사실 이 나인은 원래 감정결핍 환자를 위해 쓰인 치료제였어요."

"치료제요?"

정 박사의 뜻밖의 말에 찬용이 놀란 눈을 치켜떴다. 그의 잘 정돈된 눈썹이 올라가자 한층 더 예리하게 보였다. 박사가 고개를 작게 끄덕였다.

"네. 감정을 느끼게 하도록 개발된 치료제예요. 흔히들 말하는 공감력이 부족한 사람들에게 감정을 느끼게 하고, 공감력을 습득하는 용도였죠."

"'용도였다'라는 건……."

"네. 안타깝게도 선천적으로 뇌 기능이 활성화되지 않는 환자들에게는 적용하지 못했습니다."

박사가 아쉬운 듯 입맛을 다셨다. 찬용이 고개를 갸웃거렸다. 그가 말한 '감정결핍 환자'가 무엇을 말하는지 이해가 되지 않는 눈치였다. 그 기색을 눈치챘는지 박사가 조용히 대답했다.

"사이코패스Psychopath 말입니다."

에필로그

의료용 침대 위에 누워 있던 남자가 움찔하고 움직였다. 그러자 그의 가슴과 머리에 달린 전선들도 요동을 치며 흔들렸다. 그를 주시하고 있던 정 박사가 문을 열고 안으로 들어왔다. 은색 안경테를 쓴 박사의 얼굴에 기대가 스치고 지나갔다.

"정신이 드나요?"

박사가 침대에 묶인 남자를 향해 플래시를 비췄다. 겨우 눈을 뜬 남자는 밝은 플래시 빛에 다시 눈을 질끈 감았다. 움푹 파인 두 눈은 한껏 힘을 준 채로 파르르 떨었다. 남자의 수염은 언제 밀었는지도 모를 만큼 덥수룩해 지저분한 느낌마저 들었다.

"김난석 씨, 정신이 듭니까?"

박사가 한 번 더 그의 이름을 불렀다. 그러자 난석은 이번에는 스스로 두 눈을 떴다. 여전히 묶인 몸은 움직이기 힘들 정도로 꽉 조였고, 머리가 지끈지끈 아파왔다. 엄청난 피로감이 물밀듯 밀려왔다. 아직 약 기운이 다 가시지 않은 듯 몇 번이나 눈을 감았다가 떴다. 몸속에서 느껴지는 흥분이 쉽사리 지정되지 않았다.

얼빠진 표정으로 자신을 올려다보던 시선. 그리고 향기로운 피비린내. 모든 것이 어제 보았던 것처럼 생생하게 떠올랐다. 그는 눈을 뜨기 직전에 보았던 '주혁'이라는 남자를 떠올렸다.

자꾸만 얼굴에서 웃음이 비집고 나왔다. 아무리 참으려고 해도 참아지지 않았다. 가슴 깊숙한 곳에서부터 피어오른 쾌감은 서서히 얼굴 위로 드러났고 결국 입술 사이를 비집고 나와 커다란 웃음을 만들어 냈다.

"김난석 씨, 꿈속에서 무언가 봤습니까?"

정 박사가 그의 상태를 점검하려 차트를 집어 들었다. 그러고는 특이사항란의 '웃음' 항목에 체크를 했다. 이미 그 옆에는 여러 번의 체크 표시가 되어 있었다. 서류에는 난석이 프로그램에 참여한 날짜가 가로로 적혀 있었고, 그 아래에는 특이사항들이 체크 형태로 나열되어 있었다.

정 박사는 난석의 바이탈을 보며 그가 꽤나 흥분한 상태임을 알아차렸다. 이 프로그램에 참가한 죄수들은 대부분 정신이 들면 상실감과 무기력증 또는 우울감을 표출하는 반면, 김난석은 늘 흥분을 감추지 못한 상태로 깨어났다. 마치 깨어나자마자 현실을 자각하고 오히려 안도하는 느낌이랄까.

"아니. 아무것도 아니오."

난석이 낄낄 웃으며 고개를 절레절레 저었다. 그는 잔뜩 흥분한 얼굴을 하고서 연신 웃음을 터트렸다. 섬뜩하게 웃는 그의 모습은 광기에 사로잡힌 사람 같았다. 정 박사는 머릿속에 김난석이 처음 잡혔던 때를 떠올렸다.

그의 마지막 살인이었던 40대 여성과 다섯 살 남자아이를 살해한 직후의 모습이 딱 저랬다. 그는 범죄 현상을 묘사할 때도 저런 웃음을 짓고 있었다. 그는 때때로 자신의 또 다른 자아가 범죄를 저지른 것처럼 묘사하곤 했다. 또한 그는 살인에 대한 마지막 진술에는 늘 '내가 승리했다'라고 말했다.

효과가 없는 건가.

정 박사는 그의 차트에 다음 프로젝트 일정을 적었다. 아무리 공감력과 연민의 감정이 결여되어 있다고 해도, 난석의 반응은 무척이나 낯설고 신기했다. 그의 결과는 정 박사의 호기심을 자극하기에 충분했고, 연구로서의 가치 역시 떨어지지 않았다.

어째서 이 죄수는 스토리텔링이 끝이 났음에도 홀가분한 표정을 짓는 것일까. 그가 만든 스토리텔링의 끝은 해피엔딩이 아닌데.

그가 죽인 피해자는 총 여섯 명. 연쇄적으로 사람을 살해하고 유기하길 여섯 번. 그가 자백하기 전까지는 피해자들은 전부 실종 상태였고, 그의 아내 역시도 실종된 상태였다. 김난석의 아내는 아직까지도 시신을 찾지 못했으므로 그는 '정황상 범인'이었지만, 모두 그가 아내를 죽였음을 짐작하고 있었다.

검거 당시, 그는 자신을 에워싼 기자에게 이렇게 말했다.

"나는 아직 배가 고프다."

정 박사는 카트에 놓인 《김난석의 사라진 것들》을 바라보았다. 난석은 스토리북의 원래 제목이었던 '사라진 사람들'에서 사람이라는 글자에 붉은 글씨로 X를 표시한 후 '것'이라는 글씨를 적어 놓았다. 몇 번이나 정독했는지 종이의 끝은 다 닳고 헤져 있었고 잘 씻지 못한 손끝에서 나온 땟물이 덕지덕지 묻어 있었다. 정 박사는 그것을 보며 난석이 적어낸 내용을 떠올렸다.

김난석이 저지른 살인처럼, 죽은 채로 발견되는 실종자들을 보며 유가족들의 절망감과 아픔을 대신 느끼는 것이 이 교화 프로그램의 목적인데……. 그런데 도대체 왜일까.

정 박사가 등줄기를 타고 내려오는 위화감에 몸을 흠칫 떨었다.

김난석은 왜 웃으면서 깨어난 걸까. 나인을 주입한 후의 변화는 다른 죄수들과 다를 게 없었다. 분명 약물에 반응하고 있었고, 공감과 연민을 자극하는 곳도 충분히 활성화되고 있었다. 단지 이상한 것은 그가 깨어날 때쯤이면 그의 해마가 다시 원래대로 돌아왔을 뿐이었다.

혹시 꿈을 꾸면서 이 스토리북의 이야기가 바뀐 것은 아닐까. 아니 어쩌면 예상치 못한 인물이 나와 스토리를 망쳐 버린 것은 아닐까.

"이봐, 박사."

완전히 정신을 차린 난석이 정 박사를 불렀다. 아직 흥분이 채 가시지 않은 그의 얼굴에서 묘한 기대감이 느껴졌다. 그는 장시간 묶여 있던 몸을 조금씩 비틀기 시작했다. 난석의 눈과 정 박사의 눈이 허공에서 마주쳤다. 둘은 한참 동안 아무 말 없이 서로를 바라보았다. 난석의 목에서 우두둑하고 울려대는 뼈 소리가 섬뜩하게 들려왔다.

나는 여전히 배가 고프다. 목이 마르다.

그때의 그 전율, 감동, 쾌감.

"당신에게 고마워하고 있어."

난석이 누렇게 닳아빠진 이를 드러내며 정 박사를 바라보았다. 갑작스러운 인사에 정 박사가 눈을 둥그렇게 떴다. 난석은 진심으로 그에게 고마워하는 표정을 짓고 있었다. 정 박사는 무슨 뜻이냐고 물어보려고 입술을 뗐지만, 괜히 말을 섞었다가는 화를 입을 것 같아 그만두었다. 난석은 그런 그를 보며 킥킥거리며 웃음을 터트렸다.

아주 생생해. 아주 마음에 드는 스토리였어.

"그래서 다음 '참회의 시간'은 또 언제라고?"

다음에는 누구로 눈을 뜨게 될까나.

작가의 말

옳고 그름의 잣대는 누구나 가지고 있습니다. 그렇다면 내가 옳다고 생각한 것이 늘 옳은 것일까요? 나는 옳은 행동을 했다고 생각하지만 누군가 나로 인해 피해를 입었다면, 나는 가해자가 될 수도 있습니다. 하지만 내가 그 사실을 인지하지 못한다면 가해자는 사라지고 피해자만 남게 되지요. 반대의 상황도 마찬가지입니다. 소설 《사라진 사람들》은 이러한 물음에서 시작되었습니다.

우리 사회에서 일어나는 여러 범죄는 인간이 정한 법과 규율 속에서 처벌이 이루어집니다. 비교적 가벼운 처벌부터 최고 선고인 사형까지, 누구 하나 예외를 두지 않고 적용하지요. 그렇다면 범죄자들의 죄는 이것으로 끝난 것일까요? 피해자와 유가족의 아픔과 참담한 심정을 몇 개의 숫자로 이루어진 형량이 다 어루만져 줄 수 있을까요? 또 과연 이러한 처벌로 '그런' 사람들이 변할 수 있을까, 하는 씁쓸한 의문도 들었습니다.

저는 확신이 없습니다. 소설의 집필을 마친 지금도 여전히 제 머릿속은 물음표로 가득합니다. 다만 절대적인 값으로 정해진 형량이 아닌, '진짜' 처벌이 무엇인가에 대한 이야기를 나누고 싶었습니다. 이 소설을 읽은 모두가 한 번쯤 깊이 고민해 보았으면 합니다.

긴 글 읽어 주셔서 고맙습니다.

다시 만날 날을 기대하며

보루